天如玉
TIAN RUYU
著

师叔 下

重庆出版集团
重庆出版社

目 录

第49章	心甘情愿	1
第50章	化生神诀	7
第51章	我要你的内力	13
第52章	衡无	19
第53章	嫁衣	24
第54章	唐知秋	29
第55章	骗子	34
第56章	祭品	39
第57章	我成全你的美梦	44
第58章	快快快！	50
第59章	到死都分不清的	55
第60章	对不起	61
第61章	死穴	66
第62章	跟你两清了	72
第63章	痴人说梦	77
第64章	仙洞	84
第65章	下流	90
第66章	走狗	93
第67章	走火入魔	98

第68章	喂我	103
第69章	我要走了	109
第70章	诀别	116
第71章	嘱托	121
第72章	染指	126
第73章	虚谷膏	132
第74章	小元	138
第75章	镖师	143
第76章	新衡无	148
第77章	重逢	153
第78章	颜阙	159
第79章	是段飞卿！	164
第80章	交换身份	171
第81章	金蝉脱壳	176
第82章	一家三口	182
第83章	团圆	188
番外一：段盟主的失踪经历		192
番外二：尹阁主的桃花		200
番外三：唐门往事		214

第49章　心甘情愿

"果然还是无能！"初衔白一手提着他，挥剑快如闪电，迅速后退。院门忽然洞开，奋战中的护院都吓了一跳，转头却见初夫人站在门口，朝初衔白朗声唤道："青青，快进来！"

初衔白一怔，转头见她神色清明，心中大喜，扯住天印飞跃过去。

闰晴断后，一剑挥开后路，跟着退入，那些人岂肯放过他们，迅速冲上前来，尚未到门口，忽然地面下陷，全都跌了下去，一时惨号不断。

尘虚道长连忙刹住脚步，拦着后面的人道："有陷阱！初家夫人果然有一手，难怪初家山庄至今完好无损。"

其余的人见状都有些没底："那我们要怎么办？"

"等吧，等前院那边的帮手来了，我们再杀进去。"

所谓前院那边的帮手们，此时正在跟折华折英等人混战。初家山庄不比当初了，能派上用场的人并不多。折华武艺虽高，但之前受伤太重，折英又护着他，所以打头阵的几乎就是折英一个人。

双方正厮杀地不可开交，忽然有个白衣翩翩的身影冲入阵中来，大声叫道："武林盟主到了，诸位快停手！"

　　折英一听还以为又是帮手来了，心中火起，一剑挥了过去，白衣人轻功不错，险险避开，惊怒不已，反身又朝她袭了过来，一掌还没拍上去，忽然又收了手，在她面前站定，没好气地骂了一声："原来是你这个丑八怪！"

　　折英长剑一抖："你说什么！"

　　"呃……我什么都没说……"

　　身后有人不耐烦地嚷嚷："这不是听风阁的楚泓嘛，你说武林盟主来了，人呢？不会是故意蒙我们的吧！"

　　"没错，我看盟主和尹阁主都很奇怪，甚至有些站在初衔白那边的意思呢！"

　　立即有人反驳："呸，胡说什么？盟主才不是那种人！"

　　眼看这群人自己就要内斗，楚泓连忙推了一下折英："快走啊！"

　　折英盯着他的脸，十分错愕："你说什么？"

　　楚泓心想这丑八怪大概是被自己的样貌给迷住了，于是潇洒地旋身而起，简洁明了地说了个字："走！"顺便补赠一个千娇百媚的回头。

　　折英皱着眉一脸嫌弃，但还是趁机拉着折华朝山庄里面退去了。

　　众人见状又纷纷要去追赶，却被一道声音生生阻止了脚步。

　　"谁再往前一步，就是与青云派作对。"

　　段飞卿曾答应初衔白三日后来还最后一个人情，便是知道这群人要来袭击初家山庄，但没想到他们会连夜偷袭。他端坐马上，面无表情。正对着他的是初家山庄高悬的门额，在鱼肚白的天色里，肃穆而沉默。

　　初夫人命闰晴带着人守在院中，只叫初衔白一人随她进屋说话。天印已经意识混沌，初衔白见他身后沿途都是血渍，料想他身上的伤口已裂开，便随手扯下他的衣角简单给他包扎了一下，抬头却见初夫人一直瞧着自己，她立即擦去手上血迹，将天印丢在门口就进了门，竟有些心虚之态。

　　初夫人将门掩好，叫她走近："这次我好像糊涂了很久。"

　　初衔白苦笑："是啊，您连我都不认识了。"

　　初夫人挨着桌子坐下，叹了口气："今日这群人来袭，忽然叫我想起你出事那年山庄遇袭的事，大约是刺激了一下，才叫我清醒了。我现在真是一日不如一日了，只怕是大限将至了。"

初衔白在她身边蹲下，手搭着她的膝盖："怎么会，您刚才叫我'青青'，不是'阿白'，这不是说明您越来越清醒了么？"

"但愿吧……"初夫人似乎想摸摸她的头，手抬起来又不自然地收了回来，"有件事趁着清醒我一定要告诉你，但外面不知能支持多久，我只能长话短说了。大概是几年前的事了，那日折华来找我，说他得到了一本秘籍，里面是至上的武功，他练了一段时间，但你说那功夫与他内力不合，也许会走火入魔，他便放弃了。那秘籍我看过一部分，确实高深，但极其难练，只怕练不好最后会造成无法挽回的后果。如今折华又几次来询问此事，我总觉得他忽然出尔反尔很不对劲，便想提醒你注意他，奈何我脑子总不清楚。何况这些武林人士一直贪图我们初家绝学，若有一日真被他们攻进来，发现了这秘籍，只怕会惹出大祸。"她贴过来，在初衔白耳边低声道："那本秘籍我藏在藏书阁下面了，但已记不清具体位置，你知道那里的密道，待会儿你进去避避，顺便把那本秘籍找出来销毁，等风头过了再出来。"

初衔白也早就怀疑折华，但从未想过还有这层，来不及消化这消息便急忙道："您与我一起去么？"

"我要坐镇，如果山庄里两个主子都不在，下面的人会怎么想？"

"那您是要我丢下母亲自己去避难？"

初夫人板起脸来："谁让你无能，弄得这一身伤回来！"

"……"初衔白赧然地噤了声。

"我没空问你之前经历了什么，我只知道你能活着回来不容易，初家山庄可以没有我，但是不能没有你，初衔白还活在世间一日，初家就还能在江湖立足一日。"

初衔白垂着头不做声。

初夫人勃然大怒，拍案而起："我当初怎么教你的，你都忘了是不是！"

初衔白浑身一震，整了整衣襟，恭恭敬敬朝她跪了下去："儿子谨遵母亲教诲。"

初夫人的眼神柔和下来，终于摸了摸她的头："从今天起，你可以不用强迫自己做男人了，过去是我的错，今后的路，你自己走。"

初衔白半晌无言，门外忽然传来闺晴等人的惊呼声，她这才起身，抬头看了

第49章　心甘情愿

师叔

师叔 下

一眼初夫人，后者朝她点了点头。

外面喊杀声又起，初衔白走到门边时，面色已经恢复沉静。门一拉开便见院门已被攻开，越来越多的人涌了进来，她低头看了一眼脚边昏睡的天印，想想还是提起了他。留他在这里，只会惹得这群人更发疯似的攻击过来，初夫人反而有危险。

朝藏书阁退去时，闻晴等人立即退守到门边，严密地护着初夫人。初衔白朝为首的几人看了一眼，一一记在心里，若是今日她母亲出了事，回头这些人谁也别想活命。低头再看一眼天印，她恨意又起，若不是因为他，她又怎会落得如今这种需要躲避的地步？

藏书阁最里层的书架后就是密道入口，极其狭窄，多年无人进入，已经封得很死。初衔白琵琶骨断裂，自然不能用力太过，取了霜绝要借力撬起石板，已有人先她一步握住剑柄。

"我来。"天印不知何时已经醒来，翻身坐起，右手握住剑柄猛一用力，石板翻起，他忍住胸口涌上的腥甜，不动声色地收回手。

初衔白看他一眼，一脚将他踹下去："你先。"

下面是台阶，还好并不太陡，天印摔得不重，只是更觉头晕了。初衔白下来时，他已经勉强站起，就着口边的光亮取了火把点燃，率先朝前走去。初衔白将石板合上，跟上他的步伐，并不与他说话，但仔细看了他身后，他已没再流血。

密道不窄，不过很低矮，天印和初衔白都必须要低下头才能前行。天印知道长时间做这动作会引起她伤口疼痛，便刻意加快了速度，前方有空气流通，应该是有更宽敞的空间才对。

果然，没多久二人眼前就出现了一个很幽静的山谷，居然是露天的，中间杂草漫生，却并不潮湿。几棵苍天大树在顶上盘结，亮光投下来，斑驳交叠。

"原来初家山庄有这样的地方？"天印有些诧异。

初衔白白他一眼："不然也配叫山庄么？"她扫视了一下周围，寻找着那本秘籍可能在的位置。

这里四周山壁都建了暗格，里面的藏书才是真正的绝学。她幼年时就被父亲带入这里参阅无数，受益良多，甚至后来有一些成书是她本人写成的心得，但从未想过有一日会带另一个人来这里。

4

她看了一眼天印，忽然冷笑起来："师叔，你不是一直想着称霸武林么？看到没有，这里的藏书足够让你梦想成真了。"

天印转头看她："别的梦想也能成真么？"

"哦？我倒不知道，除了武林盟主的位子，你还有别的想要的。"

"有。"天印微微一笑："你。"

"……"初衔白冷下脸，转身朝一面山壁走去。

天印见她不理自己，只好转头站到另一面墙壁下。靠着坐下后，随意拍开身边一个暗格，抽出里面的书翻了翻，居然是崆峒派的上乘武学。再拍开另一个，是早已失传武林的顶级轻功罗刹诀。他笑了笑，果然是好地方，难怪外面那群人如此向往。可惜他时间不多了，不然还真想好好学一学。

初衔白已经提起内力飞身向上方探去，天印看到不禁皱眉，一直使用内力终究还是对伤势不利的。他抬头看了一眼自己这边的山壁，起身提了口气，飞身而上。一口气拍开十几个暗格，大部分都是空的，还有几本都没什么特别的，只有一个十分特殊，天印几乎一眼就看出异常，伸手取过纳入怀里，悄然落地。

初衔白一无所获，转头问他："你发现什么没有？"

天印眼珠一转，摇了摇头："没有。"

初衔白蹙起眉头，走过来随意找地方坐了，沉默了一会儿，忽然道："你不是说折华在密林里就有问题了么，是怎么回事？"

天印有些意外："你已经跟他在一起，我说什么你都不会信了吧？"

"哼，是你自己告诫我不要再相信任何男人的话，我当然不会再相信你，但是你可以试着用可靠的理由来说服我。"

"理由……"天印摸了一下胸口，摇了摇头："算了，你不是个会演戏的人，告诉你只会打草惊蛇。"

"怎么，现在你会用一副好人嘴脸来敷衍我了。"

天印笑了，颇有些情意绵绵的意味："你若喜欢好人，我也可以扮演，你知道我最擅长这个了。"

初衔白默默看着他，二人忽然就陷入了沉默。紧接着，沉默里又绵延出几分肃然，两人的视线移向来时的通道，再对视一眼，俱是面色凛然。

"他们可能已经冲进藏书阁了。"初衔白起身朝通道走："我还是要上去看

第49章 心甘情愿

师叔

看才行……"

她脚步戛然顿住，转头瞪向天印，他居然趁她不备点了她的穴。

"你不用上去。"天印伸手脱她的衣服，初衔白的脸都绿了。但他脱完她的外衣，只是披在了自己身上。"我替你上去。"

天印已走到通道口，初衔白恶狠狠地道："我说过了，你现在做什么都太迟了，别以为这样就能让我原谅你！"

天印忽然折身走回来，揽住她重重地吻了一口，退开时一脸笑容："我也说过，我并不稀罕你的原谅。"他抚了抚她的脸："放心，这次我是心甘情愿的。"

初衔白一愣，他已快步走入通道，身影没入黑暗，脚步极轻，很快就听不见了。

外面喊杀声越发激烈，但很快又低落下去，没多久，头顶斑驳的光亮里开始有了阳光。初衔白堪堪冲开穴道便快步冲到入口。

藏书阁里遍地尸体。

她将入口掩好，四下看了一圈，没有发现天印踪迹，连忙走到门口，折华正带着人过来，见到她很欣喜："青青，原来你在这里，没事吧？"

"没事，我娘呢？"初衔白脚步不停，一路走出门外，混战已退出院外。

"夫人受了点轻伤，但并无大碍。"

她松了口气，转头去找天印，仍不见他踪迹。

"天……"那个名字在喉间滚了滚，终究没有说出口。折华解下外衣披在她身上，语气有些心疼："你怎么了？穿得这般单薄。"

她的视线落在他修长的手指上，不言不语。

折英快步从院外走来，一见初衔白就长舒了口气："公子原来在这里，刚才看到那个白衣人，我还以为是你被包围了呢。"

"他怎样了？"

折英摇摇头："我没看清，他速度太快了，那群人被引出庄外去了，不过段飞卿就在外面，还不知会发生何事。"

初衔白拢了拢衣裳，情绪尽敛，伸手搭住折华的手臂，轻哼一声："那就随他去，死了更好。"

第50章　化生神诀

　　天印一路被追杀至庄外，已是精疲力竭，却见前方还杵着乌压压的一群武林人士，心中顿感不妙。他现在的情形，能拖住后面的追兵就不错了，前方的人若再出手，届时前后夹击，就真的没机会活命了。

　　然而奇怪的是，那群人并没有加入的意思，后面的人虽然呼喊了半天，他们也只是观望着，并没有动作。

　　天印倏然停下脚步，望向人群中央，终于找到了原因。

　　段飞卿打马而出，背着长剑的身影挺拔孤峭，他什么都没说，只挥了一下手，身边黑影攒动，很快就将天印围入圈子，后面紧追而至的武林人士们都停了步子，发现那群黑影都是青云派的人后，面面相觑。

　　"到此为止吧各位，如今不是内讧的时候。"

　　"内讧？"尘虚道长拂尘一抖，差点一口气上不来，捂着胸口喘了口气才有力气接着道："盟主您怎么说出这种话来？难不成您要一而再再而三地包庇纵容那个魔头吗？"

　　段飞卿抬了一下手，示意他冷静："道长为武林除害的心情我能理解，但方法未免太过极端。初衔白身负血债不假，用围剿的方式却实在为人不齿。各位都

是江湖上有头有脸的人物，趁夜偷袭、以多欺少，这种行径若是传出去，只会叫世人看笑话吧。"

众人慑于盟主之威，即使有人不满也不敢多嘴。尘虚道长老脸通红，憋了半晌终是没能反驳，只好避重就轻："那盟主何来'内讧'一说啊？"

段飞卿抬手朝西边遥遥一指："因为中原武林此时不该将矛头对内，而该对着蠢蠢欲动的魔教。你们虽然对初衔白不齿，但放眼武林，她是唯一一个曾受衡无招揽的人，光凭这点，她也有存在的价值。"

尘虚道长有些不敢置信："什么？"

"衡无会招揽她，说明他忌惮她，而你们现在杀了她，只会帮他除了一个障碍，这种行为等同引狼入室。"

"……"

"而且……"段飞卿指了一下天印，"你们追了半天，都没认出这不是初衔白么？"

"啊？"尘虚道长踮起脚尖朝包围圈里仔细一看，差点厥过去。"这这这这……咳咳咳……其实我早发觉不对了，只是一直没说而已！"

旁边的人立即投来鄙视的一瞥："道长，刚才明明是你追得最急最欢来着……"

"……"

段飞卿拍马朝包围中心而去，青云派的人立即让出道路。他在天印面前停下，居高临下地看过来："我知道你能活着出来，或早或晚而已，不然就枉费我等在这里了。"

天印拄剑站着，苍白的脸上笑意不减："原来盟主现身竟是为了我么？我还以为你是来救初衔白的。"

段飞卿朝初家山庄望了一眼："她当初差点因我而死，如今债已还清，以后两不相欠。至于你，"他勒马转头，缓缓离去："一个月后你若还活着，就到青峰崖找我，我给你留条后路。"

天印对着他的背影哈哈大笑："青云派与唐门历来是宿仇，我祖父杀了你祖父，你父亲杀了我父亲……这么多仇怨积压在一起，你居然要给我留后路？"

段飞卿头也不回地朝前走："留着你自然是有用的，不过那还要看你有没有命来拿了。"

青云派的人毫不拖泥带水，立即随他离去，天印立即就失去了防护。

尘虚道长最先反应过来，精神大振："盟主的意思我懂了，初衔白暂留一命，天印就不用忌讳了，大家除了这个伪君子！"

众人恍然惊醒，阵势摆开，又冲了过来，天印回身斩杀了几人，身上难免又添了彩。

旁边的大树上，尹听风悬着双腿坐着，边嗑瓜子边催身边的楚泓："记详细点儿，今年武林大会的看点全在这儿了，回去好好整理整理，这次的武林谱绝对有卖点。"

楚泓下笔如飞，脸上沾了墨渍也浑然不觉，忽然停下来问："公子，你看半天了，救不救人啊？"

尹听风"喊"了一声："为什么要救？他这种混账死了才好，到时候我就大摇大摆把初衔白娶回家，让他到阴曹地府后悔去吧！"

楚泓悄悄咽了咽口水，心想你娶初衔白时能不能不要把那个丑八怪带回阁里，他瘆得慌……

尹听风又优哉游哉地又嗑起瓜子，忽然眼神凝住，老远的，他望见初家山庄的屋顶上站着一个人，白衣当风，裹在瘦削的身子上，叫人担心她会随时摔倒下去。

"哎呀，我未来娘子来了。"尹听风扶着树干站起来，遥遥朝她挥手，"哎，娘子，你来看为夫了吗？"

初衔白朝他看了过来，脸上露出笑容。

下方顿时传来怒吼："听风阁主居然在这里袖手旁观！这算什么？"

楚泓埋怨地看了一眼自家公子。

尹听风无所谓地摊摊手，又坐回去，瞅着初衔白继续嗑瓜子，这次没一会儿又停了。

"咦，阿泓，你看那儿是不是有人啊，还是我看错了？"

楚泓停下笔，顺着他指的方向看过去，正对着他们树上倚着一个人，枝叶茂盛，只露出他一角紫色衣摆。他担心看错，还揉了揉眼，又在脸上添了几道墨渍。

"没错啊公子，应当是唐门的人。"

"哦……"尹听风若有所思地点点头，忽然醒悟般一掌拍在他后脑勺上，

第50章 化生神诀 师叔

"那还不快撤,唐门的混蛋肯定又要下毒了啊啊啊啊!"

楚泓忙不迭收起东西跃下树去,偶然间已经瞥见树上的人露出脸来,这张漂亮的脸他见过一次,貌似他一直叫天印"少主"来着。

"走!"四周黄烟弥漫,尹听风果断扯起楚泓的衣领躲远。

树上的珑宿趁着众人七倒八歪之际,甩出绳索缚住天印,将他向上拉起。天印身上又挨了两剑,已经无力厮杀,被吊起来时,颓唐得像是风中残絮。他勉强偏过头望向初家山庄,闭眼之前,视野里只有那身白衣……

"青青,你怎么到这儿来了?"折华飞身上了屋顶,见到初衔白在,松了口气:"快下去吧,我听说段盟主放话保了你的命,我们现在没事了。"

初衔白的视线落在远处,并没有看他,忽然道:"折华,我记得你说过要把我们的事定了,还算数么?"

折华一愣,几步走过来:"当然记得,你说真的?"

"自然是真的,刚好我娘清醒了,改日我便公布我是女子的身份,我们便把日子定了。"

折华喜不自胜,自身后环住她,心满意足地叹息:"我总算等到这一天了。"

初衔白轻轻拍着他的手背,勾着嘴角低声附和:"谁说不是呢……"

天印被珑宿背着一路疾奔,他陷在沉沉的梦里。

十里长夜,伸手不见五指,是唐门训练他的地狱么?啊,不是,前方有光亮。

顺着指引走过去,忽然听到有人叫他。他疑惑地站定脚步,转头去看,有个女子一路朝他奔跑过来,身上一袭蓝衫,头发随意地绑在脑后,刚靠近就一头扑进他怀里:"师叔,你这是要去哪儿呢?"

"你是……"他有些迷茫,那张脸很熟悉,他却叫不出她的名字。

"我是千青啊,你口口声声说喜欢我,居然把我忘了啊。"

"千青……"他心里涌出欣喜,想要抬手摸摸她的脸,那张脸的神情却变了,邪邪地笑着:"千青?师叔,千青已经被你杀了。"

"……"

"太晚了,就算你死,我也不会原谅你!"

她转身就走，天印想去追，却提不动脚步。他低头看了一眼自己脚下，遍地鲜血，他早已瘫坐在地，脚筋不知何时已被挑断，喉咙想呼喊，却疼得厉害，手摸到锁骨，琵琶骨也断了……

报应到了么？

"少主！少主！你清醒点！"

似乎有人在叫他，他想睁开眼睛，却没力气。

"天印！快醒醒啊！算了，你让开点，我来！"

身上一紧，有人提起了他的衣领，紧接着一阵凉水当头淋下。天印皱紧眉头，身体轻轻抽搐了一下，终于睁开了眼睛。

"天印！能认出我是谁吗？"

四周树木环绕，头顶一方天空秋阳高照，应当是在树林里。女子身上的馨香萦绕在鼻尖，他看着那张脸扯了扯嘴角："金花……"

锦华几乎下意识地就想反驳说自己叫"锦华"，但终究住了口。不是觉得不合时宜，而是那个名字她已经不配拥有了。

她将水壶递给珑宿，吩咐他再去打些水来，伸手将天印拥在怀里，拍拍他的脸："振作些，我传信给玄秀了，她应该就快到了。"

天印望着头顶蓝天苦笑："难为你还肯为我奔波。"

"你以为我跟你一样没心没肺么？"她托着他的头枕在自己双膝上："怎么样？刚才没吸进毒气吧？"

天印摇摇头："没什么，暂时还死不了。"

"哼，就知道你这种祸害命长！"

天印笑了一下，忽然想到什么，伸手指了一下胸口："我衣襟里有个东西，你应该认识，帮我说说它的来历。"

锦华伸手到他怀里探了探，拿出来一个扁平的方形盒子，表面已经被她刚才泼的水弄湿了。抬袖拂去水渍，上面的花纹清晰的显露出来，她顿时惊讶地睁大了双眼。

"这是圣教的东西，你怎么会有？"

"我从初家山庄拿出来的。"

锦华皱眉："初衔白的事我听玄月说了，你还敢从她手上骗东西？"

　　天印轻轻喘了口气："我看到那花纹就认出这是魔教的东西，反正留着对她也不是好事。"

　　"你总有理由！"锦华瞪他一眼，打开盒子，里面是一本秘籍。她刚看到名字就慌张的惊呼了一声，转头张望了一下，确定周围没人才低声嚷嚷起来："化生神诀，这居然是化生神诀！"

　　"化生神诀？"天印是第一次听到这个名字，有些不解："什么东西？"

　　"我初入圣教时就听说过这个传说，圣教的第一任衡无是中原人，曾融会贯通各派武艺练成化生神诀，被追杀逃至西夜国自立门户。他过世时立下门规，要求每任衡无都要练成此功才能登位。但是化生神诀极其难练，后来就演变成只要能练成化生神诀就能成为衡无。再到后来，有居心叵测者练不成神功又想占着位子，便用神子下凡的传说来愚弄百姓，居然还很有效果。不过这种人从不轻易展示武功，生怕被人瞧出来。"

　　天印仔细想了想，心中已经有数："那这届衡无练成没有？"

　　"谁知道啊，他继任衡无时我早就跑到中原了，何况他总是失踪，我连他长什么样子都没见过呢。不过听说他非男非女，八成也是靠那个神话撑着，应当是没练成。"

　　天印恍然："难怪他如今会现身，恐怕就是为了找到化生神诀。"他忽然想起初衔白之前在暗格里寻找着什么，也许就是这个。难道不是她弄到手的？否则怎么会连她自己都不知道放在哪儿。他将秘籍仔细收好纳回怀里，心中已有了计较。

　　珑宿刚提着水回来，远处便传来了哒哒的马蹄声。锦华抬头看了一眼，扶住天印的胳膊："肯定是玄秀来了，我要走了，若是被左护法发现就糟了。"

　　天印点点头："你自己小心。"

　　锦华起身走了几步，忽然又停下脚步："天印，你要好好活着。"

　　天印冲她安抚地笑了笑："放心，我一向最惜命了，何况现在，我更想活着了。"

　　锦华看着他的眼睛，忽然道："你变了。"说完她又娇俏地笑了，飞奔出去老远才传来后半句话："变得这么情意绵绵，真恶心。"

　　天印忍不住笑起来，身后的珑宿忽然伸手扶住他的肩膀："少主……"

　　他警觉地转头，马蹄声已止，有人踏着树叶缓缓走了进来。

第51章 我要你的内力

天印在看到来人的刹那脸色就沉了下来。珑宿也神情不佳,甚至一手已移到腰间取出了暗器。

"呵呵呵……"银铃般的笑声回响着,身着黄裳的少女笑容明媚,将这深秋的早晨的阳光都给比了下去。

"天印师叔,不用这么紧张吧。"

珑宿上前一步,横挡在前:"妖女,那日就是你害我们少主被刺伤的!"

天印咳了一声,暗示他别冲动:"谷羽术,为什么来的不是你师父?"

谷羽术以袖掩口:"师父她老人家太忙了,我觉得这种场合,还是我来比较合适。"她一步步走近,到了跟前,冲绷着脸的珑宿甜甜的笑了笑,眼中媚波如水。

珑宿冷笑:"少给我要花招,你以为我是那些急色的'正道'?"

谷羽术这才板了脸:"你可别不知好歹,现在只有我能救你们少主。"

珑宿刚要反驳,被天印打断了:"那就有劳了,希望这次你别让我失望才是。"他站起身来,脱去早已残破脏乱的白衣,拢了拢长发,朝谷羽术抬了一下手,"走吧,先找个地方安置下来。"

师叔 SHISHU 下

谷羽术有些不悦，他这般轻松，倒让自己先前好不容易营造起来的控制气氛给打破了。不过瞬间她的脸上又堆满了笑："还是师叔您有见地，放心，我一定会尽心尽力地治好你的。"她转头斜睨一眼珑宿，"还愣着干什么？赶紧找个稳妥的地方啊，你不会想让你们少主在这林子里养伤吧？"

珑宿忽然出手，快如闪电，左手捏住她下颚，右手塞了粒药丸进她口中。"你最好长点眼力，要是敢再害我家少主，就让你陪葬！"

天印虚弱地一笑，却似极为开怀："不错，心细如发，珑宿，我很看好你。"

谷羽术捂着脖子咳了许久没能把药咳出来，恨恨地瞪了他一眼。

三人一起出了林子，由谷羽术带路，走了不出一里路，便发现有间猎人盖的简易茅屋。

珑宿扶着天印落后一步，低声道："少主，她这般熟悉路径，会不会有陷阱？"

天印笑笑："就算有，你我现在还有别的选择么？"

珑宿咬了咬牙："回派后我就去学医！"

天印哈哈大笑。

谷羽术转头看过来："师叔为何笑得如此开心？"

天印指着茅屋道："我忽然觉得，与人携手居于青山深处，还真是件逍遥至极的事啊，却不知有谁能看得起我，给我这个机会呢。"

谷羽术眼神微闪，却只是微笑，并不答话，又继续朝前走了。

天印蹙了蹙眉，对珑宿低语道："看来比你想的还糟。"

珑宿一愣："少主何出此言？"

"她这个人只会对有利于自己的人亲昵，刚才这番试探，她显然已经不再寄希望于我，却出现在这里为我治伤，只怕是另有所图。"天印想了想，对他道，"你去找找玄秀，若是找不到，找任何一个武林人士过来也行，谷羽术图名声，不会当着外人惩恶。"

珑宿有些担忧："可是少主您一个人在这儿……"

"无妨，她一个小丫头而已，我还能应付得了。"

谷羽术已走到门口，遥遥朝他们招手："快过来啊，伤势拖久了可不好。"

14

天印拍了一下珑宿的肩："早去早回。"说完朝谷羽术走去，努力让脚步轻盈，摆出毫无负担之感，谷羽术果然多看了他几眼，似乎在确定他的状况，看来心中还是存着几分忌惮。

进了屋，入眼就是一张门板做成的床，上面铺了层稻草，其余就是一个泥土垒成的灶台，凹凸不平，上面扔了一只破碗，已经落了一层灰。

"咦，师叔您的跟班呢？"谷羽术掩门之际，诧异地问了一句。

"我交代他去置办些东西，好歹是唐门少主，我也是会享受的。"天印伸出跟手指在灶台上一扫，嫌弃地撇撇嘴。

谷羽术在天殊派时就知道他为人有些讲究，此时见他虽然形容憔悴狼狈，却不忘将衣裳整理得齐齐整整，心中自然也就不再怀疑了。她从门后取了早放在这里的包裹，取了一些药品出来，指了指床："师叔，我先给你检查一下伤口吧。"

天印乖乖坐了，解衣任其察看。谷羽术这次倒完全没有之前对他勾引献媚的种种举动，脸绷得紧紧的，甚至叫人觉得她还真是个救济苍生的好大夫。

"背后中的那一剑最重，伤口还没长好，左臂断裂，需要接骨，其余都是些外伤。"谷羽术不咸不淡地说完，平静地给他上药。

天印也不多言，只是不动声色地在观察四周，既然她早来过这里，有什么企图自然也都该准备了才是。

谷羽术却没什么异常，忙完就去熬药了，为了通风还敞开了门。天印的戒心更重了，她越是表现得寻常，才越不寻常。

屋子实在太小，药熬没一会儿就充斥了满屋药味。天印接连几天没好好休息，原本已疲累到极致，却不敢放松，此时被这味道一熏，竟有些昏昏欲睡。他心中陡然警觉，却已来不及，没一会儿便歪倒在床上睡了过去。

"师叔？天印师叔？"谷羽术蹲在他身边摇了摇手，见他睡得深沉，满意的笑了笑，起身朝外走去。

这一觉睡到半夜才醒，天印睁眼的刹那险些忘了自己身在何处，直到借着灶台上豆大的灯火看清周围，才想起之前谷羽术的所作所为。

显然谷羽术并不害怕自己的行径被发现，因为她此时就坐在灶台旁，笑盈盈地看着他。

第51章 我要你的内力

15

师叔
SHISHU

"师叔,看来你许久没有好好睡一觉了,怎么,被千青折磨得很惨么?"话说到这儿,她像是忽然惊醒般道:"啊错了,现在该叫她初衔白才是。啧啧,师叔您真是好谋划,居然还特地捏造个假身份来混淆视线。我说当初见您对她那态度怎么奇怪得很,现在才明白,原来你一早就打着她的主意呢。在您眼里,她应当就是个值钱的宝贝,好好地护着,除了你谁都动不了,是不是?"

天印翻身坐起,理了理衣摆:"说到这个名字,你不心虚么?劝你出行注意些,初衔白可不是善人,你以为她会放过你?"

谷羽术的脸色白了白,却仍旧强撑着:"呵呵,多谢师叔提醒了,这些先不说,我这趟出去,倒是给您带了样好东西来。"

天印凝神听了听四周动静,没有察觉珑宿的行迹,面上却仍是一片风平浪静:"哦?是什么?"

谷羽术从衣襟内取出一只绣着精致花纹的小包,颇有些小心翼翼的意味。小包打开,里面是两只小瓷瓶,一只青瓷白底,一只却是黑乎乎的。谷羽术以手半掩,只取了那只青色的小瓷瓶出来。即使如此,天印还是一眼就认出这是唐门的东西。

谷羽术捏着那只小瓷瓶对他摇了摇:"当初在客栈下毒被师叔您识破,我还奇怪,后来知晓你是唐门的人,才明白缘故。既然师叔熟识毒药,该知道这瓶装的是什么。"

"青瓷瓶一般只装解药。"天印淡淡道。

"没错!不愧是唐门少主!"谷羽术赞赏地看着他,表情渐渐转为引诱:"那你可知,这里面装的是什么解药?"

"自然不是普通东西,不过我没心思猜。"

谷羽术故作俏皮地耸耸肩:"好吧,我直说了,这是鸢无的解药。"

天印眼神一亮。

谷羽术见状不禁得意:"师父告诉过我了,您中的是鸢无,这种毒药会让你内力全失,最后成为废人,或者一命呜呼。她老人家一直记挂着这事儿,四处寻找解毒之法,还真是皇天不负有心人,你猜怎么着?"她像是在对朋友说着什么趣闻,满脸笑容:"师父以前跟贵派掌门交往甚密,此事无需我赘述了,唐知秋还真是有意思,与师父分开时,送了两样东西给她,这两样师父一直没仔细看过,那日忽然想起,翻开一看,居然是一瓶解药和一瓶毒药。毒药是什么师父没细究,解药却被她勘破了,应当可以解鸢无无疑。"

说着,她忍不住叹了口气:"唉,真奇怪,你们唐门的人都喜欢送女子毒啊蛊的吗?也太不解风情了。"

天印细细推敲,按照唐知秋跟玄秀认识的时间来算,那时候应当刚有鸢无不久,唐知秋会给她这瓶解药也有可能,毕竟那时候这算是唐门的珍贵之物。何况那老东西行事向来没有章法,不然也不会轻而易举地爬上掌门之位,会送这种东西真是一点也不奇怪。

用脚趾想想也知道谷羽术不会白给他好处,天印静静看着她,坐等后话。

"呵呵,天印师叔,您知道从师父那里偷出这个实在太不容易了,所以要得到解药,您也要付出点回报才是。"

天印点头:"言之有理,那你要什么呢?"

谷羽术心满意足地一笑:"我要你的内力。"

天印一愣。

"不过不是给我。"谷羽术侧了侧身子,她身后的地上,一个人躺在阴影里,不知已睡了多久。

天印一边暗责自己粗心,一边仔细去看:"这是……靳凛?"

"没错,我要你把毕生内力都传给他。"

天印心思一转:"为何?"

"很简单啊,他是好苗子,有希望成为武林高手。"谷羽术一脸遗憾地摇了摇头:"你心思太过狡诈,我掌控不了;段飞卿又太冷,连接触的机会都没有,反倒是靳凛师兄一直对我死心塌地。我猜你可能已经得到初衔白的内力,靳凛如今也算是天殊派的准掌门了,再得到你二人的内力,连段飞卿也不是他的对手,到时候整个武林不就是他的了。"

天印恍然点头:"让我来猜猜,你大概是这么安排的:先以解药要挟我将内力传给靳凛,再脱光衣服搂着他睡一晚。靳凛是老实人,醒来后必然要对你负责,届时你便能正大光明地控制他。"

毕竟事关名节,被他这样直白的揭露,谷羽术脸上很难看:"哼,师叔真是厉害。"

师叔
SHISHU

"不是我厉害,我早就说过,你年纪太小,奢望太多,只会搬起石头砸自己的脚罢了。别忘了,你身上还中着珑宿的毒呢。"

谷羽术扑哧笑出声来:"跟唐门的人打交道,我岂会笨到不吃避毒丹?"

"哦?那看来你是变聪明了不少,不过你的招数还是不够精妙,不如我教你一招。"天印轻蔑的一笑:"等我传了内力给靳凛后,你就脱光衣服抱着我睡一晚,第二日便在靳凛面前哭诉,说我侮辱了你,唆使他杀了我。这样,一来可以掩盖你的所作所为,二来还能让靳凛博一个为江湖除恶的好名声,三来还能让他对你心生同情,怜爱有加。男人对于女人,只有爱才能长久,责任是长久不了的。"

谷羽术看着他平静的脸,眼里忽然露出惊骇之色:"你是不是疯了……怎么反倒还教起我来了……"

天印失望的叹息:"因为你实在笨得让我忍无可忍了,女人笨不要紧,至少要心狠,可惜你一样都没占。对我跟初衔白这种人,千万不能手软,要一击必中,否则死的只会是你。"

谷羽术又想起当初没救千青的事,手都哆嗦起来。被他这般一刺激,居然畏首畏尾起来了。

二人刚刚陷入胶着,谷羽术忽然想起什么,猛地抬头瞪他:"你这么说,不过是在故意扰乱我心神以拖延时间罢了!"她霍然起身,朝他走来,眼神已化为凶狠。

天印耳廓一动,忽然笑了一下。

门被砰地一声撞开,珑宿刚叫了一声"少主",已被人一把推开。身着红衣的女人从他身后闪出,火一般冲过来,狠狠一巴掌扇在谷羽术脸上:"贱人!我天殊派的人你也敢动!"

谷羽术摔倒在地,眼神恐惧,捂着脸战战兢兢:"玄、玄月师叔……"

18

第52章　衡无

玄月真的是气急了，本来被珑宿这个唐门弟子缠住就够火大的了，到了这地方居然又听到这么一出好戏。其实她已经算克制了，要是真按她脾气来，就是把谷羽术大卸八块也有可能。

靳凛是被她几脚踹醒的，迷迷糊糊地眨了半晌的眼睛才有些回神："玄月师叔……怎么了？"转头看到谷羽术，他才算彻底清醒，"诶？羽术，我们怎么在这儿啊？呃……发生什么事了？我怎么记不起来了？"

玄月又补了他一脚："你这个不争气的，简直丢我们天殊派的脸！"

珑宿移到天印身边扶起他，还不忘落井下石："就是，大丈夫何患无妻，作为男人，的确丢脸。"

玄月银牙都快要碎了，扭头瞪了过来，视线却是落在天印身上："哟，我倒没注意到，这儿还有个叛徒呢。"

天印微笑着冲她点点头："师姐，多日不见了。"

"呸！谁是你师姐！"玄月唰的抽出腰间长剑，眼神忽而朝地上的谷羽术凌厉一扫，"先杀了你这个贱人再做其他计较！"

她的剑已经挑了过去，眼前却忽然横插进一人来。

"师叔，千万别！"靳凛跪在她面前，满脸紧张。

"你……"玄月恨不能一剑砍下去，"你要气死我吗？这个贱人有什么好的！你是忘了青青临终对你的交代了吗？"

靳凛面露难色，转头看了一眼慌张的谷羽术，不忍地转过头来："我想当时也许……也许她是真的救不了千青才……羽术年纪还小，您能不能给她一个改过自新的机会？"

玄月气得呼呼喘气，一手指着他，半天说不出个完整的字来："你……你是真糊涂啊……你想想你师妹是什么样的人，她说过别人不好吗？她那时候都要断气了还提醒你提防这个贱人，你难道一点都不知道其中厉害吗？刚才我在门外听得一清二楚，这贱人为了名利打算利用你呢，你还以为她是真喜欢你啊！"

靳凛惭愧地垂着头："可是……终究是一条人命……"

玄月一脚踹在他肩头："你让不让开？不让开我连你一起杀！"

靳凛扯住她衣摆："师叔，求您千万冷静，如果千青还在，肯定也不忍心的！"

天印看到此时，终于忍不住笑起来："以前的千青是不会。"他的视线轻飘飘地落在谷羽术身上："师姐杀了她是替她解脱，不然就留给初衔白玩儿好了。"

谷羽术杏眼圆睁，惊恐地颤抖起来。

玄月越发火大，剑架在靳凛肩上，他却避也不避，僵持许久，她终于恼恨地摔了剑："随你去！到时候你别后悔！"

靳凛松了口气，连忙示意谷羽术离开。谷羽术悄悄朝门口移动，还不忘担忧地看他一眼。

见她要出门，玄月故意对靳凛冷哼道："你可以救她一时，却救不了她一世。休想我会让她好过，我马上便去找玄秀，问问她是不是眼睛瞎了，才收了这个徒弟！"

谷羽术顿时慌乱，折回来跪在她脚边声泪俱下："玄月师叔，我错了，我是一时糊涂，求您再给我一次机会吧！"

玄月连个眼神都懒得丢给她："给我有多远滚多远，下次遇到，大罗金仙也救不了你！"

谷羽术吓得不知所措，只好又以眼神向靳凛求救。

靳凛对上她的视线，终究还是移开了。虽然不知道事情经过究竟如何，但玄月的为人他是相信的，加上之前千青那事他还有些疙瘩，心中也认同让谷羽术吃些教训是好事，便没再求情。

谷羽术见再无希望，只好起身出门，转头之际，眼中的愤恨太过猖狂浓烈，终究还是不小心泄露了出来。

玄月并未注意，她已转身看向天印，不言不语，就这样与他冷冷对视了许久。

天印失笑："师姐看来是有话要与我说。"

玄月手叉着腰，眼神蔑视："是啊，真意外，你居然还活着。"

"实不相瞒，我自己也很意外。"

玄月哼了一声："正好，上次没能清理门户，今日就解决了你！"她的脚尖挑起地上的长剑，横握在手，直刺他咽喉。

珑宿怎么也没想到她会突然出招，根本来不及阻挡。所幸天印反应很快，侧首避开，就着空门突然贴近，左手扣住她手腕，右手化掌，当头就要拍下，却在她鬓边几寸堪堪停住。

玄月惊怒交加："杀啊，为何要停手！"

"我不会杀你，"天印挑了挑眉："且不说你是我师姐，初衔白太在乎你这个师父，为了她我也会留着你。"

"……"

天印撤回手，朝珑宿看了一眼："走。"

玄月武功不敌他，只有眼睁睁地看着他们离开，脸色难看至极。靳凛本想宽慰她几句，又怕再惹她生气，只有默默站在一边，神情尴尬。

玄月转头看到他，又是一肚子气："还不走，留在这儿过年吗？"

"……"

珑宿随着天印一路疾走，直到横穿过林子上了官道，才停下来。他实在不明白为何天印走得这么急切，甚至像在躲避一般，可刚才明明是他赢了啊。

"少主，怎么了？"

话音未落，天印已经软倒下去，珑宿吓了一跳，连忙扶住他。

"撑到现在了，看来我熬不过去了……"天印望了望夜空，黑浓如墨，无星无月。"如果我死了，一个月后你替我去一趟青峰崖，带一句话给段飞卿……如果可以，请他把那条后路留给初衔白。"

珑宿有些慌张："少主，你怎么说这话？"

"你记住我的吩咐就行了。"天印喘了口气，又笑起来："我当然会努力活着，说这些不过是以防万一罢了。"

珑宿这才连忙应下，还想问一下他接下来的安排，他已经晕过去了。

正是夜色最浓之际，荒郊野外的，想要找个落脚处也难，珑宿又怕再遇上玄月，只好取了烟火发了个暗信，召唤其他师兄弟前来会合，然后背起天印朝唐门别馆的方向走，能走多远是多远。

其实他这次是奉掌门唐知秋的命令来救人的，不过他跟着天印久了，比起其他师兄弟多少要积极些，当时其他弟子都埋伏在初家山庄后方，他独自一人去前方查探情形，刚好发现天印跑出来，这才有了机会。之后又遇上锦华，也是幸运。

这一路走到天亮，居然看到了集镇，珑宿松了口气，这里必然离初家有段距离了，玄月应当是准备去初家山庄的，当不会来这里才对。

天印仍旧没醒，珑宿试探了几次，还有呼吸，只是微弱。他睡得也不安稳，好几次呢喃梦呓，奈何听不清在说什么。

师兄弟们还没到，珑宿正打算去找间客栈住下，忽然看到当街有人骑马飞奔而来，青色素衣，面容沉静，不是玄秀是谁。

他本想开口唤住她，却见她身后又紧跟着来了几个武林人士。连忙背着天印闪身避到了旁边的客栈里。

那几个武林人士大概是刚从初家山庄过来，见到玄秀还对她未曾参加的事挖苦了几句。玄秀并未多做分辩，反而急切地问了句："几位可曾看到在下的徒弟谷羽术？"

那几人俱是摇头，她的眉头锁得更紧了。

珑宿见没机会与她接触，只好先去问掌柜要了间房让天印休息，打算稍后出去跟着她。也不知唐知秋这次是不是善心大发了，不仅派他们来救人，还给了他一颗鸢无的解药带来给天印。奈何天印昏迷不醒，光是喂他服药吃饭就费了不少时间，珑宿自己又要休整，这般耽搁，出门时已经难觅玄秀踪迹。他只好原路返回,只要能找到谷羽术,应该很快就能找到玄秀。

这一趟出去居然耽搁了一夜,天印也就安静地睡了一夜,最后是被小二敲门的声音给吵醒的。一醒来浑身都疼痛难忍,骨架像被拆散了一般。好在鸢无的毒性暂时又被克制了,少了几分痛苦。

珑宿不见踪迹,天印也没细究,拉开门,小二开口不是问他可要用饭,反而问了句:"这位客官可是姓唐?有几位公子找您呢。"

说话间,已经有几人走了过来,天印认出那是唐门弟子,冲小二点了点头:"对,是找我的,多谢了。"

小二离开后,那几人进门来,一一朝天印行过礼,也不多话,只等他吩咐。

天印问:"我们现在身在何处?外面情形如何?"

离他最近的一人道:"禀少主,此地离初家山庄三十里,那些武林人士已经离开初家山庄,暂时看来是风平浪静了。"

天印点点头:"那初衔白没事吧?"

"说没事也没事,说有事……也有点事……"

天印挑眉:"什么意思?"

那人皱起眉头:"今早我们来此时,听说她忽然广传消息,说自己是女人,又说要下嫁他人。此时整个江湖都传遍了。"

天印愣住:"什么?"

"少主震惊是必然的,现在整个江湖都震惊着呢。"

天印却像是没听见他的话。

她真打算嫁给折华了……

珑宿还没回来,众人都在客栈等待。有乖巧的弟子给天印熬了药,他喝完后回房休息,却没有躺下。在床边静坐许久,他伸手入怀,取出了那本化生神诀。

"也许我现在最大的敌人就是你了。"他轻轻摩挲着书皮:"衡无……"

念出这个称号时,手指已经翻开扉页,岁月的印记扑入眼帘,泛黄的纸页,间或晕开的墨渍,极其简洁的文字记载,却也极为深奥艰涩。初夫人当时说的重要东西,应该就是指这个了,至于怎么落到初家的,他只能猜测出一二。

练,还是不练。对现在的他来说,这太冒险,全看是否值得。

"少主!"外面忽然传来珑宿急切的声音:"出事了……"

第52章　衡无

第53章 嫁衣

"滚！滚开，你们这群骗子！"

初家山庄里又炸开初夫人疯狂的咆哮，初衔白在院外捂着耳朵无奈地望天叹气。

闰晴从走廊那头走过来，老远就唤她，见她没反应，只好小跑到跟前，拉开她的双手："公子，啊不，是小姐。"她吐吐舌头，朝初夫人的院子努努嘴："夫人还没同意您跟折华的婚事是不是？"

"唉，她要是能说句不肯倒好了，刚好没几天又犯病了。"初衔白拍了拍额头："我是拿她没办法了。"

闰晴也跟着叹气："那还真是没办法。哦，对了！"她忽然想起什么，声音都高了一截："刚才有人来找您呢。"

"嗯？谁啊？"

"嘿嘿，是个很白嫩的俊小子，叫什么靳凛。"

"啊，大师兄啊。"初衔白伸出手指戳了戳她的额头："你啊，小色胚！不过大师兄是长得不错，当初我还被他迷得晕头转向呢。"

闰晴笑嘻嘻地道："那后来你怎么会看上天印啊？"话说完才意识到自己说

错了话，她又讪讪的闭了嘴。

初衔白倒并不介意，摸了摸下巴，似回味一般道："说出来你可能不信，我家师叔有时候还真挺迷人的。"她摆摆手，不再继续这个话题，"靳凛人呢？"

"哦，他走了。"

"走了？"

"是啊，他说是听说初家被偷袭才赶来的，听说您没事就放心了，还说如果您有空就去一趟市集的悦宾楼，您的师父想见一见您。"

"师父？"初衔白脸上扬起笑容，"是我师父玄月？"

"是啊，那日我们把天印截回来时，她一直看着您呢，可惜您都没看她一眼。"

"啊，是我疏忽了，那时候我一心想着对付天印呢。难怪她不肯上门来见我，多半是怕我不认她呢。"初衔白笑着推她，"快去准备份厚礼送去，我明晚就去见她。"

闰晴哪用她开口，早伸手来扶她了："知道啦。"二人说笑着走了一段路，她忽然看了看初衔白，"小姐，您是真心要嫁给折华的么？"

初衔白捏捏她的脸："傻丫头，这世上很多事，不是光靠一颗真心就能决定的。"

天印和珑宿一人一骑飞驰在路上。珑宿担心他伤势，几次提醒他慢些，天印却丝毫没减慢速度，一连过了两个时辰，实在是道路颠簸得忍耐不住，才放缓了一些。

"少主，快到了。"珑宿指了指前方，热闹的市集已在眼前。

"玄月人呢？"

"在客栈。"

天印立即拍马而去。

珑宿昨夜在这附近发现了谷羽术的踪迹，暗暗追了一路，没有找到玄秀，反而见她鬼鬼祟祟进了一家客栈，他跟进去，才发现她居然是去找玄月的。

也不知她用了什么法子，竟将玄月从房里引了出来，二人在客栈后院的马厩旁碰头，谷羽术哭哭啼啼地求玄月千万别告诉自己师父，玄月自然会严厉地斥责她。二人你来我往了好半天，珑宿都快不耐烦了，忽然见玄月倒在了地上，他一

第53章 嫁衣

师叔

愣，连忙仔细去看，谷羽术正忙不迭地收着东西，借着马厩旁的灯笼，依稀能看出那是一只黑乎乎的瓷瓶。

他没有打草惊蛇，待谷羽术逃走后才去看玄月，她果然是中了毒，脸色乌紫，已然不省人事。

珑宿并不想多管闲事，但是他很讨厌谷羽术，而且天印也说过为了初衔白要留玄月一命，他便将玄月扶回了房里，胡乱用了颗祛毒丹给她吃了，就急急忙忙赶回去通知天印了。

此时还在敏感之时，天印却没时间管客栈里有没有武林人士，按照珑宿的叙述，谷羽术用的应该就是唐门的那瓶毒药，那毒药连玄秀都看不出来历，只怕不是一般凶险。

二人连小二也懒得理就直冲玄月房间，拍门而入，她果然还睡在床上，脸色已转为青白，天印叫了她两声得不到回应，又伸手探了探她鼻息，已很微弱。

"少主，这毒似乎很难解啊。"

天印点头："恐怕只有唐知秋一个人能解。"他看了一眼紧闭双目的玄月，忽然问，"唐知秋现在人在何处？"

珑宿自然明白他的意思："掌门现在还在别馆，从这里赶过去，最快也要半天时间，不知道她能不能撑得住，而且少主您还有伤……"

"那我们现在就走。"天印背起玄月出门，"如果见死不救，初衔白非杀了我不可。"

珑宿叹气，只怕还没等到她杀你，你自己就先倒下了。

出客栈门时，靳凛刚好从初家赶回来，心中还想着玄月师叔怎么睡得这么死，临走时怎么也叫不起床，也不知现在起身了没有。谁知抬头就撞上了天印，他已用绳子将玄月与自己捆绑在一起，正准备走。

"师……唐印！你这是要做什么？"他急忙冲上去拽住缰绳。

"靳少侠快放手，我们没时间跟你耗！"珑宿冲他吼道。

靳凛一看玄月脸色不对，心中大惊："你们对玄月师叔做了什么？"

天印忍无可忍，一脚将他踢开，转头对珑宿说了句"拦住他"，便一夹马腹飞驰而去。

靳凛又惊又怒，又要去追，被珑宿缠住，一连拆了他几百招也未能脱身。珑宿也嫌烦了，随口道："真担心的话，过几日来唐门别馆接她好了，烦人！"说完飞身上马，疾驰而去。

靳凛心中一阵阵骇然，去唐门别馆？那玄月师叔岂不是凶多吉少？

大概是颠簸得太厉害，玄月途中醒了一次，吐了一口黑血，好在天印穿的是黑衣，不至于被弄得太难看。看出自己的处境时，她立即挣扎着要下去："你要带我……去哪儿？滚开……"

天印头都没回一下："你中了剧毒，最好别乱动，我带你去唐门解毒。"

"唐门？"玄月怔了怔，挣扎地更厉害了，"放我下去，我不要见到唐知秋！"

天印压根不理她，将绳子又紧了紧。

玄月浑身乏力，阻止不了他，更加气愤："你别假好心……我不会感激你的……"

"我不需要你的感激，本来也就是在利用你而已。"天印笑了笑，"救了你，初衔白也许会对我改观也未可知。"

玄月被他这话气得说不出话来，又不能把他怎么样，急火攻心之下又昏了过去。

天印抚了抚胸口，顺下喉间那阵腥甜，忽然抽出剑在马臀上刺了一下。

马狂嘶着绝命飞奔，后面的珑宿看见，连忙加进速度跟上，万分无奈。

初衔白正在试嫁衣，这还是折英和闰睛连夜去集市给她置办的。她坐在镜子前看折英给她梳头，笑道："早知道我早些准备了，赶出来的东西到底是要次一些。"

折英是老实人，立即问："那要不要再送去改？"

初衔白失笑："不用了，我随口一说而已。"

折英看着她镜子里的脸，神情有些复杂。她终于恢复了女装，虽然之前已经看过，此时给人的感觉又不同。折英忽然希望她还什么都没记起，至少那时候她过得很开心。有时候甚至会想，如果她一无所觉地按照天印的计划将内力都给了他，也许会比现在好受。人活得糊里糊涂，有时反而会觉得幸福。

初衔白从镜中看到她的表情，有些意外："你这是怎么了？"

折英回了神，讪笑道："大概是有些紧张吧，以后主子成了弟媳，我还不知

第53章 嫁衣

师叔

道该怎么相处呢。"

初衔白只是微微一笑。

"小姐！"

外面忽然传来闰晴的呼喊，初衔白面露诧异："这丫头又怎么了？"

折英道："我去看看。"

闰晴提着裙摆直冲过来，险些在门口撞上折英，来不及道歉就冲初衔白嚷嚷起来："小姐，出事了出事了！"

初衔白转过身来："怎么，你把给我师父的礼品弄丢了？"

闰晴大口喘着气，连连摇手："不、不是，你师父她……她被挟持了！"

"什么？"

"我刚去客栈没看到靳凛，掌柜的说他留了话给您，说是玄月被挟持到唐门别馆去了，他已赶去营救。"

初衔白霍然起身："谁做的。"

"天、天印……"

初衔白脸色一沉，手紧捏成了拳。

折英见状有些担心，还没来得及说话，她已大步朝外走去。

"小姐这是打算亲自去吗？您身上还有伤……"

初衔白朝前院走，脚步不停，老远就在高喊："备马！"

"哎哎！"闰晴追出去，已不见她踪影，无奈地跺了跺脚："好歹换件衣裳啊！"

"怎么了这是？"折华刚好过来找初衔白，见她和折英都堵在门口，有些诧异，探头朝屋里看了看，奇怪道："青青人呢？"

"唔……她……出去了……"闰晴瞄瞄旁边的折英，心想，在他面前，还是别说出天印的名字比较好吧。

第54章　唐知秋

初衔白出去的消息初夫人很快就知道了。现在的她比小动物还警觉，一点风吹草动都敏感得很，不过是送饭来的人在院子外面八卦了两句，她就记在心里了。

她一边数叨着"骗子"一边扒完了饭，记忆越发混乱了，竟又担忧起那本秘籍来，正想要去藏书阁察看察看，院门被推开了。

"夫人，我来看您了。"折华笑盈盈地看着她。

初夫人见到他立即露出了笑容："啊，折华，你来得正好，我刚好想起那本秘籍，也不知道被我藏哪儿去了。"

折华扶着她的胳膊一脸关切："真巧啊夫人，我也想问，您究竟把它放到哪儿去了呢？"

"我这不是想不起来了嘛，你那会儿说给了我就任我处理的，我就……"她话头一顿，醒悟般道，"诶？不对啊，你不是说从此都不再过问这本秘籍了吗？还骂它是邪功呐！"

折华故作讶然道："我何时说过？没有啊！"

初夫人却不信他了，推开他的手就跑："你又来逼问我了！我知道了，你是骗子，我才不会上当！"

折华抬袖掩口轻笑："跑吧，之前我还没有方向，上次见天印和初衔白在藏书阁藏身避难我已有数，想必阁中有密道吧？"他一步步朝初夫人走去，她的背后正是藏书阁。

"也是，偌大一个山庄，即使已经凋敝的不成样子，总还有些可取之处，不然就培养不出初衔白这种人物了。"他盯着藏书阁的匾额双眼微眯："夫人，不请我进去坐坐么？我可是快要成你女婿的人了。"

初夫人眨着茫然的眼睛看他，似乎不明白他话里的意思："你要做我女婿？我有女儿吗？"

折华无奈地拍拍额头："是我犯傻了，没事跟你说这些做什么。"

他径自抬脚朝藏书阁而去，初夫人忙冲上去阻拦他，却不是他的对手。她本就武功平平，又荒废许久，此时疯癫更无章法，不出三招已经被折华挥开，倒在地上口溢鲜血。

折华瞥了她一眼，正要举步进入，忽然听她哈哈笑道："不管你想做什么，都来不及了，我已经让青青把秘籍毁了！"

折华一怔，转头看她，发现她似乎又清醒了些，手臂动了动，却没爬起来。

"是我大意，居然忘了你时好时坏。"折华眼中厉色一闪，屈指做爪，已要袭向她，忽然脚边"叮叮"作响，飞来一排暗器，止住了他的步子。紧接着院外传来闰晴的呼唤："折华，折华，快去招待客人，听风阁主来了！"

他皱眉抬头，那位需要他招待的客人已经蹲在院墙上，正眼神幽深地看着他。

怎么也没想到尹听风会忽然来搅局。折华看了一眼晕死过去的初夫人，既不慌张，也不纠缠，忽而轻一甩袖，提起轻功朝庄外掠去。

既然初衔白已经知道秘籍的存在，也许还没被她毁掉也未可知，先找到她才最重要。

院墙上的尹听风目视他离开才放松下来，抚了抚胸口长舒口气："还好没跟他动手，看起来很厉害啊……"他望了望地上躺着的初夫人，脑袋耷拉下来："我怎么来得这么巧啊！"

唐门别馆目前处于萧瑟状态，比这深秋的天气还萧瑟。据说掌门唐知秋前几日刚被魔教左护法教训了一顿。那位脾气火爆的少女来传教主口令，挥着大剪刀

30

叫唐知秋立即派人把天印从初家山庄弄出来，死活不管，反正不能让他再待在初家。有唐门弟子八卦地说，哎哟喂这比我们掌门还像是少主的亲人呐！

天印一脚踹开别馆大门时，已是晌午时分，他的亲人唐知秋刚去小睡，被他捶门叫醒，差点惹得那两个黑衣人心腹对他动手。

"怎么了？"唐知秋打开门时已经整理过仪容，虽已年届中年，他还是一如既往地注重外表，这大概是年轻时风流倜傥遗留下的习惯。

天印回答的言简意赅："请你救人。"

唐知秋对他忽然回来不惊讶，反倒对他的话惊讶："救人？唐门是有救人的本事不假，不过传到我们这几代都荒废了吧。"

天印懒得跟他废话："玄月中毒了，你救不救？"

"玄月？"唐知秋一手扶了门框，看不出是想进还是想出，顿了顿才道，"那就去看一看吧。"

玄月被安置在偏厅的软榻上，唐知秋进去时，她还没醒。先前他的态度一直很轻松，见到此间情形后的表现却让人觉得很不妥。

——他一个字也没说，眉头皱成了川字。

天印和珑宿都被他赶了出去，看着门掩上后，珑宿小声道："少主，恕属下多嘴，看掌门表现，只怕凶多吉少啊。"

天印点点头："我也看出来了。"他略一思索，吩咐道："你再去找找玄秀，或许会有她的踪迹，有她在，胜算会大些。"

珑宿忧虑道："您要不要先治伤？已经拖很久了。"

天印摆摆手："我有数，你去吧。"

珑宿知道他脾气，只好照办。

天印见偏厅里安静的很，只怕唐知秋还在想法子，估计没有一时半会儿解决不了，遂决定先去药房给自己找些伤药。

其实唐知秋不是在想法子，而是没有法子。

这毒药他已认出来，是他当初送给玄秀的。当时唐门刚制成鸢无不久，这毒药是在练鸢无时偶然淬炼出的剧毒，因是意外，连名字也没有。当时发生了很多事，玄秀要与他分别，他将鸢无的毒留给自己，解药给她；这毒给了她，解药却放在自己手里。

第54章　唐知秋

师叔

那时候的他大约有些天真，以为这也是种联系。也许哪天他跑去找她说自己中了鸢无的毒需要解药，也算是个借口。他甚至幻想玄秀离不了他，服了这毒用性命来威胁他，也会有再见的机会。

可惜一样都没如愿。鸢无的解药他掌握了方子，玄秀也没有寻死觅活地服毒要挟他，反而成了璇玑门的弟子，更不止一次公开说有向道之心。于是终于在成亲那一晚，他将这毒的解药扔进了池中。

她既已放下，他也不用纠缠。

只是造化弄人，现在她的妹妹却中了这毒来了。

约莫过了半个时辰，玄月醒了过来，脸色已经从灰白转为红润，这是不祥的征兆。

她睁开眼睛，以为自己在做梦。仿佛还在二十多年前，那个少年一点也没变，仍然是那身紫色袍子，侧脸的弧度好看得叫人移不开视线，眼帘微垂时，长睫似遮住了她柔软的心底。直到他转过头来，看到他额间的几条细纹，方觉岁月如梭，黄粱一梦。

"月儿，还记得我么？"

声音倒是变了，玄月想，变得低沉多了，果然不是当年了……

唐知秋见她不回答，皱眉低语："不记得了？"

"唐知秋……"玄月闭了闭眼，别过脸去，"我不想来见你的。"

"哦？我以为你把自己保养得这么美，就是为了来见我的呢。"唐知秋低声说着，像是在跟老朋友打趣。

"我只是想让自己过得好一些罢了，这世上能对自己好的，就只有自己。"玄月轻轻喘了口气，终于又看向他："我是不是快死了？"

唐知秋静静地看着她的双眼，点了点头："若是常量，至少可以拖延数月，我就是立即着手研制解药也有可能救得了你，但是你被灌了一整瓶……应该熬不过一盏茶的时间了。"

"是么……真意外……"她有些怔忪："怎么也没想到我会死在唐门的毒上……"

唐知秋问："是谁做的？"

"玄秀的徒弟。"玄月咧开嘴笑了："这是不是报应？当年如果不是因为我，玄秀可能不会跟你分开。"

唐知秋抿唇不语。

"你大概也很不喜欢我，我自己是有数的。我向来泼辣任性，过去玄秀一直让着我，但在你这件事上从不肯让步。若不是后来她险些失手杀了我，也不会下决心跟你分开……"一连说了一长串话，她有些粗喘，停顿了一瞬才又接着道，"其实我知道你喜欢的是她，只是不肯承认而已……"

唐知秋仍旧只是沉默。

玄月忽然问："这些年你过得如何？"

他这才开了口："还不错，成过亲，丧了偶，做了掌门，也做走狗，日子一样过。"

玄月笑了："我终于理解我徒弟的心情了。"

"哦？什么？"

"你不是好人，我为什么要这么喜欢你……"

"……"

"越是喜欢，越是憎恨，越是在乎，越是放不下……"她睁大眼睛瞪着屋顶，眼里的光芒有些涣散，"真好，我可以解脱了……"

"没这么容易的。"唐知秋叹气，语气里终于有了遗憾和无力的情绪，"这毒在最后还会让人全身溃烂，饱受痛苦，你的折磨还没开始。"

玄月的眉头立时皱了起来，她可以对生死豁达，却无法承受自己变成那般不堪入目的模样，尤其还是在他面前。

"那就帮帮我……"她看着他的眼睛，深棕色的瞳仁，曾是她最着迷的色彩，"让我走得体面些。"

唐知秋看了她一会儿，伸手揉了揉她的发，俯下头贴到她耳边："对不住，救不了你，若有来世，我一定喜欢你，只跟你在一起。"

玄月"呸"了一声，有气无力，话里却带着笑："男人说什么来世的承诺都是骗人的，图自己心里安稳罢了，我不稀罕！"她伸手抚住他的脸，脸色忽然认真起来，"替我跟玄秀说一句，对不起……"

唐知秋的手指轻轻捏住她的咽喉："你说的和我说的，我都记住了。"

玄月眨了眨眼，一直微笑着，直到抚着他脸的手垂下去，也没有变过……

第54章 唐知秋 师叔

33

第55章 骗子……

"真是羽术做的？"

再没几里就要到唐门别馆了，玄秀急勒住马，看向珑宿。

"没错，骗您我又没有好处。"珑宿急匆匆地催她，"玄掌门请快些吧，我们掌门似乎没什么把握。"

玄秀眼里闪过惊惧，重重地拍了一下马背，冲了出去。

不久前她收到锦华的飞鸽传书，要她一起去营救天印。她出发前发现信已被拆阅过，还只是揣测，紧接着就得知自己珍藏的药被偷了。

能拦截她信件，接近她房间的人只有谷羽术。她以前一直很器重这个徒弟，但这段时间已渐渐发觉她的异常，加上之前在听风阁时又听尹听风提点过几句，很难叫人不心生怀疑。

玄秀去了约定的地点却没见到天印，心中已料到几分。她一路打听着谷羽术的下落，本已有了眉目，谷羽术却像刻意躲避她一般，她扑了个空，忙折回原路再找，便遇上了珑宿。

路上听说了谷羽术的所作所为，她很震惊，实在很难想象自己一手教导出来的徒弟会这般心狠手辣。但珑宿所言有理有据，时间也吻合，让她不得不相信。

现在她唯有祈求上天能宽容些，别夺走她唯一的亲人……

时间已过去太久，天印已经换过药，又在院中盘桓了几圈，仍不见有动静。他走到门口询问过几次，始终没有得到回应，终于忍不住一掌拍开了门。

"如何了？"

唐知秋从榻边起身，脱了外裳盖在玄月头上，转身朝门口走："我会厚葬她的。"

天印伸手拦住他，眼里全是震惊。

"我只是帮她解脱而已。"唐知秋显然已经猜到他在想什么："跟你我没必要说假话，我真救不了她，但也不能看着她受苦。"

天印看了他许久，沉着的脸色才稍微缓和了一些，玄月终归是他师姐，如果唐知秋真的下了狠手，他定要讨个说法。但他也相信唐知秋犯不着置她于死地，且不说玄月对他一往情深，就算有什么亏欠他的，唐知秋还不至于锱铢必较到这种地步。

他走到榻边，将唐知秋的衣裳丢开："她是天殊派的人，由你处理后事会落人话柄，我带她走。"

他背起玄月要出门，经过唐知秋身边时，只听见他微乎其微的一声叹息："希望你别再变回十年前的模样。"

天印的脚步顿了顿，没有回话，径自出了门。

日头隐入了云层，沉闷异常，大概是要落雨了。

天印走出别馆大门时偏头看了一眼玄月，她很安详，唇边甚至带着笑。

"对不住，师姐，没能救你……"他轻轻将她往上托了托，朝市集方向走去。

刚走出没多远，有急促的马蹄声踏着青石板街哒哒而来，天印抬头，很远就能看到马背上一袭蓝衫的人影，是靳凛。他本还想去找他，他倒自己来了。

"玄月师叔！"靳凛急勒住马，翻身下来，几步跑到他跟前："唐印！你把我师叔怎么了！"

天印微敛下眼。

靳凛不等他答话，伸手去接玄月，碰到她时才发觉不对。

"这……玄月师叔她……"

"她死了。"

靳凛双眼圆睁，不敢置信的看着他："不可能……"他扶着玄月平躺在地上，唤了她两声，又探了探她的鼻息，才终于相信，"你……玄月师叔与你无冤无仇，你竟连她也不放过！"

天印抬眼看他："清醒点，她是中毒死的，我没事杀她做什么？"

"不是你还有谁！她的喉间有明显的伤痕，怎么会是中毒！"

天印皱眉，尚未来得及分辩，身后又传来了马蹄声。他转头看去，来人大概是怕颠簸，略微抬高了身子，人几乎没有沾到马背，那一身红艳的嫁衣便肆意地随风张扬开来，脸色却苍白如雪，每接近一分，就让他怔愕一分。

她在几丈之外停住，目光落在跪着的靳凛身上，又缓缓移到平躺着的玄月身上。

有一瞬，她觉得时间是静止的。当初在天殊派醒来后第一眼看到的人，那个差点被她认作母亲的人，就躺在下方，毫无生气。她无法相信，一个如此鲜活的人，有一日会这样一动不动地躺在她面前。

靳凛强忍着眼泪看向她："千青，玄月师叔已经……"

初衔白似乎被这一声惊醒了，几乎是从马上翻滚了下来。天印下意识地接近了一步，却没有伸手去接，因为她已经站直身子，目光扫到了他的身上。

无论是十年前还是如今，天印从未见过她露出这种眼神，似乎没有任何情绪，又似乎带着任何一种情绪。

"青青……"

"这么难吗？"初衔白像是在说梦话，一步步走过来，右手无力地拖着剑，甚至让人觉得她单薄的身子随时会一头栽倒下去："不害别人……真的这么难吗？"

"你误会了。"天印有些挫败："是谷羽术给师姐下了毒，我带她来这里是想救她……"

"救她？"初衔白笑得有些虚无缥缈："这种事怎么会发生在你身上？你以为我会相信？你本来就是个骗子。"

"……"天印生平第一次感到无措，甚至可以称之为不安。他给自己织了个死局，天意在最关键的一刻捅了他一刀，他已百口莫辩。

初衔白已经走到他跟前，彼此相距不过几步，却像隔了几个尘世。手里的剑似从濒死焕发了生机，一点点扬起，指向他。

"是我错了，不该留着你，是我害了师父。"

"不是……"

"我"字还含在喉间，已经戛然而止。天印诧异地看着她，缓缓低头，看着没入胸口的霜绝。

冰凉刺骨，寒彻四肢百骸。等这感受侵入心头，剧痛才开始蔓延。

初衔白再近一步，长剑又送入几分，彼此甚至都能听见剑锋没入皮肉的轻咻声。她凝视着他的双眼，从他沉黑的眸子里看着自己的苍白面孔，情绪渐渐褪去，只余木然。然后陡然抽手，剑身撤出，鲜血飞溅。

天印捂着胸口，甚至连一个字也说不出，便颓然倒地。

初衔白手里的剑也跟着摔落到了地上，她瘫坐在地，视线扫过他鲜血漫溢的胸口，人似行尸，心如死灰。

"千青……"靳凛根本没有想到她会忽然发难，一次接一次的震惊让他愣在原地。可等他看清初衔白的脸，越发怔忪了。

她居然在流泪。

"真奇怪……"初衔白盯着天印的眼睛喃喃，"你杀了我，我没哭；你杀了师父，我也没哭；我杀了你，反倒哭了……"她伸手捏着他的下颚，"难吗？不害身边的人真的这么难吗？是不是杀了你，一切就结束了？"

天印用力扯住她嫁衣的袖口，说不出完整的字来。

初衔白伸手抱起他，让他的头枕在自己膝间，亲昵得像是回到了从前："好了，师叔，一切都结束了……"

鲜血沾污了她的嫁衣，她却一无所觉。周遭幻灭，爱恨消弭。他害了那么多人，现在被她解决了，一切都结束了……

点滴雨珠落了下来，她拥着他，不言不动，似已风化成石，像正在跟他一起流失着生命。

视野里的色彩消失了，白茫茫的一层雾。她几乎忘了自己为何会出现在这里，忘了发生过什么，昏昏沉沉不知过了多久，忽然有抹紫色扑入眼帘，她指尖一动，被人一把推开，怀中顿空。

37

师叔 SHISHU 下

　　她看见珑宿惊慌失措地背着他朝别馆方向跑去，一路呼唤着帮手，这一幕像是在做梦，分不清虚实真假。

　　耳旁响起了哭声，遥远地像是来自天边。她转头看过去，好半天眼神才有了着落点。玄秀搂着她的师父满面泪水，身子都在哆嗦。

　　"果然是那毒……是我害了你……你终究还是死在了我手上……"

　　靳凛本还忍着悲伤宽慰她，闻言不禁诧异："玄秀掌门，我师叔真的是因为中毒死的？"

　　玄秀根本没听见他的问话，忽然苦笑起来，自言自语的喃喃："是我瞎了眼，仗着羽术聪明便一直纵容她，才害了你……这一切都是我一手造成的……都是我……"

　　"谷羽术？"初衔白的意识终于有些恢复清明，"你说是谷羽术做的？"

　　珑宿已带着人冲了过来，老远就指着初衔白喊："掌门有令，抓住初衔白，替少主报仇！"

　　霜绝上还沾着血渍，证据确凿。

　　初衔白没有动，她居然笑了，甚为荒唐的笑容。

　　"骗子……如今再没有人会信你，活该……"她自言自语着，挂着霜绝站起来，手上身上全是血，大红的嫁衣上暗红大片大片地斑驳交替。

　　靳凛怎么也想不到这一切真的是谷羽术所为，见千青神思恍惚，大有自暴自弃之态，连忙上前阻挡。

　　"千青，快走！"

　　"走什么，一人做事一人当。"

　　珑宿对靳凛也满心是火，朝身后挥了下手道："这也是个坏事的，一并杀了！"

　　靳凛早已心生愧疚，被他一骂，更是惭愧。当初玄月说他留着谷羽术一定会后悔，不想竟是一语成谶。现在能补救的，只有救走初衔白了。

　　然而千青并不用他相助，已经自己翻身上了马。

　　"千青，你要去哪儿？"

　　"去取谷羽术的命。"

第56章　祭品

　　这段时间的休养，初衔白身上的伤势都已好得差不多了，唯有琵琶骨却是始终好不了的。之前一路赶得太急，即使注意了还是难免会引起疼痛，如今再次上路，越发明显。

　　已经一连奔出十里，她终于熬不住，勒住马打算稍事休息一下，刚停下不久，却看到前方两人一骑快速地朝她这里冲了过来。

　　"喂喂，你这个丑八怪，别乱摸啊！"执缰绳的白衣美男一脸嫌弃地扭着上身，顾不上看路，反而一直怨念地盯着扣在他腰边的手。

　　"闭嘴！谁摸你了！快点赶路！"坐在他后面的女子恶狠狠地瞪他，脸上的伤疤越发狰狞难看了。

　　二人惊险万分地横冲过来，初衔白遥遥唤道："折英，你要去哪里？"

　　马被急忙勒住，悬着前蹄一阵惊嘶。折英从马上跃下，大步朝她走来："总算找到您了，小姐，山庄出事了。"

　　初衔白心头一紧，师父已经没了，她实在无法想象家里再出事会怎么样。

　　"折华人忽然不见了，怎么也找不着。听风阁主来拜访，却把夫人接走了，我也不明白他要干什么，所以连忙来找您回去。"她朝马上的楚泓翻了个白眼：

"他是来替他们阁主传信的,可能知道什么。"

楚泓下了马来,从怀间取出一封信递给初衔白:"我家公子的亲笔信,请您务必一个人拆阅。"他意有所指地瞄了一眼折英,后者立即狠狠回瞪过去。

初衔白没在意二人如何用眼神厮杀,接过信三两下拆开,迅速浏览了一遍,这才知道大概。

她压下心中惊讶,将信收好,尽量让语气平静:"尹阁主是受我所托才去接我娘的,没事。至于折华……他会回来的。"

折英对这回答有些意外,却也没有多问。旁边的楚泓则是一副得胜的嘴脸,颇为骄傲地冲她挤了挤眉毛,却听初衔白忽然叫了他一声。

"楚泓,你来得正好,我刚好有件生意要与你们听风阁做。"

"啊?"

"以你们听风阁的实力,找个人应该不难吧?"

"那是自然,有名字有样貌的,不用过夜就给你找出来。"

"好得很。"初衔白微微笑了:"只要你们能把谷羽术送到我面前来,我可以用一本江湖失传的上乘武功秘籍来换,早一个时辰,就加一本,如何?"

楚泓眼神一亮:"真这么大方?"

"说到做到。"

"好!成交!"

折英忍不住插话:"你嚷嚷得这么干脆,做得了主么?"

"废话,这么划算的生意不做,我家公子的脑袋肯定是被门夹了!"楚泓翻身上马:"你们说个落脚点,最迟今夜子时,必定将人送上!"

初衔白道:"这附近有集镇,我在最大的客栈里落脚,敬候佳音。"

楚泓朝她拱了拱手,一勒缰绳,调转马头离去。

说是到子时,其实是楚泓谦虚了。这里可是江南地界,听风阁的老巢,要找什么人还不是轻而易举的事。初衔白不过才在客栈里由折英伺候着换了身衣服,抹了个药膏,那边就有两个白衣翩翩的听风阁美男来汇报进展,说谷羽术的行踪已经差不多确定了,不出意外,三个时辰以内就能见到她人了。

初衔白点点头:"转告尹听风,他想要什么秘籍先想着,只要我拿得出,一定给。"

二位美男得到这种答复，都很满意，欣然告辞。

折英见人都走了，才捧着那身染满血的嫁衣小心翼翼问她："小姐，你做什么去了？为什么会有这么多血？"

初衔白倚在床沿，目光投向灰蒙蒙的窗外："杀人去了。"

"……"

一直不干不脆的雨滴终于在夜幕初降时分化为瓢泼大雨。雨点从屋檐坠下，溅上窗台，噼里啪啦的响，叫人难以清净。

初衔白捧着盏茶，披衣坐在窗边观雨，什么都看不清楚，反而叫她心底澄澈。

"笃笃笃——"房门被轻叩三声，折英冷硬的声音在外响起："小姐，人到了。"

初衔白倏然转头："带进来。"

门被大力撞开，一个少女被推搡着跌倒在她面前，仓皇地抬起头来，将一室宁静搅得支离破碎。

楚泓本人没来，押人的两个听风阁弟子退了出去，折英横挡在门与谷羽术之间，防止她逃走。

"千、千青……"

"嗯？你叫我什么？"初衔白悠然地摩挲着手中茶盏，嘴边轻轻浅浅浮着一抹笑。

谷羽术哆嗦着改口："初衔白……"

初衔白点点头："羽术啊，很久没见了，我们之间似乎还有账没清呢。"

谷羽术的脸唰的一片惨白，连忙跪爬着上前："我不是故意的，当时我是真的救不了你，真的……"

"啧啧……我才发现，你骗人的本事也不差嘛。"初衔白捏着茶盖抹去浮叶，品了口茶，才又道："是我疏忽啊，你欠我那么一大笔帐没有及时收，现在欠的更多了，一时半会儿还怕收不齐了。"

"……你、你说什么？"谷羽术微微瑟缩，眼神闪烁的厉害。

"我师父被你害死了。"

折英闻言不禁讶然，这时才知她忽然要抓谷羽术的原因。而谷羽术已经面如

第56章 祭品

师叔

死灰，她怎么也没想到会惊动初衔白，事情必然败露了，她接下来的下场绝对不会好……

"不是这样的！"现在的她，只有拼命否认这一条路能走了，"不是我做的！我什么都不知道啊！"

"别紧张，"初衔白安抚地看着她："我这儿还有个问题要请教你呢。"

谷羽术一怔。

"你我皆知，但凡练内家功夫的，一旦被人下毒，首先会用内力护住心脉，借以保命。当初我被唐门下了毒没死成，也是因为内力不弱，这没错吧？"

谷羽术不明白她什么意思，只有战战兢兢地点头。

"我师父武功不差，为人也不至于毫无警觉，你是如何给她下毒的？"

谷羽术又忙不迭否认："真的不是我！你千万别听信别人的谎言啊！千青，你忘了我们过去的情谊了吗？我怎么会害你师父，她是我师父的亲妹妹啊！"

初衔白无奈地叹了口气，朝折英摆了一下手："切她一根手指，再不说就继续切，直到她说实话为止。"

谷羽术惊惧地瞪着折英，连滚带爬地想逃，被折英一脚踹倒在地，手中剑锋一挥，惨叫已经响起。

谷羽术捂着左手小指疼得浑身抽搐，看向初衔白的眼神已经转为明显的愤恨。

"真可惜，美人儿少了根手指，可就不美了呢。"初衔白又戳了口茶，"怎么，还不说么？那继续……"

"我说！我说！"谷羽术干嚎着后退，直缩到桌脚才停下。

"我事先准备了沾了麻药的银针，趁抱着她腿求饶时刺入了她膝阳关，她无力瘫倒后，我又封了她几大要穴，给她灌了毒药……"

"原来如此……"初衔白握着杯子的手握得太紧，甚至都发出了声响："步骤不错，就算是武林高手，也很难有反应的机会呢，你可真叫我刮目相看。"

谷羽术咬了咬牙，忽然豁出去一般嚷道："既然落在你手上，你杀了我算了！"

说完这话，大概手指又疼了，她捂着伤处垂下头去，几乎要将自己折成一团，紧接着却又猛一抬头，手中飞出什么，直袭初衔白。

"小心！"折英急忙提醒，东西已被初衔白当头接下。

她夹着那两支银针饶有趣味地端详着："你当我还是以前那个千青？"

谷羽术眼睛大睁着，甚至忘了动弹。

"只是杀了你，岂不是太便宜你了。"初衔白朝折英招招手，"给她在颈后刺一个'初'字，然后放话出去，就说初衔白几年前曾将十分宠信的一个少女送去璇玑门做内应，这个少女后来背叛了他，带着初家绝学跑了。如今初衔白正在四处追杀她，就是为了夺回千古难得的武林绝学。"

她的视线冷幽幽地落在谷羽术脸上："记得补充，此少女名唤谷羽术，貌美，已被人斩去一指。"

"……"谷羽术的表情已经不能用绝望来形容，这个人仅三言两语就将她推到了万劫不复之地。她很清楚那些武林人士的嘴脸，初衔白刚才说的这些话，那些人一定会相信，届时她将会死无葬身之地。

"小姐好谋划！"折英觉得大快人心，立即上前点了谷羽术的穴道开始动手。她没刺过字，随手拿了谷羽术先前做暗器的银针就动手，也不管上面是不是沾了什么不干净的东西。

谷羽术被按倒在地，脸贴着地面，恨得银牙几乎快要咬碎："你不是人……初衔白，你不是人！"

"比起你，还差得远呢。"

折英歪七八扭刺完了字，问初衔白要不要上色。

"不需要，不用太明显，那些人自有方法看清楚。"

谷羽术的身子抖得更厉害了："禽兽！初衔白，我做鬼也不会放过你！"

"恐怕不行，你做了鬼，应当是在第十八层，我这样的，顶多也就到十七层吧。"初衔白搁下茶盏，起身走向她，亲切地拍拍她的头，"待会儿记得跑快些，离我近的话，也许我会突然改变主意，让你现在就送命。"

谷羽术眼里又闪过惊惧，折英伸手解了她的穴道，她连忙爬起来，不管不顾地朝外冲去。

初衔白走到窗边，凝视着大雨倾落中的夜色，冷冷的笑了："师父，我很快就带着祭品来祭拜您……"

第56章 祭品

师叔

第57章　我成全你的美梦

虽说江湖人士不重繁文缛节，玄秀还是将玄月的后事办得有模有样。她给天殊派掌门发了信函，又通知了几位与玄月生前交好的友人。墓地的位置选得尤其好，背后是天殊派方向，正对着的，是她们幼年时的家乡。

初衔白也收到了邀请，但是没有去。

江湖上又热闹起来了，这个世道，越离奇越不可思议的事情反而越容易被相信。谷羽术已经成了整个江湖争夺的目标。折英幸灾乐祸地道："她不是一天到晚就期盼着江湖中人围着她转么，这下算是得偿所愿了。"

初衔白笑了笑，吩咐她收拾东西："我们可以出发了。"

谷羽术被逮是迟早的事，因为要参加武林大会的缘故，几乎所有江湖人士都集中在了江南。一群人先后在天印和初衔白的事情上没占到便宜，此时来这么一个让人热血沸腾的消息，全都卯足了劲去追人了。

听风阁那边很快就传来消息，说某个小门派的弟子抓到了谷羽术，于是这个弟子也成了众人追逐的对象。初衔白刚上路去祭拜玄月，又来了新消息，一群如狼似虎的家伙已经包围了谷羽术，后果可以预料。

初衔白遂吩咐折英朝谷羽术的所在地而去，二人骑马而行，一路越走越偏，真是惨烈，随处可见打斗的痕迹。

"看来这一年来江湖实在太太平了，一点风吹草动也能让大家这么激动。"初衔白嘴角噙着嘲讽的笑，坐在马背上一路走一路看。

"哼，这群人唯恐天下不乱呢。"折英颇为不屑，"真正的高手才不会掺合这些，当今武林，醉心武学、高风亮节的没几个了。"

初衔白忽然抬手打断了她的话，遥遥一指："你看那是什么？"

折英顺着她的指引看过去，忽然怔了怔，示意她等在原地，提了提缰绳，打马过去。

荒凉的郊野，在这秋冬交接的时节里全是惨淡枯黄的杂草，灰茫茫铺陈过去，绵延过几块农田堤埂，直连接到远处山脚下的树林。一具血迹斑斑的尸体躺在田埂边，头朝下趴着，半边身子掩在杂草里，指甲狠狠抠入地面，发丝脏乱，衣裳不整。周围随处可见大滩大滩的血渍，渗入土中，泛着黑褐色。折英看到尸体颈后已经溃烂的"初"字，立即认出那是出自自己手笔。

"小姐，是谷羽术。"她转过头，高声禀报。

初衔白挑了挑眉："真是死得太容易了，便宜她了。"她冷笑一声，勒马转头："把她的头割下来，带着去祭拜师父。"

"是。"

玄月的坟墓建于青山半腰的一处山坡上，土垒的高厚，一眼就能看到。周围很僻静，背后的山林里常青树木掩映遮盖，仿似守护。坟墓不远处盖了间草屋，简易得很，大概是守丧用的。

初衔白一手握着霜绝，一手提着谷羽术的人头，沿着前人踩出的小径走到墓前，盯着墓碑静静看着。

折英将准备好的祭品摆好，见她目光凝着似入了神，不便打扰，朝墓拜了拜，便退到远处去了。

初衔白好半天才回了神，将人头随手丢在地上："师父，我来看您了，来得匆忙，没能给你带什么好东西，下次一定补上。这个您收着，先消消怒火吧。"

她走近一些，跪下来，手指缓缓抚过上面的刻字："我只在您身边待了一年，还总让您操心，有来世的话，千万别认我这种人做徒弟了……"顿了顿，她忽然惨淡地笑了，"不对，若有来生，我也不想认您，不认识你们任

45

何一个……"

"初衔白……"

身后有人唤她。初衔白转头，玄秀一身素缟站在她身后，形容有些憔悴，鬓边明显添了几丝白发。她的视线扫过地上谷羽术的头，嘴唇哆嗦了一下，垂了眼没有作声。

"我杀了你徒弟，你要想报仇的话，我奉陪。"

玄秀摇摇头："羽术的事我都听说了，我什么都不想管了……"她的神情很疲惫，宠爱的徒弟害死亲妹妹，如今又被虐杀致死，哪一件都是打击，也许最好的态度就是不问不管。

初衔白转过头，看见墓碑下方的立碑人上有自己的名字，轻轻道了声谢。

玄秀又扫了一眼谷羽术的头，终究有些不忍："我能不能……葬了她……"

初衔白刚刚软化的声音立即冷硬起来："行，摆三天，野狗都不要的话，你就葬了吧。"

玄秀轻轻叹了口气，走近几步，在她身旁蹲下，忽然问："你能不能去见见天印？"

初衔白一愣。

"他……他在我这里……"

本来唐知秋想让她在唐门别馆为天印治伤，但玄秀说什么也不肯见他，唐知秋只好让珑宿将天印送来这里的草屋安置。

初衔白站起身来，轻轻拂去衣摆上的污渍，转头要走。

玄秀连忙追出几步："他快不行了！"

她倏然停步。

"他之前的伤太重，又挨你那一剑，伤及五内，我也没有法子了……"玄秀看着她的背影，雪白的衣裳挂在单薄的身子上，却叫人感觉不出半分柔弱，生硬而冷漠。

玄秀叹了口气："我认识天印时，他刚入天殊派不久。有次我问他为何半路选择拜入天殊派，他说是你的提议。当时我还很吃惊他居然跟你相识，谁知他又说，他很恨你。"

初衔白的嘴角弯了一下："他恨我？"

"我不知道你们之前发生过什么，但是他一直记挂着你，如今人之将死，你能不能去送他一程？"

"恨我，却记挂我？"初衔白好笑地摇头，口气森冷，"他有什么资格恨我？又有什么资格记挂我？"

玄秀想起天印的情形，心中不忍，语气近乎恳求："就算是泛泛之交，临终时送一送，也是应当的。"

初衔白沉默着，看着夕阳正缓缓坠入山下，暮色四下合拢而来。生命也是这样，消逝时无声无息，也许在下一刻就戛然而止。

她霍然转身，朝草屋走去。

玄秀跟了几步，想想又停了下来。折英已经走了过来，她温言阻止："让他们单独待一会儿吧，最后一段时间了。"

折英皱了皱眉，终究还是停下了脚步。

草屋极小，没有窗户，光线非常暗。进门就见一张简易的木桌上摆满了药材和食物，想必唐门的人刚离开不久。木桌后是一张小铺，被子叠得整整齐齐，应该是玄秀的。后面用布帘隔出了一小间，初衔白伸手揭开帘子，扑鼻便是一阵浓郁的药味。

床上平躺着的人在昏暗中看来像是虚幻的一个影子。初衔白走过去，看着他紧闭的眼，苍白的唇，一副毫无生气的场景。

她在床沿坐下，很意外现在的心情居然是平静的。此时的他不是意气风发的第一高手，也不是天殊派里让人顶礼膜拜的师叔，只是一个男人，给过她宠爱，也给过她痛苦。就算什么痕迹都消弭了，也会让她记住的一个男人。

"太失败了，你算计着，图谋着，就是为了好好活下去，怎么现在熬不下去了呢？"初衔白俯下头，贴在他胸口，听着他微弱的心跳，像是很久以前还在他怀里天真地说着情话时一样。

"好了，我来送你了。生和死其实没什么分别的，开始会难受一些，以后将是漫长的解脱。你就是一直不懂，所以才会活得这么辛苦。"

"这些天我一直在想，如果你死了，我也挺寂寞的，因为武林里的坏人少了一个，我没有同伴了。本来还想着将这话带去你墓前告诉你的，现在告诉你也一样。"

心跳越发微弱了，她坐直身子，手贴在他胸口，静静感受着。

一切都要结束了，他死在她的手上，算是报仇了……

天色越发昏暗，她几乎已经看不清他的脸。太过安静的环境，仿佛能听见那心跳一点一点趋于平缓。这个人将要离开，再也不会睁开双眼……

不知过了多久，她终于轻轻叹出口气，全是无奈："罢了，你救我一次，杀我一次；我杀你一次，如今再救你一次，如此才算两清。再不相欠，也再无瓜葛。"

她扶起天印，他的头无力地歪在她肩头。她贴着他的耳朵低低笑起来："我成全你的美梦……"

弦月初上，屋内仍旧没有动静。折英有些按捺不住了："我进去看看。"

玄秀也有些疑惑，跟着她要进去，门已经被推开了。

初衔白走出来，白衣在月光下旖旎出温润的颓唐。她倚靠着门，朝折英笑着招招手："愣着做什么，快来扶我一把。"

折英连忙上前，握住她手时感到轻微的颤抖，不禁疑惑："小姐，你怎么了？"

"没什么，走吧……"初衔白跨出一步，顿了顿，手捂了捂锁骨，好一会儿才又迈出第二步。

折英看出异常，柔声问："是不是琵琶骨又疼了？"

"有一点，无妨，我们走吧。"她走了几步，却受不了疼痛，身子缩成了一团。

玄秀本要进去看看天印的状况，见状立即走了过来，手搭上她的脉就愣了。

"你……你不会把你的内力都给天印了吧？"

折英也呆住了。

初衔白站直身子，轻轻缓了口气："我有点后悔了，啧，真疼……"

她说得轻描淡写，折英却立即湿了眼眶："小姐你……你怎么这么傻……"

"好了，哭什么？我还没死呢！"初衔白白她一眼，率先朝前走，折英只好连忙跟上。

玄秀这才回神，赶紧返回屋内去看天印。

到了山脚，折英实在看不下去初衔白故作无谓的模样，不由分说背起了她。她在月光下轻轻哼着不知名的曲子，折英似乎听过，但想不起来，本想阻止她，但又想她可能是在转移注意力，只好随她去。

对靠内力行武的人来说，废去武功最有效的法子就是使其琵琶骨断裂，从此一旦动武，就会万分痛苦，而要续骨则是万分艰难。

初衔白之前几次动手，已是倒行逆施，那里的伤只会更重，但她有深厚内力护着，再配合药物克制，只要此后不再动手，正常生活也无障碍。可如今一旦散去内力，那些痛楚就会彻底失去压制，从此一点细微的动作都可能让她锥心蚀骨，这种生活没几个人能熬得下去。

折英憎恨着，憎恨初衔白居然为了天印要忍受这种痛苦，她觉得太不值！

已经走出去很远，初衔白嘴里的曲子早停了，轻微的喘着气，显然也在压抑着痛楚。

折英眨眨眼，让自己能看清脚下的路，忽然瞥见前面站着一个人，仔细一看，顿生惊喜："折华！你来得正好，快来帮忙！"

折华脚步轻快地走过来，笑着道："青青，去哪儿了，叫我好找。"

初衔白忽然一手按住折英的肩膀："停下。"

第58章 快快快！

折华今日似有些不同，不知从何处而来，身上穿了件簇新锦衣，月色暗淡，映在上面似粼粼波光，漾出其上古朴别致的纹样，颇具几分异域情调。

大概是看出初衔白情形不对，他加紧几步走了过来，眼带关切："青青，你怎么了？"

折英不知初衔白心思，只想赶紧带她离开这里去找大夫，便插话道："别问这么多了，你来背着她，我们赶紧回客栈去。"

折华伸手要来接初衔白，她却始终不伸手。

"不用了，我自己可以走。"她从折英的背上下来，避开折华朝前走，手腕却被他拉住。她立即要挣脱，却没有了以前的力气，脸色已经难看起来。

折华的手指扣在她脉上，神情变了，慢慢浮出一丝惊讶来："你的内力呢？"

初衔白冷冷地看着他。

"我听说你杀了天印，特地追来玄月墓地找你，你却成了这副德行，怎么，你不会改变主意又保了他一命吧？"

折英听出他口气不对，怕初衔白生气，连忙低声阻止："折华，你怎么跟主子说话呢？这时候别吃味了，快带她去看大夫才要紧。"

"主子？"折华垂下头肩膀微微抖动起来，最后实在忍不住，哈哈放声大笑："一个半死不活的人也配做我的主子？"

"折华！"折英连忙喝止他，小心翼翼地看了一眼初衔白。

折华就势将初衔白往身前一扯，空着的那只手压住了她的琵琶骨。初衔白脸色一变，冷汗涔涔而下。

"初衔白，把化生神诀交给我，我就饶你不死。"

变化来得太突然，折英都惊呆了，甚至忘了该如何应对。

初衔白忍着剧痛看他："你究竟是谁？"

"事到如今，我也就不演戏了。"他冷哼一声，声音忽然变了，音质特殊，竟叫人听不出男女："我是你的债主，你从我手中偷了圣药，又偷走了化生神诀，如何，知道我是谁了么？"

"衡无……"

"没错，我就是衡无。"他冷冷笑着："要不是为了秘籍，就凭你也配让本教主藏头露尾地陪在身边？"

初衔白的眼里露出莫大的震惊："我一直以为是折华变了，或者是带着什么阴谋，却没想到你根本不是他……"她忽然屈指扣向他颈边，衡无下意识地闪避，却不知这根本就是一出虚招，手下一松，就被她钻了个空子避开了。

折英这才惊醒，匆忙跑到初衔白身边扶起她："到底怎么回事？折华呢？"

"折华？"衡无幽幽笑着，伸手摸了摸脸："除了这张面皮，早八百年灰飞烟灭了。"

"……"折英身子一颤，险些摔倒。

初衔白一手撑着剑勉强站着："你把他怎么了？"

"怎么，你很在乎他？"衡无显然很不屑。

初衔白咬牙："如果你还想得到化生神诀，最好告诉我实话！"

衡无面含愠色，但事已至此，不差一时半刻，便耐着性子与她继续周旋："好吧。实话就是，当初得知圣药被盗之后，我觉得你有些本事，便发信到初家山庄要求见你，本意是要笼络你为我圣教所用，谁知折华那家伙居然让人假冒你来骗我！"

51

大概是觉得气愤，他哼了一声才继续："我起初并不知情，喂假初衔白吃了毒药，便等着他上门求我。作为教训，我将折华抓了回去，居然发现我教圣典也被盗了。折华受不住折磨，终于承认神诀是他偷药时无意中发现偷走的，我问他原因，你猜他说什么？"

初衔白苍白着脸回望他。

"他居然说，武功练好了，才能配得上你。"衡无嗤笑一声："愚蠢，我从没见过这么傻的小子！"

"……"

"此事非同小可，我焉能饶他？折华怎么死的，我想你大概不愿意听了，老实说，我也不想细说。"他撩起耳后一缕发丝，笑容诡异。

初衔白恨恨地看着他，折英终于承受不住跌坐在地。

"为了夺回神诀，我取了他的脸皮易容成他的样子来找你，直到入了初家山庄才发现之前遭了骗，折华将你护得可真好啊，为了保住你，居然让天印做你的替身。"

初衔白倏然抬头："你说什么？天印？"

"是啊。"

"……这是什么时候的事？"

"有七八年了吧。"衡无似乎不太耐烦她问题那么多，抱着胳膊，回答地心不在焉，模样却显出阴柔的风情来。

七八年前……初衔白细细回想了一下，已经猜想到大概。折华与天印只一起出去过一次，当时他说天印懂药理，要带他去买些药材回来，但那之后过了几个月，却见折华一个人回来，之后再见天印，就是诀别。

"难怪他恨我……"初衔白怔忪着，忽然又笑起来，"折华……果然傻……"

衡无压根对他们的纠葛没兴趣，翻了个白眼接着道："我假扮成折华跟着你，为防你看出异常，经常借口游历外出，好不容易摸到初夫人那根线索，你又忽然决定上京求医。哼，就是那次，差点让我死了。"

他眼中露出愤恨："天印居然让我假扮成你去死，若不是我受伤太重，岂会让他得逞！好在他下手前我用龟息大法护住经脉，这才逃过一劫。但就是因为他，让我从坟里爬出来后，这张脸皮再也扯不下来了！"

他动了动手指，关节咔咔作响，脸上的神情反而越发妖娆起来："说来也巧，段飞卿刚好闻讯过来查看情形，救了我一命，真是好笑，居然是中原的武林盟主救了我，哈哈哈……看来上天也认为我命不该绝呢！"

初衔白终于吃不住瘫坐在地上，头垂着轻轻喘息。天印说过，他早在密林里就发现折华有问题了，应当早就看出衡无的身份。他却只字不提，甚至她在密道里追问起此事，他也不肯说。他说得对，她没有他会演戏，如果知道折华早已被眼前人折磨致死，她一定会忍不住杀了他，届时也许是两败俱伤，也许是同归于尽，当然最大的可能是她死。

"呵呵呵……哈哈哈哈哈……"她从低笑转为大笑，身体的疼痛似乎都察觉不到了。

初衔白的名号是够响，震彻武林，人人惧之。那又如何？她连身边人都护不了，折华受尽折磨而死，她居然都不知道，就连天印为什么恨她都不知道。

她恨天印，恨衡无，最恨的却是自己。有个人一直在她身边守护着，事事以她为先，宁可算计别人，宁可失去性命，她却从没给过他一个正眼。

"你的内力都给天印了？"衡无叹了口气，"要不是看在他现在回到了唐门，我早杀了他了。既然你将内力给了他，似乎对我而言，也是好事一桩。那就赶紧把神诀交出来吧，我可没时间再跟你继续闲聊了。"他摊了摊手，像在跟老朋友闲话家常："快呀。"

初衔白笑着朝他招手："我走不动了，你过来拿吧。"

衡无眼神一亮，立即朝她走来，刚蹲下来，她的剑已经刺向他颈侧。

失去内力的她气力难继，衡无一偏头就避开了，眼神一冷，手指捏住了她的咽喉。

"找死是么？哼，拿不出秘籍，就早点送你上路！"

斜向里挑过来一柄剑，挡开他要拍下的掌。折英悲愤欲绝，下手全是狠招。衡无险险避开，下摆还是被割裂了一道口子，他不禁蹙起了眉，挑眼看过去，已动了杀机。

"唉……"

忽然凭空传来一声长叹，让所有人都愣了一下。

声音似乎来自很远之外，又似乎近在耳边，只有轻功卓越的人才能做到："玄月师父真命苦，刚刚入土为安，一群小辈就在这儿打打杀杀的，这都什么事

儿啊……"

衡无倏然转头，盯着黑黢黢的后方，那里只有茅草在月色下摆动："什么人在装神弄鬼？"

初衔白一声低笑："是神仙呢。"

紫衣翩翩的人影飞掠而来，到了跟前，步履化为悠然："是啊，我是神仙啊，专门克魔的。"

衡无不屑地看着他："尹听风，就凭你也想克我？"

"哎呀，我又没说你是魔，太不谦虚了你！"尹听风小挪着的步子到了初衔白身后，嘿嘿干笑，"劝你别轻举妄动，我有帮手哦。"

初衔白转头见他一只手悄悄对自己摇着，就知道他在说谎。也是，就凭他这招摇的性子，若是真的有帮手，还不早就拉出来遛了，这模样显然是单枪匹马故弄玄虚。

折英见衡无一脸鄙夷，根本不把他的威胁放在眼里，持着剑挡在初衔白身前，神情微微露出不安。

"看来今日真的要见血了，唉，初衔白，好歹跟你相处过一段时间，我对你还是挺有感情的。"他一步步朝初衔白接近，"折华生前常说起你的事，当然他除了说你也没什么别的可说的。我知道你很多事情，也很欣赏他对你的情义，有时候甚至想，我自己似乎真的在代替他守在你身边了呢……"

"闭嘴！"初衔白忽然忍无可忍地吼出来："你也配提感情？"

衡无冷笑一声，脚步一动便朝她袭来，肩头忽然一沉，森寒的剑尖已经压了上来。他心中暗惊，旋身避开，反身送出一掌，来人并不迎接，退后几步，又迅速挥剑而来，招招挑他大穴。屡次三番被打断，衡无已怒从心起，立即追了上去与之缠斗，二人你来我往谁也没讨到便宜，不一会儿就离这里有一段距离了。

尹听风见状长舒口气："还好段飞卿及时来了，我们快走。"他拉起初衔白要跑，却发现她手心冰凉，被他一拽人就摔倒在地。

折英忙道："尹阁主当心，她已没内力了。"

"什么？"尹听风错愕，"难怪她被衡无逼成这样……算了，赶紧跑吧，其他事稍后再说！"为防初衔白疼痛难忍，他干脆点了初衔白的昏睡穴，一把抱起她提起轻功飞奔，"去听风阁，快快快！"

第59章 到死都分不清的

天印仍旧没有醒。初衔白的内力极其霸道，她的转功大法又没练成，天印要完全接收并不容易。玄秀只有用针灸给他疏通经脉，这见效比较慢，但以他现在的情形，只能用这种温和点的法子了。

体内似燃起了大火，天印觉得自己的心肺都在烈火里焚毁殆尽了。意识却是清醒的，他还能听见玄秀的声音，她叫他忍一忍，等疏通经脉，两股内力相融，就会没事了。他恍惚间觉得有些不对，但一时又想不起来到底哪儿不对，昏昏沉沉间又睡了过去。

不知道过了多久，总算感到了清凉舒适，天印睁眼，却发现自己竟身处天殊派的后山上，他正在修炼天殊心法，第九重极其重要，周围不能有丝毫干扰。他调息打坐，已进入空境，身后忽然传来窸窣清响。知道有人正在接近，他微微偏头去看，眼里落入一身蓝衫，她的脸依然是少女模样，眼神里全是兴奋和好奇，但一接触到他的视线就慌了。他还想再细看，场景换了。

派中集会，他坐在上方，阶下各门弟子齐聚，他的视线扫过去，看到她缩在角落里心不在焉地开小差，有时候会偷偷笑起来，眼神落在前面的靳凛身上，满是爱慕。

眼前似落了雪,他低头看了一下衣摆,黑色的衣角沾了鹅毛雪花,黑白分明,分外夺目。再抬眼,居然又变了地方。前方白衣胜雪的人影背对着他离去,一步一步,越来越远。他想开口呼唤,她已自己停了,转过身来,簌簌落雪隔开她的表情,分外平淡:"你我两不相欠,从此再无瓜葛。"话音未落,白衣已经隐去,再不复见。

天印猛然睁开了双眼。

耳边传来敲木鱼的声音,玄秀正在外面念一段经文:"世间无常,国土危脆,四大苦空,五阴无我生灭变异,虚伪无主,心是恶源,形为罪薮……"

他的意识渐渐归拢,坐起身来,抬手摸了摸胸口。伤口仍旧疼痛,但显然已经不足以让他丧命。体内感受有些不同,他摊开左手掌心,血线早已消失得无影无踪。

"你醒了?"玄秀听到响动进来,看到他坐着,惊喜地走了过来,"怎样,好些没有?"

天印怔了半晌才嘶哑的开了口:"我还以为我醒不过来了……"

"是啊,凶险得很,多亏了……"玄秀怕提到初衔白的事影响他养伤,想想还是住了口。

天印追问:"多亏了什么?"

玄秀打岔道:"对了,你试试看鸢无的毒有没有解,你体内两股内力相抵,我便干脆借力使力,试着将毒引入经脉导了出来。"她指着床下的一只木盆,里面黑乎乎的半盆黑血,"也不知道有没有成功,你快试试看。"

天印并没有动,反而蹙起了眉:"两股内力?我怎么会有两股内力?"

"……"玄秀一时失言,尴尬地不知道该如何自圆其说。

天印提了提气,的确没再感到压制,反而感觉真气源源不断,愈发奇怪。

玄秀见他神情有异,怕他再追问,连忙起身道:"我去给你端些吃的来,珑宿送了不少东西过来呢,你先补一补身子吧。"

"初衔白……"天印忽然开口,阻断了她的脚步,"她是不是来过?"

玄秀并不擅长掩饰,讪讪地别过脸出门:"先吃点东西再说吧。"

天印坐在床上没动,他想起初衔白似乎在他耳边说过跟梦里一模一样的话。玄秀又说他体内有两股内力,梦里的煎熬如同置身火海,难道……

但以她对他的憎恨，没道理会这么做。

他披衣下床，玄秀已经端着东西进来："哎，别动，你现在还不能随便走动。"

"没关系。"天印指了指帘子，"去外面坐吧，我许久没有下床，实在难受。"

玄秀只好同意。

外间香烟缭绕，天印走到小桌前翻了翻那几本经文，有些好笑地看了一眼玄秀："你有心向道，怎么读起佛经来了？"

"为月儿念的。"玄秀看着他苍白的侧脸，忽然想起初衔白，似感慨般道，"其实直到她走了，我才算真正勘破。天印，我们都活得很艰苦，世间万般无奈，挣不脱，只有熬。奈何你我都是一叶障目，从未看清楚所图所想，最终失之交臂，唯有扼腕。你比我年轻，早日看透，才会解脱。"

天印微微偏着头，似听得入了神，半晌才低声道："我就是看透了所图所想，才无法解脱。"

"……"

在床上又躺了两天，天印已觉身子好了许多，趁玄秀收拾时便出去走了走。日头刚刚西斜，洒下来毫无温度，看来今年的冬日会格外寒冷。他裹紧外衫，踱步到了玄月墓前。祭品已经落满了灰尘，看到一碟形状奇怪的糕饼，他微微晃了神。

很久之前，在天殊山上，她做的糕点也是这样毫无卖相可言。

不远处又添了座新坟，他疑惑的走过去，看到碑上的名字居然是谷羽术，立时愣住。

"天印！天印！"玄秀在草屋门口唤他，见他不动，只好自己走过来，"我忘了告诉你了，靳凛回天殊派去了，德修掌门听他说了你们发生的事，来信说你可以回天殊派养伤，至于你今后要去要留，可以再作计较。"

天印并没有答话，只是快步进了屋，很快再出来，手里提着剑。

玄秀以为他这就急着要走，忙道："不妨多养几日再动身，不然长途奔波反而对身子不利啊。"

"不用了，"他有些急切地打断她，"替我转告师父，多谢他老人家好意，

57

我现在要去别的地方。"

玄秀伸手拦住他:"你要去哪儿?"

他转头看过来:"她来过是不是?"

玄秀一愣。

"她把内力都给我了是不是?"

"……"

天印握紧了剑,立即就要动身。

"你不用担心,"玄秀叫住他,微微叹息:"她当晚离开时跟别人动过手,我听到响动赶去时,她已经被尹听风救走了,现在一定没事。"

"不管有没有事我都要去找她,当初是我要废她武功才造成如今的后果,这一切自然该由我承担。"他转过身,背对着她,望向山下荒芜的天际,"你有没有念过这样一句佛经?'人在世间,爱欲之中,独生独死,独去独来。当行至趣,苦乐之地,身自当之,无有代者。'"

玄秀张了张嘴,哑口无言。

的确,这世上,善报恶道,恩爱苦乐,自己造就,也只有自己能承担。

天印转过身来,朝她拱了拱手:"大恩不言谢,后会有期。"他又朝玄月的墓拜了拜,转头离去。

听风阁里现在聚集了一批江南最好的大夫,几日下来开销可观。楚泓拿着点算好的账目悄悄问尹听风:"公子,这些钱都你出?"

尹听风大义凛然地瞪他:"你这是问的什么话?难道要初衔白自己出吗?别说初家就是个空架子,就算有钱,她现在都回不去了,你居然还问这种不合时宜的问题!"

楚泓顿生惭愧,心想自家公子都改了锱铢必较的毛病了,自己居然还这么不上进,实在不该啊不该!正想改口,却见尹听风摸着下巴贼兮兮地看着他道:"听风阁是我们大家的嘛,当然是我们大家出啊。"

楚泓差点一头摔死,眼泪汪汪地拔腿就奔。

看来这几个月的工钱都别想要了……

初衔白的伤目前还是只能用镇痛的药物压着,折英说什么也不让她走动了,非要她躺在床上静养，自己寸步不离地看着。

尹听风其实是个大忙人，到处忙着赚钱，只能偶尔过来一下，怕她疼，也不敢逗她笑，就跟她说些闲话。这日难得有空，刚坐下没多久，楚泓风情万种地进来了："公子，又有名医要结账了，您不去过问一下？"

也不知有意无意，说完这话他还故意瞄了一眼折英，那表情仿佛在说她们是来吃白饭似的。折英自然气闷。

楚泓又风情万种地出门去了。尹听风啧啧道："这小子一在折英面前就路都不会走了，明显是找抽嘛。"

折英冷哼一声，跟了出去。

楚泓那边刚好遇上两个新来的弟子，端着架子教育新人呢，忽然后领一紧，人已经被提了起来，吓了一跳，回神时已经被高高挂到树上了。

两个新弟子眼似铜铃，都看傻了。楚泓深感丢人，一低头看到那醒目的伤疤，顿时火大："丑八怪！你怎么又把我挂树上了！"

"看你不顺眼。"折英飞身而上，一脚踩在挂他的树枝上，"以后再摆脸色给我家小姐看，就摔死你！"

楚泓的身子晃了几晃，咬着牙欲哭无泪，谁让你家主子害得我没钱赚嘛……

正考虑着要怎么挽回自己丧失的颜面，上方的人忽然身形一闪，朝前院方向掠了过去，楚泓愣了愣，猛然回神，朝下面两个新弟子狂吼："看什么看？都没事做吗？"

新人吓得作鸟兽散，他这才手忙脚乱地开始解救自己。

丢人啊……

折英之所以忽然跑去前院，是因为她在树上看到听风阁大门外出现了一个人，一个如今让她恨之入骨的人。

她落在那人马前，冷冷地看着他："你来做什么？"

天印翻身下马，朝她走过来："她在哪儿？"

折英"唰"地抽出长剑："滚！你以为你是如何能站在这里的？给我有多远滚多远！否则我现在就杀了你！"

"这条命是她给的，除了她，谁都拿不去。"天印用剑鞘挡了一下她的剑，折英跟跄着后退两步，心中暗惊。

第59章 到死都分不清的师叔

59

天印径自走到门口，向守门说明来意，那人见他与折英之间有摩擦，稍稍迟疑了一下才进去禀报。

折英走回门内："哼，她不会见你的，你就是等到死也没用！"

天印淡淡道："那也是我的事。"

折英被噎了一下，恨恨地转头走了。

没一会儿，守门回来了："初庄主只叫在下转告一句话给阁下，她与你已经两不相欠，再无瓜葛，阁下既然已经平安无事，以后不用来找她了。"

天印并不意外这个回答，稍稍站了一会儿，也不做纠缠，转头就走了。守门松了口气，看他刚才出手似乎武功很高，还好这不是个难缠的主。

初衔白收到他离去的消息时，表情跟听到他来时一样平淡，仿佛真的与他已是陌路了。折英仍旧气愤，见她这模样也不好多言。

傍晚时分落了入冬第一场雪。雪花并不大，但没什么风，所以看起来很美，纷纷扬扬似三月柳枝头上的白絮，倘若不是感到寒冷，甚至叫人分不清季节。

初衔白见折英不在，被屋外两个丫鬟说得心痒难耐，便自作主张下床坐到窗边，想要看一眼外面。窗户是单扇上翻的，她倒是推开了，撑子却总撑不上去，又不能太用力，一时好气又好笑，当初连杀人都不在话下，现在居然被听风阁的一只小窗户给弄得束手无策。

她收回手，干脆不看了，窗户眼看着就要合上，却没有传来预料中的响声。初衔白看过去，一只手扣在下方，轻轻抬了起来。

她一点点看清窗外的人，心里有些惊讶，表情却仍旧镇静。他的黑衣黑发上都沾了雪花，有些狼狈，看起来又有几分洒然。

初衔白收回视线，搭在窗边的指尖已被他握住。她皱眉，要抽回来，他却握的更紧。

"跟我两不相欠了？"

初衔白根本没有看他。

"可是你不觉得，你把内力给了我，就是又添了一层瓜葛么？"他探身过来，拢紧她的衣襟，静静抬眸凝视着她："初衔白，你我之间，到死都分不清的。"

第60章 对不起……

折英去探视初夫人，直到晚饭时分才回来，进房第一句话就问初衔白："天印来了？"

初衔白窝在被子里百无聊赖地翻着一卷书："嗯。"

"然后呢？"

"没然后了。"

"你没跟他说什么？"

"无话可说。"

折英本还带着气愤，见她这模样，顿时没了气焰，终究是闭了嘴。

没一会儿，尹听风火燎燎地冲了进来。

"天印来了？"

初衔白正在喝药，四平八稳，捏着帕子擦拭过嘴角，才抬了抬眼皮子："嗯。"

尹听风还等着下文，见她竟直接阖目养神起来，不禁心急："然后呢？"

"没然后了。"

"哈？你没骂他？没揍他？"

初衔白睁开眼睛:"为何要骂他揍他?"

"是他害你这样的啊!"

"我早说过跟他两清了。"

"……"

初衔白仰面躺下去,舒服地叹了口气,悠悠道:"所谓无爱亦无憎,无惧亦无怖。我初衔白是什么样的人你们很清楚,说没瓜葛,就不会再有瓜葛了。"

尹听风走过去,在她床边一坐:"那他说什么了?"

"他也没说什么,就问我是不是要看雪。我没理睬他,他默默陪我看了一会儿雪,后来就走了。"

"……"尹听风听得嘴角直抽,心想这人恶劣就不说了,倒是好歹表现得好一点啊,简直是无可救药了啊!

他还想再说什么,但见初衔白已经闭起眼睛,只好作罢。

第二日天气放晴,昨日还未来得及堆积的细雪很快就消融了。折英背初衔白去初夫人那里坐了一会儿,那次受伤后,老人家意识已越发不清楚,情形不太妙,初衔白回来后便情绪怏怏。

折英在廊下放了张太师椅,摆好软垫,让她坐在上面晒太阳,絮絮叨叨地说着话让她分心,她却仍旧没有什么兴趣。过了许久,她忽然道:"好像很多人都离开了。"

折英愣了愣:"什么?"

"师父、折华,当初跟着我的那些姐妹们……很多都离开了,也许我娘她很快也……"

"小姐这是说什么话,夫人这么多年都熬过来了,不差这一次。"折英站起来朝外走,"我去端药来,你千万莫再胡思乱想了。"她小跑着出了门,一直到拐过墙角,才悄悄抹了抹眼睛。

初衔白怎会不知她这点小动作,她手臂环在膝头,怔怔地望着墙角刚结苞的腊梅。

"你这模样,让我想起曾经的千青了。"

身侧忽然暗了暗,初衔白这才发现身旁多了个人,没有内力,果然如同聋子瞎子了。她收回视线,像是没有看到他一样。

"夫人出事了？"

初衔白依然不理睬他，这与他无关，也没必要让他知道。

天印也不在意，在廊下坐了，自顾自地与她说话。他知道初衔白不会理会，说的都是些不痛不痒的闲话，仿佛来这里就是为了跟她耗时间。初衔白自然听得心不在焉，她的心思还在母亲身上，何况也根本有意要忽视掉他这个人。

过了好一会儿，天印站了起来，走过来蹲在她面前，伸手揉了揉她的眉心："一个连毕生内力都能随手散去的人，还有什么放不下的呢？放宽心些，我走了，明日再来看你。"他笑了笑，竟真的起身走了。

初衔白看着他的背影，眉头皱得更紧了。

什么叫明日再来看她？他还打算天天来？

果然，再到第二天，他又出现了。仍然是老样子，初衔白不理睬他，只偶尔看他两眼，他也不介意，陪着她说些闲话便起身告辞。

这之后似乎形成了一个习惯，他每日都来，时机掐得极准，都是折英不在的时候。初衔白虽然有意要忽视他，可也忍不住奇怪他究竟栖身在何处，为何每日都能来来去去的。

既然每日都来，总会有被撞见的时候，有一日尹听风哼着小曲悠悠然地逛进屋来，就刚好看到他坐在初衔白床边，顿时惊得唱走了调。

初衔白还以为他会大发雷霆，端着阁主的架子吼一句"大胆狂徒竟敢擅闯我听风阁"之类的话，谁知他竟直接扭头就走了，快走出院子时，那调子又哼回道上来了。

她有些无力，但经此之后，似乎真的彻底可以无视眼前这个人了。无爱亦无憎，她觉得前所未有的平静，大概那些浓烈的、炽热的情绪早就被一桩桩前尘往事消耗殆尽了。

又过了几日，天气已经越发寒冷。初衔白已经彻底离不了被子，屋子里也燃起了炭炉。折英白日里就没有出去过，她觉得这下他大概不会来了。

到了晚上，外面寒风刮过都带了声响，初衔白早早睡了，窝在被子里想着，今年冬日这般寒冷的情形，以前只在地处长安的天殊派能感受到，没想到江南地头也这样，只怕北方已经落了好几场大雪了吧。

这样想着，竟然觉得有些冷，似有冷风灌了进来。她想叫来折英看看是不是窗户没关好，刚坐起身，却见床边站着一道人影，心中一惊，人已经被她拥住了。

"外头真冷……"他的衣裳很单薄，抱着她，凉意透过衣裳渗入肌肤，她微微哆嗦了一下，他注意到，松开了手。

"躺下吧，着凉的话，折英会杀了我的。"他笑了笑，按着她躺下去，给她掖好被子。

黑暗是最好的掩饰，初衔白看不见他的神情，只听到他说话的声音，低沉轻缓，这让她觉得他变成了温柔和煦的人，竟叫她生出几分安心来。又或者是她如今没有了内力，连戒心也一并没有了吧。

天印跟她说起昨日回去时遇到了尘虚道长，跟他过了几招，赏了他个大花脸就回去了。后来又撞上唐门的人，他暂时还不能回去，便悄悄避开了。后来天印又说了些什么，初衔白就不清楚了，因为她就那样睡着了。

她睡得很安稳，呼吸均匀轻浅。

天印在她身侧躺下，拥着她，脸埋入她颈窝，深深嗅了一口，再缓缓呼出时，气息微带颤抖："对不起……"

他从没跟她说过这种话，因为他知道初衔白并不稀罕他的道歉。实际上他也不指望她的原谅，这一切是他造就的，结果也是他应得的。只不过看着这样的她，他唯一能说的，就只有这句话了而已。

初衔白动了动，似乎被他惊动了，天印吻了一下她的额角，贴在她耳边道："我走了，有段时间不能来陪你了，你自己好好的。"

他像是临别的丈夫，殷切嘱咐道别，虽然没有回应。

出了院子门，却见有人站在门口等他，手里一盏灯笼在寒风里飘飘荡荡。

"天哪，你有完没完，这半天才出来，我快冻僵了。"尹大阁主身上裹着厚厚的大氅，呵气搓了搓手。

天印走过去："有话要跟我说。"

"是啊。"

"洗耳恭听。"

尹听风立即道："你还真奇怪，要么就大大方方地让我收留你住下，要么就走得远远的，这样每日探视，当我看犯人呢啊？"

天印微微一笑："以你的耳目，肯定知道我住的离这儿不远。我最近在练功，只能抽空过来看她。"

"练功？你练什么功？"

"恕我不便透露。"天印指了指胸口："如今她的内力都在我身上，不好好利用，岂不是浪费？"

尹听风顿时气结："你坏也就算了，都到这地步了，好歹给我做出点儿改邪归正的模样来行吗！说点好话会死吗？啊？"他无奈地摆摆手，"算了算了，你利用她的内力去吧，等我把初衔白治好了就让她做阁主夫人，气死你！"

天印挑眉。

尹听风忽然想到什么："等等，你刚才说初衔白的内力都在你身上？"

他点头。

"啊！大侠，其实我对她没有非分之想的，完全是出于江湖义气而已呀。"

"……"

"咳咳……"尹听风讪笑着后退半步，"其实我来找你是想提醒你，段飞卿跟你的青峰崖之约就要到了。他那日跟衡无交手，至今未归，我看他当时不像恋战的样子，应当没事，到现在没回来，很有可能已经去青峰崖等你了。"

天印打断他的话："你刚才说谁？衡无？"

"是啊，就是折华啊！唉，我真没想到折华是衡无假扮的。还好那日我挨不过初夫人催促去找初衔白，不然她可能都被衡无咔嚓了呢。"

天印暗暗寻思一番，既然衡无会暴露身份，想必是知道秘籍的线索了。他不再耽搁，立即抱拳告辞："其实我已经打算去青峰崖赴约了，多谢阁主提醒，有劳费心照顾青青，他日必当重谢。"

尹听风看着他飞身离去，翻了个白眼："真不要脸，说得她跟是你老婆似的，切！"

天印尚未走远，远远踢过来一块瓦片，在他脚下嘭地砸得粉碎。尹听风跳了一下脚，忙扬起笑脸："哎呀大侠，慢走不送啊~~~"

第61章 死穴

天印一连三天没有出现，初衔白虽然不愿承认，有些不习惯却是事实，但这点不习惯也只是在脑子里浮出"他是不是出事了"这个疑问时戛然而止。她觉得庆幸，活得越来越清醒理智是件好事。

虽然天气越来越冷，但接连的晴天让人心情愉悦。初夫人的情形稍有好转，偶尔也会来初衔白的院子里坐坐，大多时候还是神志不清的，神志清醒的时候却是比任何人都精明睿智。

她坐在太师椅里，身上袄裙厚重的累赘，却端坐得笔直，仍旧有着当年庄主夫人的高雅端庄："青青，我之前一直没有问你的伤势是如何落下的，那日才问过折英。"她稍稍一顿，叹了口气，"十年前我就看出你对唐印不一般，但也看出他不是什么值得托付的良人。我一直以为让你把所有精力放在重振初家上，你就没有精力去儿女情长，却不想十年后兜兜转转，还是造就了这样的孽缘。如今你弄了这样一身伤回来，也只有尹阁主能扶持着你了，如果他有那心思，你们之间也不失为一桩良缘。"

初衔白怎么也想不到她会说到自己的终身大事，以前的她绝不会管这些，何况自己早已过了嫁人的最好年华，现在说这些委实有些晚。这不是什么好兆头，初衔白心里有些慌："娘，你忽然说这些做什么？尹阁主对我无意，难道人家救了我，我还要逼他娶我？"

初夫人怔了怔，叹息更深："也是，他这种性子的，应当不会找你这样的做妻子。"

尹听风刚好从外面进来，才跨进来一只脚就笑嘻嘻地问："敢问夫人，我适合找什么样的人做妻子啊？"

初夫人转头冲他笑了笑："找你能掌控得了的人。"

尹听风抚掌大笑："哈哈哈，夫人高见，我也觉得，你们家青青明显就是养不家的那种，对她再好也没用啊。"

初衔白有意转换气氛，故意跟他开玩笑："我养得家的，承蒙阁主大恩，如若不弃，小女子愿以身相许，如何？"

"……"尹大阁主忽然折回门口探头探脑地朝外看了一眼："天印不会这时候来吧？"

初衔白闻言只是微微一笑，轻敛眉目，镇定自若地端茶啜饮。

来了又如何？从最初的心潮翻涌到如今的处变不惊，终有一日会无挂无碍，无悲无喜。这世上从来没有什么人是放不下的，何况还是他这样一个根本就不值得付出的人。

江南地界其实很难找到真正的山，青峰崖因此有些名不符实，只不过因地形陡峭而得名罢了。山体却是舒展绵延，自有开阔之态，其上覆盖青葱树木，丝毫没有冬日凋蔽之感。

天印到时，段飞卿果然已经等候多时。

"你迟了两天。"他正盘膝打坐，睁眼看了天印一眼又闭上。

"抱歉让盟主久等了。"天印在他对面坐下，开门见山，"听闻盟主与衡无交了手，情形如何？"

段飞卿睁开双眼："他武功在我之上。"

天印微微皱眉。

"以他现在的实力，也许你我加上初衔白三人联手才有绝对的胜算。"

"既然如此，他又何必一定要找到化生神诀？"

第61章　死穴

师叔

"原来你知道他的目的。"段飞卿伸手拂开沾在衣摆上的一片落叶,"衡无与教中四大长老不和,化生神诀丢失的秘密若是泄露,便会威胁到他的威信,届时长老们联合起来反对他,他便做不了教主了。所以他之前寻找秘籍一直都是按部就班、秘密行事。到他在密林假死后被我救起,几乎已经放下此事,之所以会忽然再出山找初衔白,并且如此急进行事,是因为西夜国内政局有变。"

天印有些疑惑:"西夜发生何事了?"

"衡无支持的太子在宫变里败了,当今新王有意除了他这个国教教主,不知如何得知了他没有练成神功的事,对此大肆宣扬,激起民愤。衡无当时已在青云派养伤近一年,行动无碍,便按捺不住开始行动。他再次跟唐门接上头,计划掌控中原武林,是想给自己开拓一条新路。正是因为外忧内患,他无人可用,才会留着你。之后故意让你成为众矢之的,也是方便遮掩他行事。但他没想到你跟初衔白之间的牵扯会成为阻碍,我猜他原本是计划让你们二人都成为他手中棋子的,但你跟初衔白都不是容易掌控的人,又成了敌对,反而阻挠了他的进度。"

天印忽然问:"你是如何得知这些的,可靠么?"

段飞卿道:"他回初家后,我让尹听风去查了折华的事,才发现折华根本不会易容术,由此才开始怀疑。但西夜的王室秘辛不是那么好查的,我动用了很多关系才了解前因后果,加上那日与他交手时套来的话,基本上推测出来的就是这样。"他敛眉叹息,"事情弄成如今这步田地,责任在我,当初我不该不查身份就出手救人的。"

天印沉默了一会儿才道:"其实初衔白带着他在雪地里拦下我时,我就知道他不是折华。"他将当初被折华骗去做初衔白替身的事说了出来。

"折华被他捉走是我亲眼所见,那么快就平安回来,以他的武功根本不可能做到。何况他当时一心要置我于死地,极其狠戾,也不像平时的作风。他与我交手时,我看到他左手虎口有颗小痣,这颗痣很不明显,但衡无之前灌我毒药时被我注意到了,由此便确定了他的身份。不过当时我正恨着初衔白,有意隐瞒此事让她自食恶果,当然也是怕死,便没有言明。"他笑了一声,"所以要说责任,源头在我这里,盟主勿须自责。"

段飞卿难得有些吃惊:"你早就知道他身份?那在密林里是故意对他下手的?"

"没错,我当时想留着初衔白为我所用,衡无替她去死,刚好一箭双雕。他居然还反抗,我猜真正的折华,是绝对会引颈就戮的那种吧。"他居然有些惋惜,虽然那个人曾骗过他,但论起对初衔白,天印知道自己远远比不上他。

段飞卿细想了一下,已然明了,却更添几分心惊:"恕我直言,你后来对初衔白下狠手,那么突兀地让她跟你成为敌对,是不是也有衡无的原因?"

"有,但不是全部,最主要还是我想废了她省得便宜外人,我可不想为他人做嫁衣。这的确是私心作祟,我没有借口回避。至于衡无,我骗过他,又杀过他,他既然没死成,那么死的肯定是我。但是表面上,他的行动还受制于初衔白,以初衔白的为人,要杀我绝对不会假以人手,有她压着,就轮不到衡无下手了。而初衔白既然被我废了,即使有能力杀我,也必然有一段时间不能行动,只要有喘息的机会,我就能想到脱身之法。"

段飞卿表情漠然,心中却波澜起伏,这个人的心机远比他想的深沉。

"实际情形有利于我,唐门成了魔教附庸,那意味着我可以为衡无所用,他会留着我的胜算也大了许多。只是没想到,初衔白差点因此而死……"他苦笑了一下,"更没想到,我会那么在意。"

"既然如此,现在她的生死,你是否还在意?"

天印抬眼:"盟主见笑,不止在意,她已是我的死穴。"

段飞卿稍稍沉默,继而点头:"那我找你来就对了。"他站起身来,环视四周,"你知道青峰崖是什么地方么?"

天印跟着起身,顺着他的视线看了一圈:"如果没记错,是当初武林各派结盟的地方。"

"没错,天印,今日我要用盟主身份与你订立盟约。"

"什么盟约?"

段飞卿转头看他,表情前所未有的冷肃:"记得我说过给你留的后路么?"

"愿闻其详。"

"你现在在江湖上已毫无地位,人人得而诛之,如果我给你一个翻身的机会,一个让武林同道认可你的机会呢?"

天印眼珠微微一转:"那想必我要做一件让所有人都心服口服的大事才行。"

"不错，我要你与我合作，对付衡无。"

"合作？"

"是。"

天印沉默着，许久才又开口："如何合作？"

"衡无已经回了西夜，魔教擅长用药用毒，中原武林在这点上能与之抗衡的，只有唐门。我要你引领唐门明修栈道，暗渡陈仓，届时与我集结的人里应外合，荡平魔教。"

天印一愣："所以你要的是整个唐门的势力？"

段飞卿点头。

他嗤笑："那你应该去找唐知秋合作。"

"不可能，且不说唐门与青云派的恩怨，唐知秋这个人，我找不到任何可以威胁利诱的把柄，哪怕是玄秀。"

"难道我有？"

段飞卿出乎意料的扯了一下嘴角，看起来应该是笑容："死穴。"

"……"

"魔教有她需要的东西——虚谷膏，你应该比我清楚，杀了衡无，你就能治好她。"

天印抿唇不语。虚谷膏是谐音，博风雅而已，用处就是续骨生肌。此药在中原早已失传，只在西域还有一些，而天印知道确切有的地方，就是魔教。他陪着初衔白时已经打算去魔教走一趟，但并无胜算，却不想段飞卿找他来会提出这样的建议。

"你要我从唐知秋手里夺得掌门之位？"

"如果只有这样你才能控制唐门听你调遣，那么是的。"段飞卿看他一眼，"很难？"

天印冷笑："不难，唐家人最擅长内斗了。"

段飞卿略带嘲讽地轻哼了一声。

"虽然我很动心。"天印挑眼看他，"但是敢问盟主，胜算多大？我并不在乎什么武林正义，魔教该不该铲除，正道该不该维护，我更不关心，我只在乎我能不能拿到虚谷膏。"

"所以如果现在衡无拿着虚谷膏让你为他效命，你也会答应？"

"自然，神应我，我奉天；魔助我，我堕狱。只要能救初衔白，就算做一个十恶不赦的魔头也没什么，反正我也不差这个头衔。"

段飞卿冷冷地看着他："我以为经过这些你已有心向善，还想给你一个重立江湖的机会。"

"如果这个江湖随时都会来一群人围剿初衔白，我想不立也罢。"

段飞卿皱着眉不言不语。

"或者……"天印勾起嘴角，"盟主可以给我一条更安心的后路。"

"什么？"

"你的盟主之位。"

段飞卿一怔。

"如果你给我保证，只要赢了衡无，就把盟主之位让给我，我应该会答应与你合作。"

周遭忽然陷入死寂，段飞卿精致的脸上面无表情，缓缓伸手，从背后抽出长剑："天印，我总算见识了你的手段，你永远都不会让自己处在不利的位置。"

天印并没有拿出要应对的态度，只笑着点了点头："盟主谬赞。"

段飞卿伸出剑来指着他："我答应你。"

天印这才抽出剑，与他的剑轻轻击了一下："就知道盟主不是贪图地位的人，多谢成全。"

段飞卿收剑入鞘，转身朝山下走："我要联络各派，三个月后动身。"

天印立即道："太迟了，最多两个月。"

段飞卿脚步顿了一下，转头看他："你是担心初衔白的伤，还是急着做武林盟主？"

天印笑着冲他抱了抱拳，避而不答："两月后再会。"

"两个月内你能做成唐门掌门？"

"我能做的应该不止这一件事。"天印拨了拨手指："夺位，练功，陪初衔白，三件呢。"

段飞卿哼了一声，转头继续走："希望你别让我失望。"

"定不负盟主厚望。"

第62章　跟你两清了

段飞卿回到了听风阁，尹听风八卦得很，立即跑去打听他跟天印都说了啥，结果却见他已经收拾东西要走了。

"这么急？"

"我有事情要做。"段飞卿将要对付魔教的计划透露给他，至于跟天印的合作，除了让出武林盟主之位这个条件外，也都一五一十说了。

尹听风一听就后悔了，这事儿告诉他，八成是要拉他下水。他迅速在心里盘算了一下损失，为难地问："盟主，您看……我现在退出江湖还来得及么？"

段飞卿瞄他一眼，背起剑出门："两个月后动身。"

"……"看来是来不及了。尹阁主无力扶墙。

段飞卿临走前特别叮嘱尹听风要留意唐门的动静，尹听风一听天印要夺掌门之位就兴奋，这记入武林谱可是卖点啊！于是连忙加派好手夜以继日地注意着唐门别馆的动静。谁知一连好几天过去，也不见任何动作，尹听风甚至都怀疑天印是不是还没动手就被唐知秋给咔嚓了，但转念一想，也许他又来自己这儿找初衔白了也未可知，儿女情长什么的……把正事儿给忘了也有可能啊。

尹听风遂跑去初衔白那儿打听，她现在真是越来越安静了，对着一页书都能看上半天，连折英都说她这些日子读的书比她前二十年读的都多。

炭火很足，烤久了让人昏昏欲睡。尹听风坐在床边，看看她的脸，好一会儿才试探着问："最近可有老朋友来看你？"

初衔白从书里抬起眼，表情似笑非笑："你认为我有朋友？"

尹听风抽了一下嘴角，也是。"好吧，我是说，天印来过没有？"

这下初衔白连眼皮子都没抬了："没有。"

尹听风叹气，看来那个坏种真的是被咔嚓了。他站起身来，摸了摸初衔白的头发，颇有些伤感："唉，节哀吧……"

初衔白干脆丢开书看着他，他却没再多说什么。虽然他的神情里根本半分伤心也无，但她还是有些意外，难道天印这些日子没出现，真的是出事了？

正疑惑着，折英慌慌张张地冲了进屋："小姐，夫人她……"

初衔白心一紧，坐起身来："我娘怎么了？"

"她不见了。"

"什么？"

尹听风一拍脑门懊悔道："是我的错，我以为初夫人已经清醒了，便没再叫人看着她，没想到出事了。"

初衔白很快就冷静下来，掀开被子，边穿鞋边问："知道她去哪儿了么？"

折英急急道："我问了守门，他没敢拦她，只知道她出了听风阁，具体去哪儿了也不知道。"

尹听风立即走到门口高声唤楚泓去找人。

初衔白回想一下母亲近日来的反常，忽然道："折英，回初家山庄！"

尹听风并不赞成她赶路，但初衔白执意如此，他也没办法。

刚要上路，楚泓就带着消息回来了："公子，初夫人回初家山庄了。"

"果然。"初衔白眉头皱的更紧："她忽然回去，恐怕要出事，我们快些。"

到了初家山庄天已黑了，初衔白被折英背着进了门，直朝初夫人的院子而去，结果找了一圈，居然发现里面空无一人。

"也许是去祠堂了。"一路颠簸，又心急如焚，初衔白伤口疼痛，忍耐着拍拍折英的肩："我们快去。"

73

折英点头，快步朝祠堂方向去了。

尹听风见初衔白这般担忧，心也提了起来，但毕竟是人家祠堂，不便叨扰，便吩咐楚泓守在外围，有情况再过去。

祠堂内黑灯瞎火，在夜幕里看起来有些吓人。初衔白并不喜欢这里，以前只要做错事，或者荒废练功，她就会被关在这里反省。所有跟这里有关的记忆都是不好的。她知道母亲有时会在这里坐上一天，不知道原因，只知道她有这个习惯。

折英小心放下她，初衔白扶着门框朝里望了一圈，跨过高高的门槛走了进去。

"娘？"

角落一阵窸窣的响动，初夫人的声音传了出来："青青？"

初衔白总算松了口气，缓缓移动过去："您怎么自己回来了？"

"我昨晚梦到你爹了。"

眼睛渐渐适应了黑暗，初衔白看见初夫人跪坐在靠边的蒲团上，上方供奉的就是她爹的灵位。

"梦到就梦到了，忽然跑回来做什么？"初衔白在她旁边跪坐下来。

"我觉得是时候了。"

初衔白的眼皮跳了一下，故作镇定地问："什么？"

初夫人没有作声，好半天再开口，却答非所问："其实我以前并不愿意嫁给你爹。"

"……"

"阿白夭折后，我以为他会为了子嗣纳妾或者干脆休了我，结果他还是没有放了我，宁愿把你当儿子养也不放了我……我一生都恨他，他死了，初家的责任就都成了我的，我更恨，最后把这责任变本加厉地都压在你身上，最后折磨的却是我自己。"她叹了口气，"直到你不在的这一年，我才知道自己其实一无所有，等你回来，再后悔以前的所作所为，已经来不及了。"

她伸手握住初衔白的手，忽然笑起来："你猜现在如何？我以前也梦过他，但昨日再梦到他，居然没了往常的恨，甚至觉得我还有些想念他。"

初衔白觉得她的手异常的冷，用力握了握，勉强笑道："那不是很好么？你们一笑泯恩仇了啊。"

"是啊，真不可思议……"初夫人的头歪在她肩头，声音有些虚弱，"也许我错了，说不定我以前就不恨他了，说不定我早就喜欢他了。"

初衔白的眼眶有些湿，稳着发颤的声音道："这是好事啊。"

"嗯，带着恨去见他不好，不恨了的确是好事……"

初衔白一惊，连忙扶起她的肩，她却已经软软地躺倒在她膝头。

"折英！快去找大夫来！"

"不用了。"初夫人按住她的手，"让我安静走吧……"

初衔白的喉头哽住，越发用力地握住她的手。折英小跑过来，见状立即跪了下去，不敢哭出声来，只有拼命压抑。

初夫人的呼吸越发微弱，说出的话要贴近了才能听清，她冰凉的手指抚过初衔白的脸颊，许久才说出完整的话："以后……保护好自己……"

作为母亲，她本该在得知初衔白受的伤害后怒不可遏地惩治天印，或者痛骂女儿有眼无珠，勒令初衔白从此再不能跟天印来往。但她什么都没做，只有这句嘱托。

她曾说过让初衔白过自己的人生，也再没左右过她的决定。她就这样彻底抽身事外了，再也不用以前的方式禁锢初衔白。以前的错她自己承受，以后的路也由她自己去走。

初衔白静静搂着母亲，直到她彻底没了声息。

"折英，去告诉尹听风，我们不回听风阁了。"

尹听风当时怕衡无回头找麻烦，闻晴等人不愿去听风阁，都被他劝说着离开了，初家已经没有别人，所以如今要办丧事，连帮手也没有。折英忙里忙外，尹听风帮忙自不在话下，连楚泓也难得正经起来，不再跟折英针锋相对。初家山庄这场白事办得很体面，但也办得悄无声息，一如初夫人在世时般低调。

初衔白很平和，经历过这么多后，她已经看开很多，不再执着。母亲临终时跟她说起往事，应该是彻底放下了，也许这对她来说是一种解脱。

晚上天气寒冷，折英要伺候初衔白早早休息，她却执意要在祠堂待一会儿。折英拗不过她，只好给她加了件披风："那就待一会儿，我过会儿再来。"

初衔白答应了，折英才退了出去。

烛火有些昏暗，这让祠堂里的牌位看起来有些叫人发憷，初衔白干脆拂灭了灯火，在黑暗里反而觉得安心。她现在有时间对着祖先们忏悔了，一身内力给了

第62章 跟你两清了

师叔

75

别人，再也没有能力光大初家，的确要忏悔，但忏悔完了就会按照母亲说的那样去过自己的生活。所以她跪在这里，其实是在思考接下来要走的路。

室内的安宁很快就被打破，有人推门走了进来。初衔白以为是折英，头也不回地道："不是说了过一会儿再来么？"

来人却脚步不停，直走到她身后，蹲下来搂住了她："对不住，我来晚了。"

初衔白愣了愣，伸手推开他。

天印并不纠缠，叹了口气道："我今日去听风阁找你才得知消息，节哀顺变。"

初衔白照旧不理他。

彼此陷入沉默，过了一会儿，天印忽然伸手抱起了她："别一直跪着，我送你回房。"

初衔白的头被压在他胸前，忽然嗅到他身上若有若无的血腥味，怔了怔，没再挣扎。

大约是怕她疼，天印抱着她走得很慢，到房间门口时，恰好见折英朝祠堂方向去了。虽然不是时候，他还是忍不住觉得好笑，进房后，将她放上床，就势贴在她耳边道："我怎么觉得我像是把你偷了出来？"

他身上的气息混着那股血腥味在鼻尖缭绕，初衔白转头避开。

天印知道她不会理自己，将桌上烛火点亮，在床头坐了一会儿，终于起身告辞："我明日再来看你。"

"天印。"

天印脚步顿住，倏然转身，还以为自己听错了。

初衔白倚在床头，表情平淡："你要弄清楚一件事，我说跟你两清了，并不代表我已经原谅了你。"

天印沉默了一瞬，笑了："我知道。"

"那就别再出现了。"

"没人规定说两清了就不能来往。"

"可是我不想见你。"

天印怔了怔，并未答话，手扶在门上看了她许久，默默转身出了门。

第63章 痴人说梦

天印果然没再出现，初衔白安心下来，但她觉得最安心的应该是折英。

折英的武功不弱，有人来来去去，瞒一两次可以，次次都想瞒住可不容易。初衔白知道折英并不是反对她跟天印旧情复燃，她是怕天印再伤她一次。

初家山庄如今可以用荒凉来形容了，初衔白行动不便，这里又没有听风阁的下人们帮忙，衣食住行都落在折英一个人身上，而她能做的，只是坐在廊下晒太阳。

那棵大树的树叶已经枯黄残败，落了一地。初衔白忽然想起多年前自己跟折华在这里比武，天印懒洋洋地坐在廊下观望的场景，时间真是可怕，物是人非事事休。

折英从前院过来，手里捧着两只长形木盒，脚步很快，脸色似乎不怎么好。

"小姐，方才有唐门弟子说奉掌门之命送了这些药物过来，据说可以镇痛。"

"唐知秋？"初衔白诧异："他还有这好心？"

"我也问了，不是他……"折英咬了咬牙，没好气道，"是天印，他现在是唐门掌门了。"

"什么？"初衔白惊讶地坐直了身子，忽然想起那晚他身上的血腥味来。

他究竟在做什么？

天印做了掌门的事发生得极其秘密而迅速，除了密切关注他动静的尹听风外，几乎没有其他人知晓。

唐知秋神情颓唐地靠在榻上，看着地上躺着的两具黑衣人尸体，昨夜他们试图杀了天印扭转变局，但根本不是他的对手。

天印就坐在他对面，身上是簇新的紫色锦袍，腰间配着掌门令牌，正撩袖给自己倒茶。唐知秋看着，忽然发出一声冷笑："真没想到，你的武艺居然一日千里。"

天印抿了口茶，抬眼看他："实不相瞒，侄儿最近在练神功，你这两个心腹，刚好给我练手了。"

"神功？"唐知秋皱眉，"什么神功？"

天印并未回答，只勾着唇角笑了笑。化生神诀极其难练，时间仓促，他心中有数，恐怕是练不成了，不过用来内斗却是足够了。

唐知秋心里转了一圈，忍不住道："你这么做，是想反衡无？"

"我只是想拿到他手上的东西。"

唐知秋并不傻，心思一转就明白了几分："我听说是初衔白救了你，你现在做的事情，不会是为了她吧？"

天印并不遮掩："是啊。"

唐知秋哼了一声："儿女情长，难成大器！我还以为你学聪明了，结果反倒又活回去了。"

"对，我以前就是一心想着要成大器，才落到如今这地步。"天印不以为意，捏着盖子轻轻刮拨着茶水上的浮叶，"试想一下，如果玄秀被你害得生不如死，结果还是拼着命救了你，恐怕你也无法无动于衷吧？更何况初衔白救了我之后，比起之前更加生不如死。"他顿了顿，"她如今这样，等于是拿自己的命换我的命，换做是你，你会怎么做？"

唐知秋皱了皱眉，没有接话。

天印冲他笑起来："堂叔，其实你该感谢我，我接手掌门后，一定帮您达成所愿，不仅会脱离魔教控制，还会让唐门发扬光大，也许再过几个月，坐在您面前的就是武林盟主了。"

唐知秋怔忪着，忽然笑起来："这可真是好消息，要我将掌门之位拱手让出也值了。"

天印笑着起身："堂叔好好养伤吧，绝对值。"

尹听风遵照段飞卿的吩咐，在派中做了些准备，只待他一声令下就能动身。一切都准备就绪后，他就想起了初衔白。

怎么说把她放在初家山庄还是不妥，万一遇到什么事就糟了。但接来听风阁也不好，听风阁得罪的人也不少，到时候他带着好手都走了，要是有人上门寻仇，还是得出事。

楚泓取笑他真把初衔白养家了，出趟远门都要把她的事情给照顾周全了。尹听风拍着额头道："哪儿啊，我简直把她当女儿养了，只有爹爹才会这么宝贝女儿啊！"

正说着，折英一脚跨进了门："尹阁主倒是会占我家小姐便宜。"

尹听风见她冷着脸，连忙赔笑，把楚泓往她面前一塞："误会误会，这话其实是阿泓说的。"

楚泓："……"

折英翻了个白眼："今日来此是替我家小姐送封信给阁主，她说请阁主务必帮这个忙。"

尹听风不闹了，接过信拆开，原来初衔白已经决定了接下来要走的路，她打算找一个地方安心养伤，彻底远离这些江湖纷争，所以想请他帮忙物色。

"她跟我想到一块儿去了，我正好也打算给她找个安身之所呢。"尹听风捏着信敲着手心，喃喃自语："到底哪儿适合呢？"

"初家山庄百里之外就有温泉山，最适合她静养了。"

忽然插入的声音让几人一愣，齐齐转头，就见紫衣乌发的男子倚门而立，竟没惊动他们任何一个。

"谁让你来的？我们初家的事不劳你费心！"折英立即就要发作，被旁边的楚泓拉住。

"怎么，天印大侠打算让初衔白去温泉山？我记得那里是官家地盘。"尹听

第63章 痴人说梦

师叔

风被他一提醒，也觉得不错，面上却没有表露。

天印笑道："实不相瞒，她已经去了。"

"什么？"折英大惊，立即明白过来，"你趁我不在绑架了她是不是？"

"我是用铺了十几层软垫的马车送她去的，如果这样也叫绑架的话，那我也无话可说了。"天印转身朝外走，"我只是来通知你们的，初衔白的所在，只要你们不透露出去，没有人会知道。"

几人都有些发愣，尹听风最先回神："好像……这还是绑架啊……"

"……"

"……"

初衔白的实际情形好得很，五六个人伺候着，端茶送水，好吃好喝。外面是寒冬，但这山间有温泉，舒适得很，似乎连镇痛药的效果也被催发得淋漓尽致。总之这地方对她而言，是个胜地。

起初她以为是尹听风的安排，等到了地方看到一群垂手而立的紫衣弟子就知道始作俑者是谁了。但到现在也没看到他现身，也许他已彻底听进去她的话，再也不会出现了。

"千青姑娘，该喝药了。"一个十五六岁的婢女端着药进屋，刚开口就让初衔白愣了。

"你叫我什么？"

"哦，忘了知会姑娘了，这是掌门吩咐的，他说不能用初衔白这个名字，免得有心怀不轨的人得知消息追到这里来闹事。"

初衔白默默无言，半晌才问："你叫什么？"

"回姑娘的话，奴婢叫采莲。"

"好，采莲，你去告诉你们掌门，我要折英贴身伺候，否则就走。"

采莲听她言语森冷，连忙搁下药碗退出去了。

折英下午就到了，当然不是天印的安排，她是自己来的，就算天印不允许，她也会杀进来，结果到了门口刚好碰到珑宿，对方大大方方让她进了门。

"小姐，你有没有怎么样？他们对你还好吧？"折英一冲进门就将初衔白左左右右仔细看了一遍。

初衔白看着她焦急的脸笑了笑："没事，老实说，住在这里还挺舒服的。"

"……"折英扭头看了一眼门口,小声问:"天印有没有耍花招?"

"他就算要耍花招,我现在也没法子反抗了啊。"

折英一把抽出腰间的剑:"我去杀了他!"

"好了,好了。"初衔白按住她的手,"他根本没来过。"

折英这才缓和了脸色。

初衔白往软榻上一靠,转头望着窗外,一处泉眼正汩汩流出泉水,在那里蒸腾翻滚如云似雾。一抹紫色衣角若隐若现,很快又消隐不见。她收回视线,叹息一声:"既来之,则安之吧。"

待了几日,折英发现除了几个婢女,唐门的人并不会在她们面前走动,这让她打消了一些抵触的心思,何况天印也一直没有出现。

天气晴朗的时候,山中温度升高,更觉温暖舒适,初衔白便想趁机沐浴清洗一下。折英去问采莲哪里适合洗浴,采莲手脚麻利得很,没一会儿回来说一切都准备好了。

初衔白见采莲她们足足五六个丫头,伺候自己绰绰有余了,便让折英也去沐浴一番,这些日子一直劳累,难得有机会,享受一下也是应该的。折英拗不过她,再三叮嘱了采莲小心她的伤势才放下心来。

泉眼在室内,整间屋子都热烘烘的。初衔白到底不习惯被人围观,最后只留了采莲伺候。她在池边坐了,觉得有些热,便褪去了外衫,本想先洗个头,但一低头一歪脖子琵琶骨都疼得很。采莲也没法子,急得脸都红了,不知道要怎么办才好。

"姑娘,我去给你拿镇痛的药膏来吧。"

初衔白点头:"好吧,多拿点,起码要能让我把这个澡洗完了。"

采莲连忙出去了。

初衔白在池边坐了一会儿,伸手去试水温,的确舒适,在这冬日里简直是无上的诱惑,听说这地方是官家的,那些官老爷的确会享受。

她干脆在池边横躺下来,头搁在边沿,让长发落入水里,笑着自言自语:"这倒是个好法子。"就是身下的砖块冰冷坚硬,让人很不舒服,应该让采莲带一块垫子过来的。

刚闭上眼睛,身下忽然一空,有人将她托了起来,搁在了腿上。初衔白立即

要睁眼，却被一只手轻轻遮住："既然不想见我，就别睁眼了。"

她错愕无语，发上已经感受到了温热的水流，他一手抄着水，在给她洗头发。

没一会儿采莲进来了，惊呼了一声又跑了出去。初衔白用脚趾头想也知道现在的场景有多暧昧，纵使再淡定，她脸也忍不住红了，干脆闭着眼睛随他去了。

天印慢条斯理地给她洗好了头，这才看向她，她的眼睛被他的手遮着，只露出挺立的鼻梁，脸颊因为热度熏出了微红，嘴唇上沾了一滴他不慎甩落的水珠，她抿了抿唇，将水珠舔去。

天印呼吸一紧，俯下头去，几乎要贴上她的唇："你说过不想见我，应该没说过不可以做别的吧？"

初衔白的眉头皱在了一起，扭头要避开他的气息，他的唇已经先一步压了下来。

轻柔地接触，一点一点变成吸吮舔舐，他的呼吸越来越灼热，从她的唇蔓延到下巴，直到耳垂时，初衔白微微颤了颤，伸手推他。天印已经停不下来，挡着她眼睛的手撤开，握住那只推着自己的手，唇吻上她的脖子，最后落上锁骨，初衔白忽然发出一声呻吟，他才陡然惊醒。

初衔白睁开眼睛，从他手里抽回手："唐掌门是想用强么？"

天印稍稍平复了喘息，凝视着她的锁骨："我一定会治好你的。"

"好了我也不会忘记曾经的疼痛。"

天印抿唇，许久才道："那也要先好起来。"

初衔白冷着脸没有吭声。

二人僵持着，只有泉水流淌的声音在耳边。初衔白想坐起身来，却被天印按着躺回他腿上。

"你怎么能用温泉山？"

"金花好歹是诰命夫人，我请她开了口，这里是官家地盘，你在这里会很安全。"

"哼，有唐掌门这么寸步不离地守着，只怕想不安全也难吧？"她故意强调"寸步不离"这个词，语气颇为嘲讽。

"但是两个月后我就没办法再守着你了。"

初衔白怔了怔。

天印的手掌轻轻贴在她脸上："金花以前说我不会爱人，我不承认，如今却是不得不信了。你我走上了歧路，越行越远，如果可以，我宁愿回到十年前你我初识的那刻。"

初衔白别过脸去："痴人说梦。"

天印笑起来："这都是你一手造成的，你以为我希望变成一个痴人？"

初衔白默然无言，好一会儿，挣扎着又要起身摆脱他。天印伸手从后紧紧搂住她，贴在她肩头低语："就这段时间，让我陪着你，行不行？"

第63章 痴人说梦

第64章　仙洞

"小姐，你怎么了？"

折英已经看了初衔白很久，从沐浴回来后她就坐在窗边发呆，到现在也没开口说过话。

初衔白转头看她，神情犹豫，好一会儿才道："折英，你去请尹听风打听一下，两个月后是不是有什么事要发生？"

折英听她说起这个，忽然想到什么："对了，那日我去听风阁，听楚泓说他们在做准备，似乎就是说两个月后要出远门什么的。"

初衔白喃喃："那看来只有我不知道了……"

折英刚去听风阁不久，珑宿就过来了，他对初衔白还是有些抵触，但看到她弱不禁风地窝在软榻上，忽然又生了恻隐之心。他想起了当初她被天印重伤倒在血泊里的场景，也想起她一招千风破霜剑把天印劫走的场景。软弱的和强势的，最后归结在眼前这个人身上，居然成了现在这般安宁平和的模样，多少有些难以适应。

"咳，初庄主……"他清了清嗓子，道明来意，"掌门说他今日要来和你一起用晚饭，叫我先来知会您一声。"

初衍白忍不住笑起来："我还没答应他呢，他倒不客气。"她叹了口气，摆摆手，"算了，这里他是主，我是客，我有什么资格说不呢？"

珑宿朝她拱了拱手，退了出去。

采莲拿着块湿帕子来给她净手，很兴奋的样子："姑娘您来了真好，掌门跟变了个人似的，以前他做少主的时候，我们都很怕他的。"

初衍白接过帕子边擦手边问："他长得很吓人？"

采莲"扑哧"一声笑出来，已经失言了，哪敢再嚼舌根，笑着转移了话题："姑娘，我给您梳个头吧。"

初衍白"啧"了一声："你这是要把我打扮漂亮了去伺候你家掌门呢，忒坏。"

采莲扶她坐到铜镜旁，忍不住咯咯笑起来："姑娘真有趣，难怪我们掌门独独喜欢你。"

初衍白的眼神暗了暗。镜子里的人苍白孱弱，不是曾经一剑破霜叱咤江湖的初衍白，也不是天殊山上无忧无虑的千青，只是朝不保夕，不知道还能撑多久的废人一个。她嘲讽地哼了一声："你们掌门的口味真是独特。"

采莲听出她语气不对，再也不敢说话了。

到晚上折英才赶了回来，采莲已经在摆桌，她有些诧异，转头看到初衍白又是一愣。初衍白身上穿着白底缀花的袄裙，外面罩了一件厚厚的大氅，头发只在脑后稍稍束结，其余全都披散在耳后，脸上淡施脂粉，没了先前的苍白和英气，女儿之态尽显，竟有几分惊艳。

"这是……"折英有些摸不着头脑。

初衍白冲她笑笑："是不是觉得我像个女人了？"

"小姐本来就是女人。"

初衍白哈哈笑起来，折英忙走过去阻止她："快别笑了，我这儿还有消息要告诉您呢。"

初衍白看了一眼忙着的采莲，招手示意她凑近，自己坐正身子，附耳过去……

天印来时，折英已经退了出去，他颇有些意外，还以为要在她这关耗费些时候呢。

第64章 仙洞

师叔

初衔白就坐在桌边，他的脚步迈进去，一眼看到她的装束，顿时眼神一亮。

"这打扮好，我敢保证那些江湖人士看到你这模样，绝对认不出你是初衔白了。"他走到桌边坐下，执筷给她夹菜，忽然声音忽然低了许多，"不过最好还是别给他们看到。"

初衔白迎着他的视线笑了一下："即使藏得再好还是会被挖出来，你忘了我是怎么从天殊派回到这险恶江湖中来的么？江湖上想要我命的人太多了，如果他们知道我的内力给了你，我应该会死得更快吧。"

天印手里的筷子忽然"啪嗒"一声折断，脸上却堆起笑容："不用担心，等我做了盟主，就不会有这种事发生了。"

"盟主？"

"对，段飞卿亲口答应我的。"

"等你帮他荡平魔教之后是么？"

天印脸上笑容敛去："谁告诉你的？"

初衔白静静地看着他："我说过，你做什么都无济于事，我不可能原谅你的。"

"我也说过，一定会治好你。"

"你以为魔教是什么地方？会任你来去自如？"

天印笑了："你这是在担心我？"

初衔白神色无波："我只是不想跟你再有其他瓜葛。"

天印的神情顿时晦暗下去。

二人相顾无言，许久之后，天印才又恢复常态。他举杯小酌了一口，笑意盎然："其实今日是我生辰，你应该说些好话。"

初衔白只是冷冷地回望他。

"好吧，我承认又骗了你，私生子哪会知道自己是哪天生辰。"他自嘲地一笑。

初衔白忽然端起面前的酒杯朝他举了举："恭贺。"

"……"

离去时已是月上中天。天印出了门，珑宿立即迎了上来。

"别跟着我，我要练功。"

珑宿愣了愣，连忙退开，半个字也不敢多言。本以为他今晚会高兴些，不想却见他神情萧肃，恐怕与初衔白相处不洽吧。

折英又回到了房内，站在一旁看着窝在榻上的初衔白，似有话说，又有些犹豫。

"我猜你一定是要劝我别再相信他的甜言蜜语。"初衔白好笑地看着她。

折英抿了抿唇，不做声。

"其实他没说什么甜言蜜语，倒是我一直在刺激他。"初衔白拿过一张薄毯盖在腿上，往后靠了靠，人沉入黑暗，只有侧脸露在烛光里。

折英终于忍不住问："那小姐到底是怎么打算的？"

初衔白沉默许久，低低呢喃："我也不知道我在做什么……"

看着他痛苦似乎很畅快，但那畅快只浮在表面，内里全是无奈。她不明白，都到这一步了，为什么还要纠缠不放，毫无瓜葛才是最好的结果不是么？

这夜睡得很浅，半夜时分，初衔白被外面的声音吵醒。她坐起身来，窗外灯火通明，一群人聚集而来，时不时还有惊呼声。

折英推门进来，边穿外衣边道："小姐，外面好像出事了，珑宿带着人守在了你的门口。"

"难道那群人又围剿到这儿来了？"

"不知……"折英的话还没说完，就被外面一声惊呼给打断了。

初衔白套起外衣："我去看看。"

"小姐不可，如果那群人连这里都能闯进来，只怕不是泛泛之辈。"

"无妨，我不会走远的。"

起身才发现镇痛药的药效过了，初衔白只有忍着疼走到门口。刚打开门，珑宿就大步过来挡在门口："初庄主，请别出来，掌门吩咐有任何事情都要先确保您安全。"

初衔白越过他扫了外面一圈："有人偷袭？"

"不是偷袭，是……"珑宿欲言又止。

初衔白微微蹙眉："是什么？"

珑宿忽而正色："初庄主请回吧，这里很快就会没事了。"

初衔白总算察觉到不对，外面并没有刀剑喊杀声，这么多人拥在她门口，全

第64章 仙洞

87

都神情戒备地盯着一个方向，不像是防着一群人，倒像是防着一个人。

初衔白推开珑宿朝外走了几步，望着那个方向，她记得采莲说过，天印住的地方就在那里。

"珑宿，你们掌门在哪儿？"

珑宿默然。

初衔白忽然道："折英，我们去看看！"

珑宿慌忙拦住她："初庄主留步，掌门正在练功，不能有任何人打扰。"

"练功？练个功需要叫你们都这么防着他？"

"掌门只是有备无患，万一走火入魔，伤及无辜就不好了。"

"看你们现在这样子，只怕已经走火入魔了吧。"

珑宿泄气般点了点头："请初庄主回房休息，这已经不是第一次，掌门会没事的。"

初衔白冷笑一声，转身回屋："你误会了，我不是担心他，只是想知道发生什么事了而已。"

珑宿没时间跟她争辩，忙转过头去，又聚精会神地盯着天印的住处。

这之后再难睡着，初衔白辗转反侧，直到天亮时分才迷迷糊糊睡过去。不知过了多久，忽然感觉脸上喷薄着别人的呼吸，她心中一惊，睁开了眼睛，正对上一双黑沉沉的眸子，脸色就沉了下来。

"你还真喜欢用强啊。"

天印抿唇笑了笑，眼下有些青灰，精神却是很好："听闻你昨晚很担心我？"

"……那是珑宿的耳朵有问题。"

天印又笑起来："好吧，你说什么就是什么。"

初衔白的脸色却丝毫没有缓和："你在练什么功？"

天印的笑容慢慢敛去，不言不语。

"以你现在的修为，很少练功会再走火入魔了，到底是什么武功让你这么没有把握？"

"你不会想知道的。"

"你应该很清楚，一种功夫如果练的时候就问题不断，就算练成了也很有可能出事。你为什么还坚持要练？"

天印坐直身子："如果我说是为了你，你信么？"

初衔白冷哼："你觉得我会信么？"

"说的也是……"天印叹了口气，紧盯着她的双眼，"我以为得到了你的默许可以陪着你了，实际却发现你根本不允许我接近一步。"

初衔白咬了咬牙："我没有默许。"

天印垂下眼盯着她搁在床沿的手指，忽然道："你要折磨我到什么时候？"

初衔白手指一动："如果你彻底跟我断了来往，一切不就结束了。"

"那应该是更大的折磨。"

初衔白闭起眼睛，不再言语。

天印坐了一会儿，终于起身朝门口走去。

"听采莲说山顶有仙人修炼的仙洞，不知道是什么模样。"

天印浑身一震，猛地转过身去，初衔白背对着他躺着，刚才的话像是一场幻觉。他笑出声来，大步折回，伸手将她抱起。

"你做什么？"

"带你去看仙洞。"

第64章　仙洞

第65章 下流

　　山顶因为常年无人踏足，唯一的小道已被树木杂草掩盖。天印背着初衔白走走停停，她没睡好，居然还在他背上补了一觉，结果醒来还没看到那个所谓的仙洞，顿时有些没好气："你是打算走到白发苍苍不成？"

　　天印将她往上托了托，语气里染上浓浓的笑意："我倒希望那样。"

　　"……"

　　好不容易到了顶上，只看到枯败茅草遮掩下的一道豁口，天印放下初衔白，抽出腰边的剑将草斩去，才终于看到完整的洞口。

　　初衔白颇为失望："我忽然不想进去了。"

　　天印比她还失望："本来还想赏采莲的，现在我又想罚她了。"

　　两人终究还是走了进去，洞口有些潮湿，往里却很干燥，只是黑幽幽的看不清楚，天印点燃火折子才发现里面空间很大。

　　"好吧，还是赏采莲吧。"

　　这里明显留着人住过的痕迹，已十分破败简陋。正中摆着石块垒成的石桌石椅，后面有块平坦的大石，上面杂乱的铺着枯断了的茅草，初衔白伸手摸了摸，发现里面还有些发黑的棉絮，应该就是床了。

"不就是住了个人么？怎么就成仙洞了？"她拍拍手，已经想走了。

天印道："常有人为得道成仙隐居山洞不吃不喝，估计这里的这位最后飞升成仙了，才有了仙洞一说吧。"

初衔白仍然觉得无趣，她会说起这个地方不过给天印一个台阶下，本就没打算真来。谁知刚要走，伤处的阵痛药效过了，琵琶骨一疼，她连话都不想说了。

天印看她脸色不对，上前扶她在大石上坐下："伤口疼了？"

初衔白狠狠地瞪着他，每到这时候就让她想起曾经他的所作所为，也让稍稍软化的心又变得坚硬。

天印知道她的心思，也只能当做没看到。他从袖中取出药膏，刚要给她涂抹，就听初衔白冷冷道："你居然还随身带着。"

他笑笑："是啊。这是仿照祛痛散做的，效果应该一样，就是没有它持续时间长。"

初衔白听了这话，忽然又没了火气。

原本安静地抹着药，天印却没来由地笑了起来，初衔白莫名其妙："你笑什么？"

"没什么，我只是忽然想起上次给你抹药时发生的事了。"

初衔白起初不解，反应过来后脸地就红了："下流！"

天印扶着她的双肩按她躺下，手指又抹上去，却渐渐变了意味："哪儿下流了？"

"你……"初衔白气结，他已经解开她身上的大氅，手指渐渐探入她的衣襟。

"对着所爱的人坐怀不乱才叫下流呢。"

"……"

天印又说："你认输吧，我刚才给你下药了。"

之后，初衔白再没机会说出一句完整的话指责他。沉沉浮浮，如坠梦中，她呜呜咽咽地像是要哭出来一般。天印如同不敢伸出利爪的困兽，忍耐着驰骋，一直到彼此汗湿衣襟，他忽然搂紧了她，紧贴着她的身体，恨不能融进去。滚热洗刷过来，初衔白忽然惊醒，连忙推他，推不动又改为捶打。

"你快退出去！"

第65章 下流

师叔

91

天印牢牢扣着她，沉沉黑眸凝视着她，直到喘息平复，得意般勾起嘴角："为什么要退出去？"

"你……"初衔白喘着气，气愤得说不出话来。

以前他故意勾引她时，欢好到极乐也总及时抽身而出，从没有半分停留。她开始不懂，后来才明白那是他不愿给她机会怀孕。但那晚在初家山庄，她要推开他，他却偏偏不肯离开她的身体。事后她还有些忧虑，直到这么长时间过去，没有怀孕迹象才放心下来，不想他这次又来这出。

"你是故意的？"

天印摩挲着她的脸："什么故意的？"

她咬牙切齿："万一我有了身孕怎么办！"

天印温柔地笑了，轻轻摸着她的脸："有了孩子，你是不是就能放下过去了？"

初衔白一怔，恍然大悟："你果真是故意的，怪不得要给我下药！"她的神情忽而变得屈辱，重重地推了他一下："滚开，别痴心妄想！就算有了孩子我也会拿掉！"

天印脸色一白，僵着身子看着她，好一会儿，默默坐起身来，给她整理好衣裳。

"当我什么都没说，你别伤了自己身子，我本来就是痴心妄想。"

初衔白看着他的背影，强撑着哼了一声。

天印穿好外衣，伸手过来要背她，初衔白却不领情，坐起身来整理衣服，连头都没抬一下："不用了，我自己能走回去。"

天印收回手，看了她一瞬，只好转身出去。到了洞口，他忽然停下，低声道："其实我刚才说对你用了药，是骗你的。"

初衔白手下一顿，愣在当场，听着他渐行渐远的脚步声，手指轻颤，衣带竟怎么也系不上。

第66章　走狗

　　终于穿好衣裳出去，花了差不多半个时辰初衔白才回到住处。折英正好端着药过来，她连忙将手里抱着的那件大氅塞到角落。之前太过激情，大氅铺在石上被蹭破了好几处，又沾了不该沾的痕迹，要是被折英发现，她就别想做人了。

　　折英不疑有他，扶她在桌边坐了，端过药碗递给她："小姐出去了吗？先前来找您没见人啊。"

　　"嗯……随便走了走。"初衔白抬起碗喝药，心虚地挡住她探究的双眼。

　　折英大概是猜到她跟谁一起出去的了，没有追问下去。自从得知天印要为她去西域，她心底那些抵触多少也缓和了一些。如果天印真能除了衡无，至少也算是给她报了仇。

　　初衔白喝完了药，觉得浑身黏腻，便叫折英去唤来采莲来带自己去洗浴，再回来便感到累了，一言不发地躺到了床上。采莲本还想打趣她几句逗她开心，见状跟折英对视一眼，默默退了出去。

　　这一觉不知睡到什么时候，醒过来时天已经黑了，初衔白坐起身来，刚想唤折英，却见屏风旁的圆桌边坐着一道人影，一看那身紫衣就知道是天印。他正对着一盏烛火洋洋洒洒写着什么，半张侧脸浸在烛光里，长睫微颤，唇线紧抿，认真时的他其实十分内敛，整张脸都不见任何情绪。

　　她拢了拢外衣，起身走过去。天印已经听见响动，停了笔看过来，没有笑，但眼神里透着暖意。

　　"起来了？该吃晚饭了。"

　　初衔白默默看着他，忽然有点弄不懂他，几个时辰前他才一副落寞模样地离开她的视线，现在又像什么都没发生一样坐在这里等她醒来。

　　天印起身牵了她的手朝外走，桌边已经摆好了饭菜，定然是采莲刚刚放好的，还冒着热气。这丫头看眼色行事的本事是越来越好了。

　　"采莲说你吃的太素，所以今晚的菜只有荤的。"

　　饭桌上果然都是荤菜，光是肉就做了好几个花样，初衔白皱着眉，一副没胃口的模样。

　　"别不情愿，你太瘦了，要好好补一补。"天印递给她筷子。

　　"我不想吃这些。"

　　"不好吃？"

　　"嚼不动。"

　　这是实话，这里环境是舒服，但做的肉实在难以恭维，都是硬邦邦的，初衔白用力嚼时琵琶骨都觉得疼，这么痛苦当然不想再吃。

　　天印显然也明白了，夹了筷子鱼肉放在她碗里："那就吃鱼。"

　　初衔白忽然露出似笑非笑的表情："鱼里下药了没？"

　　"……"天印的筷子顿了一下，神情有些不自然。

　　初衔白竟不再苛责，拿起筷子开始吃饭，安静缓慢，一言不发。天印也不再多言，但坚持朝她碗里夹菜，她实际吃得不多，但也没有拒绝。

　　吃完饭采莲进来收拾，初衔白一见她便想起那日在温泉边被她撞见自己跟天印在一起的暧昧画面，万分尴尬，不愿跟天印坐在一起，便起身踱去桌边，刚好看到天印写的东西。

　　那是一封书信，极其正式，收信人居然是衡无。

　　她转头去看天印，他正站在门口嘱咐采莲吩咐厨房以后要把肉炖烂了再端过来。她又扫了一眼那信的内容，天印恰好回头，见状走了过来。

　　"那是写给衡无的信。"

"看见了，你要去拜见他？"

"这是个好借口不是么？我已接任唐门掌门，他是唐门幕后的主子，新的走狗上任了，得去主人面前叫唤两声以示忠诚。"

"衡无没这么好蒙骗。"

天印微笑着走近："你终究还是担心我。"

初衔白扭过头："我要睡了，你请便。"

天印伸手拉住她："才醒的，怎么又睡？别睡了，我带你出去走走，这山里还有不少好地方你没看过呢。"

初衔白像被蛇咬了一口，连忙甩开他的手："不看了！"

天印看到她酡红的脸，笑了起来："你脑子里究竟在想些什么呢？"

他唤来珑宿，将信封好让他送出去，又回头来牵初衔白，终于磨着她跟他一起出了门。

二人沿着走道走过山庄大小的亭台楼阁，渐渐到了树木丛生的山道。天印牵着初衔白，沿途将那些好玩的地方指给她看，奈何月光下看起来都一个样，不觉美丽，反倒有些可怖。初衔白有些累了，挣开他的手扶着道旁一棵树干休息，抬头看了看月亮，忽然问："你突然写信给衡无要求见他，是不是计划有变？"

天印笑了笑："怎么又说起这个？"

"你也可以不回答。"

他叹气："好吧，你说对了。唐门之前跟魔教联系那么紧密，掌门换了的事情瞒不了多久，金花告诉我那个左护法已经悄悄在盯着我了，我不得不主动走一步棋。"

"段飞卿知道你的打算么？"

"有尹听风这个耳目，很快他就会知道，而且我相信他也赞成我的做法。"

初衔白盯着月亮喃喃："你们两个都疯了……"顿了顿，她又道，"如果你杀了衡无，记得帮我把他脸上那张皮带回来。"

天印点点头："好，只要回得来，一定给你带回来。"

初衔白微怔，默默无言。

第二日一早，贵客临门。

尹大阁主风骚地大步迈进初衔白房内，尚未说话，先把正在打扫的采莲迷了个晕头转向。

第66章 走狗

师叔

师叔 SHISHU 下

他自然是有这资本的，本就生得俊逸，今日又不知何故，没有穿平时钟爱的紫衣，倒着了一件宝蓝底的素面锦缎袍子，外面披着墨绿色刻丝鹤氅，连发髻也中规中矩地绾入了金冠。再一开口，珠圆玉润的嗓音，采莲神魂颠倒地就快要用抹布直接擦鼻血了。

初衔白听到响动出来，见到他先是一愣，接着便笑了："看来今日有幸得见你真正模样了，尹阁主这是从家中回来还未来得及换衣？"

尹听风顺着她的视线看了一眼自己的衣服，露出恍然之色："我说刚才经过的人怎么都莫名其妙地看着我呐，这身行头确实不够江湖做派，你说对了，我真是从家里赶回来没来得及换衣裳。我哪来得及换衣裳，我是半道来的，连听风阁都没回！"

初衔白请他入座，瞄了一眼旁边傻愣愣的采莲，指望不上，只好自己动手给他沏茶："怎么了？何事如此焦急？"

"也没什么大事儿，就是来替段飞卿传个口信。"他端着茶杯抵着唇，眼睛瞄着旁处，一副不愿多说的模样。过了一会儿，又道，"反正主要就是来看看你，你现在如何？天印有没有欺负你？要是有，未婚夫我去揍他！"他说得实在慷慨激昂，早就忘了当时谁一口一个"大侠"的叫天印了。

采莲显然是听到"未婚夫"这个称号了，诧异地看了几眼初衔白，一脸受伤地出门去了。

初衔白觉得好笑："你可真行，还没揍到唐门掌门，先弄晕了人家一个小弟子。"

尹听风满脸无辜："什么？有吗有吗？"

初衔白摆摆手："行了，我很好，你有什么事要找天印的话，就去吧，不用在我这儿耽搁了。"

尹听风咂嘴："他在练功呐，神秘得很，不然我早去了。"

初衔白皱了皱眉，没有接话。刚好珑宿来了，站在门口恭请尹听风去见天印，看来他已经练完了。

尹听风站起来整整衣裳出了门，初衔白无事可做，又不愿猜想他们那些烦心事，便走出门闲逛。

天气晴好，昨晚天印指给她看的那些景观现在总算是能看清楚了。她一路走一路看，不多时便到了昨晚休息的地方。依旧在那棵树边靠了，她眯起眼睛看着太阳。光线炫目，容易叫人分不清虚实，如梦似幻的时候往往是最舒服的时候。

忽然，那阵炫目的光里出现了一张脸。初衔白怔了怔，反应过来时浑身都开始颤抖。

"折华……"

不是衡无易容的折华，这张脸很青涩，左边眼角处有一块很淡的疤痕，那是他十六岁时刚被接回初家时的模样。那时候的他在外吃了很多苦，身上有很多伤痕。初衔白一直内疚于自己太过忽视他，但现在见到这张脸，才恍觉自己原来也记得他很多事情。

"你……你怎么……"她想问他怎么会来，这不可能，他已经不存在于这个世界了。可是她的脑袋却有些不听使唤，想问的话问不出口，只能傻傻地看着他，意识渐渐混沌。

折华冲她笑了，过于甜腻的笑容，但她觉得很美好。

"初衔白，是谁带你来这里的？"他开了口，声音有些古怪，不是记忆里那很干脆的充满男儿气概的声音，反而是带着口音类似女人的嗓音。

疑惑在初衔白心中转了一圈，觉得不安，想问，却只能呆呆地顺着她的话回答："师叔……"

"师叔？天印么？"

"是。"

"哼，忽然做了掌门，又把你扣在这里，不知道在搞什么鬼。"他低声念叨着，忽然狠狠一眼扫向初衔白，杀机顿现。

初衔白被这眼神惊了一下，霍然回神，阳光依旧炫目，但面前的脸根本不是什么折华，而是一张平平无奇的少女面孔。

"你是谁？"初衔白只在天印和她还有陇西二盗交手时见过她一次，并不知晓她的身份。

"哟，醒了？听衡无大人说你没了内力，居然醒得这么早啊，真叫我意外。本姑娘是圣教左护法，知道了？"她从腰后取下大剪刀，笑着很诡异："现在我总算知道天印那个难缠的家伙心里住着谁了，不过真可惜，我就要动手杀你了，你有什么话要说么？最好是有关化生神诀的，如果交不出，那我就不耽误时间了。"

初衔白盯着她手里的剪刀："有话说，杀我可以，能不能换个武器？"她摸了摸脖子，"我可不想自己的脑袋被剪刀剪下来，那样未免太过难看了。"

第67章　走火入魔

尹听风坐在天印对面，他似乎刚沐浴过，还在整理外衫的衣襟，脸色有些苍白，额头上浮着一层水雾，不知是汗水还是没有来得及擦去的水珠。

"啧，看起来你有些不妙，不会是练了什么邪功吧？"

天印掀了掀眼皮子，抬手给他倒茶："你今日来得正好，我刚好有件事要跟你商量。"

尹听风有些意外："哦？说说看。"

"我此行去西域的目的就只有一个，就是拿到虚谷膏。你门下之人个个轻功独步江湖，能不能调两个助我一臂之力？"

"这个啊，既然是帮初衔白，自然没问题。我给你选两个轻功最好的，楚泓怎么样？"

"如此甚好。"天印口上答着，看着他的表情却颇具深意。

尹听风是人精，一下子会意，忙堆着笑摆手："大侠饶命，我答应的这么干脆全是出于义气，绝对不是对她有非分之想，我发誓！"

天印笑了笑，忽然朝他拱手道谢："多谢你之前对初衔白的照顾，如果不是你，她可能已经死在我手上了。"

尹听风忽然见鬼一样看着他："你怎么会说人话了？戾气少多了，被初衔白磨平了？"

"差不多，她现在可是比以前厉害多了。"

"那也是你咎由自取。"尹听风翻了个白眼，这会儿倒是不怕他了。

天印只是笑笑，神情却有些惘然。

题外话都说完了，尹听风开始直奔主题："对了，我今日来找你，是替段飞卿传个口信。"

"洗耳恭听。"

"衡无与西夜新王矛盾缓和了，如今魔教风平浪静，甚至新王最近还召见了他好几次。我也派人打听了一下，似乎是衡无放低了身段，做出了点儿牺牲，所以现在又取得了新王的信任了。"

天印皱紧了眉："那岂不是更加棘手。"

"没错，毕竟是国教。"

"可是我不能再等了。"

尹听风看着他的脸忽然笑了一下，没有平日的玩世不恭，很是认真："看着现在的你，虽然还是无法改观，但至少有些人情味了。"

天印斜睨他一眼："我只对初衔白一个人这样。"

尹听风立即变脸："啊大侠，我再也不随便说话了！"

门外忽然传来敲门声，尹听风忙端起架子，就听珑宿在外禀报说初衔白出去了。

其实这并不是什么了不得的消息，天印只是在这周围遍布了眼线照看她，却从不限制她的自由，所以她出门闲逛到任何角落都可以。但是接下来珑宿的话却让屋内的二人都怔了一下。

这里闯入了外人。

毕竟是官家地盘，很多外人看不出来的地点却是监视出入通道的暗岗。左护法的轻功其实属于上乘，但不知道此地究竟何处藏着眼睛，又究竟藏了多少双眼睛，别说是她，就算是听风阁的人，也无法做到来无影去无踪。

天印不担心初衔白在周围闲逛，但如果有外人闯进来，结果就不可预知了。他立即起身出门，连跟尹听风招呼一声都顾不上。尹听风自然也跟了过去，若那闯入的人是趁着他进来时钻了空子，那他就责任重大了。

天印调集了所有人去找人，又叫珑宿去好好问问折英，也许她知道初衔白的去向。结果折英一听也慌了，她还以为初衔白在天印这儿呢，彼此大眼瞪小眼，最后各奔一方苦寻。

初衔白毕竟对这里不熟，所以要走动也是去去过的地方，天印稍微排除了一下便有了计较。尹听风的轻功最好，被支使去山顶的仙洞找人，天印自己则提起轻功迅速朝昨晚去过的几个地方找了过去。

化生神诀一直练得不顺，每次练完后都需要休息很久才能让内力恢复顺畅，他此时一提息便有些不稳当，加上心中焦急，额头竟浮出冷汗来。

一路找到昨晚谈话的那棵大树旁，他整颗心都提了起来。

他看到了初衔白，但也看到了迫近她脖颈的大剪刀。内力一岔，他险些摔倒，抬头时察觉已来不及阻挡，冷汗涔涔而下，竟脱口而出了一句："住手！"

左护法也是没想到会忽然被人打断，还真的停了下来，眼神扫过来时，脸色已沉了下来："喵，我道是谁呢，原来是新任唐门掌门啊。"

天印强稳住气息站起来，冷眼看她："你想做什么？"

"废话！你没眼睛看吗？"

天印忽然踢起脚下一块小石，直飞她面门。左护法自然不将这雕虫小技放在眼里，冷笑着用剪刀来挡，却猝不及防被震着后退了好几步，正错愕着，眼前人影一闪，初衔白已经被天印携着退到远处。

"天印！你耍了什么花招？我才不信你有本事用一小块石头就击退我！"左护法气得脸都绿了。

天印将初衔白揽至身后，冷笑道："既然不服，那你我比试一下好了。"

左护法正有此意，剪刀口一张，朝他袭了过来。天印有心护人，自然不会留在原地，立即迎了上去，只一个起式便携着威压铺天盖地直倾而下。左护法心神一震，想回头已没有退路，只有硬战。她本不是天印对手，但一直都以为是天印狡猾取胜而已，刚才看出他气息不顺，下盘虚浮，甚至连脸色也有些苍白，才会这般爽快地出招，现在心中已再不敢轻敌。

初衔白退得远远的，她知道自己现在跟普通人无异，保命是第一位的，但退得再远，还是忍不住看着天印，因为他的招式太不寻常了。以她对各家武艺的阅历，没有一家的套路是这样的，她从未见过任何一个人能使出这样毫无章法又万般牵连的招式。

这是一套无比精妙也无比危险的武功。精妙在你以为静时，他乍起雷霆万钧；你以为动时，他稳如大海归息。出手时明明已猜到他的套路，应对时他已变幻莫测。而危险则在于这是套太过分散的招式，要求每一个感官都无比协调迅速地做出反应，才能连贯相融，对内力是一大考验，甚至对人自身的肢体器官也极具考验。

初衔白无法看出详细，但她知道这是套有自己意识的武功，它会挑人，你若适合它，它会与你万般契合，天人合一；你若不适合它，结果无法想象。

她紧盯着天印，想知道他究竟有没有驯服这套武功，结果越看眉头皱得越紧。

天印的招式已经到了乱花迷人眼的地步，左护法早已落在下风，而且不是防守地位的下风，那种下风是天印赐予的，他像是捉到了老鼠的猫，早就能一掌拍死她，但偏偏就要看她做困兽之斗，似乎这万分有趣。

初衔白皱眉的原因也就在此，她看出天印的表情变了。他的脸色很古怪，眼神露出难以抵挡的狠戾光芒。

"天印！你……你难道真的想杀了我吗？不怕衡无大人追问起来吗？"

左护法已经慌不择言，不惜搬出后台保命。可惜天印连句回答都没有，当然也没有表情，他淡漠地用手夹住了她刺过来的剪刀，然后轻巧地将之捏断。

"不可能……"

左护法盯着自己心爱的武器一脸震惊，未及回神，已被一只手捏住喉咙。她看见天印的脸，平静得骇人，眼神幽沉，一丝一丝蔓延出凶戾，视她如蝼蚁。

"将魔教机关设置和教众排布告诉我。"

左护法紧紧咬着唇，不肯配合，却见他仍旧面无表情，手一用力，她脚尖离地，整个人被他举高起来，她感到窒息，脑袋嗡响，头疼欲裂。

"我说……"她憋出两个字来，天印才稍稍放低胳膊，让她的脚接触到地面。

尹听风已经找到了这里，刚好见识到这一幕，大为震惊，天印听完左护法断断续续的话，头也不回地问他："阁主都记下了？"

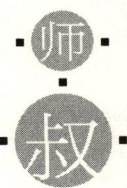

101

"是是。"尹听风连连点头。

"那就好，我怕我会忘了，回头你再写下来给我。"

"……"

左护法艰难地吸气，脸肿胀成乌紫色："现在可以……放了我……了吧……"

天印没有动，口中忽然溢出口血，骨骼咔咔作响，眼神越发凶狠，手上一用力，已经重重地捏了下去。左护法几乎都没来得及哼一声，便像断了线的风筝一头栽倒下去，再也爬不起来。

尹听风更震惊了，戳戳初衔白道："你看他是不是有点不对劲啊？"

"我劝你别说话。"初衔白眼睛盯着天印，悄悄后退，低声道，"别惊动他，他已经走火入魔了。"

"什么？！"尹听风低吼，夸张地睁大了眼睛。

身后疾风掠过，珑宿停在了初衔白旁边，急急对尹听风道："烦请尹阁主快带初庄主离开，我家掌门有交代，他走火入魔时容易伤人，若是伤了初庄主，谁都无法交代……"话还没说完，初衔白忽然指了一下天印。

他缓缓转过身来，正午的阳光倾洒而下，在他的紫衫上镀了道薄薄的边，那张脸越发苍白，眼睛却鲜红一片，似要滴出血来一般。

"快走！"珑宿低低囔了一句，蓦地甩出支暗器。那是事先准备好的，上面涂了麻药。

然而没有用。天印连动都没动一下，甚至连看都没看一眼，轻轻一抬手就夹住了那支暗器。长风劲吹，衣衫翻飞，广袖鼓舞，他的发丝微乱，贴在额头，只露出双眼，沉沉然望过来。

"他他他是不是不认识我们了？"尹听风惊骇地问珑宿。

"应该是。"

尹听风一把揽过初衔白就逃。

天印立即就要去追，珑宿忙上前阻挡，被他一掌拍开，张口就吐出一大口血。本以为已无法阻挡，却见他忽然停了下来，手指在眼前抹了抹，再也不动了。

第68章 喂我

　　谁都以为接下来会有一场耗心耗力的恶战，结果尹听风和初衔白居然成功逃脱了，彼此都很诧异。二人坐在房内，神情严肃，完全没有放松下来。

　　没过一会儿，珑宿过来了，他的嘴角还挂着血丝，脸色苍白如纸，开口便道："掌门清醒了，但是情况不太好，现在闭门不出，初庄主能不能去劝劝？"

　　尹听风立即起身挡着初衔白，一副护短模样："不行不行，你们掌门忽然不认识人了，跟耍酒疯似的，万一再来一次，失手杀了青青，醒了又后悔，还不折磨死个人啊！"

　　珑宿叹息："掌门练功没多久就发现了这个弊端，之后每次练功都要我们在外严密把守。之前虽然也有过这种情形，但都不严重，掌门也没伤过人，一般练完功后休息足够便与常人无异，刚才定是急着跟那女魔头交手，一时内力乱岔才引起了乱子。"

　　"是他资质不够。"

　　珑宿一愣，转头看着初衔白。她倚着桌沿，眼睛盯着脚下铺着的砖块："这武功要求太高，除非是天生筋骨奇佳，否则很难协调驾驭，最后说不定会致使感官损坏，甚至殒命。而放眼武林，近百年内能称得上筋骨奇佳的人，我只知道一位，就是现任武林盟主段飞卿的父亲段衍之。"

段衍之此人珑宿和尹听风都不陌生，正是他一手创立了如今的青云派，也只有他当初以一人独大的局面坐上武林盟主之位。据说他在弱冠之年便已融合百家之长成就一派宗师，武功臻至化境，居然叫人看不出一点练过武的痕迹，又因长相阴柔俊美，一直被认为软弱可欺，甚至后来还被人家强抢回去做了相公，一度传为各派笑柄。

珑宿和尹听风可没心情笑，筋骨奇佳历来可遇不可求，天印没有这资质，也就意味着他难以驾驭这功夫。结果会很不妙，因为他能伤得了敌人，也能伤得了自己人。

"或许……我们干脆将他抛到荒郊野岛比较安全？"尹听风颇为认真地问初衔白。

"你没看到他之前出手时的模样，至少要是四面环海的荒郊野岛才能困住他吧。"

尹听风默默擦汗："还好先前跟他说话时没刺激到他，万一他那会儿对我出手，那死的不是左护法，就是我了啊！"

"我猜他太心急了些，这么短的时间，根基未稳，除非他最后能顶着硬冲过去，否则别说练不成，甚至连命都保不住。"

珑宿万分无奈："初庄主，掌门日夜苦练此功也是为了您，您有没有法子帮帮他？"

"为了我？"初衔白不咸不淡地笑了一下，"我连他练的是什么功夫都不知道，如何帮？何况你知道他的为人，如果轻易就能劝回头，他就不是天印了。"

尹听风揪着初衔白的袖口扮柔弱："哎呀青青，此地不宜久留，你居然跟一个随时会魔化的人住一起呀，算了算了，还是跟我回听风阁吧，实在不行我让段飞卿送你去他爹娘那里待一段时间，有筋骨奇佳的前武林盟主在，保你无事。"

初衔白微笑点头："你怎么不早说呢，我还能有机会跟他好好探讨一下武学奥妙，不错不错。"

珑宿终于忍无可忍："初庄主！我们掌门的眼睛看不见了！"

"……"

初衔白径自推门进了天印的房间，他仰面躺在床上，胸膛微微起伏，均匀平缓，说明他现在很平静，完全没有珑宿那般急躁。

　　"谁？"比以前警觉了百倍，果然眼睛看不见的人耳朵都特别灵敏。

　　"我。"

　　初衔白走到床前看着他，他身上的白色单衣将他的脸衬得一片惨白，双眼还睁着，已经不再鲜红，但毫无神采。她现在终于知道之前为何会看到他眼睛变得鲜红，那只是因为他的眼睛里流出了血。

　　"看来损坏的是你的眼睛，不过后期也有可能会变成别的地方，我听说以前有人练功时先是失去了味觉，后来终于练成了，味觉好了，却又成了聋子。"

　　天印扯了扯嘴角："如果让我选，我还是选失去味觉好了，口腹之欲可以舍弃，不能看不见听不见，那样会很折磨人。"

　　初衔白在床边坐下，摸摸微微泛疼的琵琶骨："嗯，说得有道理，但有的人宁愿失去所有感官知觉也会拼命冒险，因为练成之后即使缺失感官，也是杀人高手。所以他们失去的是做人的乐趣，而将自己变成了一件危险之极的武器。"

　　天印安静片刻，低声道："我现在就是这种人。"

　　"看出来了。"

　　"你不用担心，我自己清楚失明是暂时的，我没能压住内力上窜，阻滞了经络，一旦疏通就没事了。"

　　"那看来你连大概失明多久都算好了，难怪这么平静。"

　　"呵呵，没错，也许就四五天的事吧。"

　　"真可惜。"

　　"是可喜，至少我还能再看到你。"

　　"看到我又如何？没什么意义。"

　　"有。"天印忽然没了表情，睁着的眼睛转动了一下，缓缓道，"看见才能记住。"

　　初衔白默不作声地看着他的脸。

　　"我还记得在天殊山上第一次看到醒来后的你，穿着跟其他弟子一样的蓝衫，头发绑的像个假小子，其实我那时候在心里悄悄嘲笑了你很久。"

第68章　喂我

师叔

"……"

"不过我记得最清楚的还是很久以前你的样子，你肯定不记得了。有次你跟我说到什么，起了争执，你越说越激动，一把提起我的衣领瞪着我，当时离你太近，我看着你的脸，竟忽然觉得很好看。以后每每想起，先浮进脑海的总是这张脸，真是古怪。"

"你忽然说这些做什么？"初衔白恼了，声音提高了许多。

天印淡淡一笑："我怕我会忘了。"他动了动脖子，让自己躺得更舒服，像是随口感慨般道，"青青，你失忆的时候是什么感受？你说是不是真有现世报？也许哪一天我也会跟你一样失忆，然后被你狠狠欺骗利用一次。"

"那我真是万分期待。"

"哈哈哈……"

他大声笑起来，却忽然被初衔白一手提着衣领拽起来："你怎么这么聒噪！"她忽然堵住了他的唇。

天印的手指微凉，穿过她的脖子绕到她背后，扣着她反客为主。亲吻、吸吮、啃噬，直到不小心撞到她的鼻子，他才停下，喘着气道："看，就冲这点，我也选失去味觉，眼睛看不见确实太折磨人了。"

初衔白捂着鼻子瞪着他，但他看不到，还在笑，笑着笑着眼里又缓缓流出血丝来。她不动声色的看着，直到他自己察觉到，抬手抹去。

"桌上有湿帕子，能不能拿过来给我？"

初衔白拿过来给他，沉声问："现在收手还来得及么？"

"当然来不及，万事俱备只欠东风，做到这一步没有再回头的道理。"

"能不能告诉我你在练什么功？"

"能不能不说？"

初衔白忽然来了气，转身就出了门，珑宿已在外等候许久，一见她出来忙迎了上来。

"我劝过了，他不听，那就算了。"她径直朝住处走去，珑宿怎么也叫不住她，只好作罢。

晚上吃饭时，折英心有余悸，在初衔白身边絮絮叨叨叮嘱了很久，直到她嫌烦才住嘴。刚安静一会儿，尹听风又来了，坐在她对面也不吃饭，搓着手一脸纠结。他想回听风阁去，但看着天印这样，又不放心将初衔白一个人丢在这儿，带她走吧，又怕被天印捏死。

"要不你请前武林盟主来这里做客？这样就可以放心了嘛。"初衔白优哉游哉地吃菜。

"我也想啊，可你不知道段叔叔的为人，忒洒脱，他现在连自己儿子的生死都不管了，还管你？"尹听风啧啧摇。

"行了，我随口开玩笑呢。天印虽然先天条件不行，但克制力还不错，他对自己情形很了解，下次应该不会有这种事发生了。"

尹听风还想再说，初衔白怕折英听多了又要罗嗦，连忙拦住他的话头："别说了，吃饭吃饭！"

"已经吃上了？怎么不等我？"

二人愣了愣，齐齐扭头看向门口，珑宿扶着天印站在那里，他的眼睛上蒙了一根白布条，老远就能闻到上面散发出的药味。

他不让珑宿跟着，自己走了进来，没走几步就差点撞到桌子，还是旁边的折英伸手扶了他一把，但他刚说个谢字，她就扭头出门去了。

"今晚吃什么？"他在桌边坐下，看不到尹听风已悄悄从他身边挪到了他的对面。

"采莲有没有照我的吩咐做肉给你吃？"他又问。

初衔白夹了一块肉碰了碰他的唇："喏，你自己尝尝你们唐门的厨子是什么手艺，这也叫炖烂了吗？"

天印一口咬下，嚼了嚼，含糊不清地回答："还不错啊，比之前好多了。"

"哼。"初衔白冷哼，夹了一筷子青菜吃了。

天印忽然偏脸对着尹听风："尹阁主怎么不吃？"

尹听风呵呵讪笑："我不饿，你们吃你们吃……"

"我现在吃不了，等青青吃完了喂我吧。"他笑眯眯的。

"咳咳……"初衔白一口饭呛在喉咙里，好一阵咳嗽。"没事吧？"天印忙伸手摸索过去要拍她的背，被她一手拍开："谁要喂你！珑宿！"

"别叫了，他吃了我一掌伤得不轻，让他歇着吧。"

初衔白义正言辞："我也有伤！"

第68章 喂我师叔

师叔
SHISHU
下

"那你慢一点,别牵动伤处就行,我不急。就像刚才那样不是做得挺好的吗?"

"……"

尹听风来回扫视着二人,终于识趣地起身:"我还是回客房去吃吧。"

第69章 我要走了

初衔白到底还是喂了天印几口饭,因为她急着打发他离开。天印知道她的心思,纠缠无益,无奈之下终究还是把重伤中的珑宿拖过来做苦力。

初衔白有些同情珑宿,便道:"你可以让采莲照顾你。"

天印摇头:"我身边从不用女人伺候。"

她冷哼:"你当初倒是会使唤我。"

"那不是有所图么?"真难得,他还能说得这么正大光明,"再说了,我那会儿也没把你当女人。"

初衔白把手里的杯子在桌上重重一磕。

"我把你当……嗯……师侄。"

"哼,早点吃完离开,我要休息了。"她穿过屏风去了床边,随手拿起卷书靠在床头打发时间。

过了一会儿,天印大概是吃完了,传来收拾东西的声响和离去的脚步声。初衔白这才起身,打算叫采莲送水来给她洗脸,谁知转过屏风竟看见天印还坐在桌边。

"你……你不是走了么?"

"没啊，那是珑宿。"

"你怎么还不走？"

"我留下不行么？"

"当然不行！快走，我要洗漱了。"

"反正我又看不见。"

"……"

初衔白只好去唤采莲，门外却一个人也没有，再转头发现一盆热水已经放在桌上，看来采莲刚刚来过，定是被天印支走了。

她不想管他搞什么鬼，径自端着脸盆去了屏风后面。天印有所察觉，还关切地问："重不重？琵琶骨会疼吧？"

初衔白根本不理他。

洗完脸出来，桌上又多了盆水，旁边放着药瓶和干净的白布条。天印冲她笑着："我该换药了，能帮个忙么？"

"你是故意的吧！"初衔白走到门口叫："采莲！采莲你回来！"没有回应，只好改口，"珑宿！来接你们掌门回屋！"

"别叫了，他们不会来的。"天印优哉游哉地说。

"……那我叫折英来！"

"你要是想让她不痛快我也不介意。"

初衔白恨恨地走过去，用力扯下他眼睛上的布条："你就是要使唤我才开心！"

天印但笑不语。

初衔白抿抿唇，拧了帕子在他眼睛上擦拭，一手托着他的下巴固定着他的脸，一手执着帕子，本很认真，却忽然停下了动作。

已经很久没有认真看过这张脸了，比起在天殊派时，他瘦了一些，轮廓线条越发明显，下巴也尖了许多，有时看他的侧脸会觉得比往常更加冷硬，但现在看又觉得实际比以前更为柔和。长睫轻掩，他的眼睛闭起来后的弧线很优雅，眼角上扬得明显，如他性格里那抹桀骜跋扈的一面。其实他说的没错，看得见才能记住。而现在看着这张脸，她才知道自己从未忘记过他，虽然她一直在努力。

"怎么了，我脸上有什么东西么？"

天印忽然开口,初衔白才回过神来,她的手指正轻抚着他的脸,毫无意识。

"没什么。"她安静地给他抹好药,换上干净布条。

"我累了,先睡了,你自便。"

她净了手便转身朝床边走,表情的确很疲惫,但这些都抵不过内心的无力。仿佛一件努力了很久的事情,终于要实现了,却发现根本是徒劳。很累,要想彻底摆脱掉这样一个人,也许只能再失去一次记忆。

侧身躺在床上,耳朵却还听着外面的动静,他起了身,脚步声响起……她一愣,本是离去的声音怎么现在越来越接近?刚要翻身坐起,一双手臂已经圈住她,在她身侧躺下。

"……你都走了,怎么又回来了!"

"没有啊,我只是去关房门而已。"

"……"真难为他,看不见还知道关门。初衔白气结地说不出话来。

"好了,睡吧。"他伸手摸索着,没摸到她胳膊,反倒摸到了她的脸,愣了愣,笑了起来。

初衔白拍掉他的手:"马上走!"

"别这样,我怕晚上有事,我眼睛看不见,一个人多可怜。"

"你可以找个弟子贴身伺候。"

"不行,毕竟是掌门,可不能被他们发现我的秘密。"

"你有什么秘密?"

"其实我……"他皱着眉头,装模作样:"怕黑。"

初衔白来火了:"你当我三岁小儿?你怕黑?你连心都是黑的!"

天印愣了一下,竟笑起来:"这话回得真不错。"

"……"初衔白无力,要越过他下床:"算了,你喜欢睡这儿就睡吧,我走还不行么?"

哪知刚要越过去却被他趁机搂住翻身压住:"你怕什么?我现在看不见,又不能把你怎么样。"

初衔白瞪着他,现在就压着她呢,这叫不能把她怎么样?

"我保证绝对不碰你,怎么样?"他松开手乖乖躺到外侧去了。

初衔白无言以对,但转念一想他可能是失明了还无法适应才会这样,干脆随

第69章 我要走了

师叔

111

他去了，反正这个借口也顶多只能用几天。她朝里挪了挪，能离他多远就多远。

天印很快就睡着了，似乎比谁都疲惫。桌上的烛火没人管，终于燃尽熄灭。初衔白在黑暗里听着他的呼吸声，怎么也睡不着。

后来实在困极了，她才迷迷糊糊睡过去，到后半夜又惊醒过来。天印一手捏着她的手腕，用力得让她疼痛。他自己毫无意识，似乎是做了噩梦，口中喃喃说着什么。初衔白好不容易挣脱出来，揉揉手腕，推了推他，叫不醒，又去拍他的脸，却摸了一手的汗水，连忙坐了起来。

"天印！"她摸着他的额头、脸颊，很热，出了一身的汗，怎么也叫不醒。她想下床去叫人，又被他拉住了手臂，想挣脱，他整个人都压了过来，山一样，怎么也推不动。

"算了，病死你活该！"她狠狠地低骂了一句，不管他了。

再次睡着已经快天亮了，天印始终死死压着她，所幸没碰到她伤处，不然还不疼得死去活来。

初衔白在睡着前再三叮嘱自己要一早就醒，不能睡太死，采莲一早会来伺候她起床，没多久折英也会过来，要是被撞见就完了。

但是很可惜，一觉醒来已是日上三竿。

她眨了眨眼，反应过来后立即转头，松了口气，他已经走了。

"姑娘，您要现在起身还是再睡一会儿？"采莲笑着进来问，不知道是不是初衔白多心，她觉得那笑颇有几分暧昧。

"现在就起吧。"

采莲过来扶她："姑娘脸色不好，还是再睡一会儿吧，掌门走时特地交代了呢。"

初衔白如遭雷击，这会儿真是连杀了天印的心都有了！

吃早饭的时候尹听风又溜达过来了，心情似乎不错，甚至还跟采莲打趣了几句，惹得人家俏脸绯红，不好意思地走了。

初衔白边吃早饭边问他何时走。他说刚才看到天印，发现他气色如常，应该是稳定了，所以自己也快走了。

"反正不是今天就是明天。"

初衔白想起昨晚天印又是发热又是出汗的，恐怕反而是对恢复有帮助。

"对了，"她忽然想起什么，"你要不要亲自去西域？"

"要啊，武林盟主的命令，各派都要遵守的啊。"尹听风很懊悔，"早知道我就早点退出江湖了，段飞卿那个臭小子就喜欢把江湖大任挑在肩上，还要拉我下水！"

初衔白道："你擅长的是轻功，如果有危险，最好还是别逞强。"

尹听风满脸感动："还是你最关心我，不过放心吧，天印跟段飞卿似乎商量好了对策，打头阵的不是听风阁。"

初衔白点点头，没说话，神情却丝毫不见轻松。

晚上吃饭，天印准时到达，带他来的珑宿伸了个头影子就不见人了。

"今晚吃什么？"他抬脸对着初衔白，蒙着白布条的样子看起来有几分天真。

她没好气："自己尝。"

"好，等你待会儿喂我。"

"……"

吃完饭后跟昨晚一样，爬上她的床，死活赶不走。

"你又得寸进尺！"

"你每次说这个词，我就想起仙洞里……"

"住嘴！"

"好吧。"他轻轻笑了笑。

初衔白睡在里侧不理他，恨不能贴到墙上去。他也不造次，乖乖睡在外侧，很快就入眠。本相安无事，到了半夜，初衔白忽然被喘息声惊醒，睁开眼就瞧见眼前一团黑影。

"醒了？"天印问她。

"你干什么？"

"该我问你才对，虽然今夜特别冷，但你未免抱我抱得太紧了些。"

初衔白一愣，这才发现自己的确手脚都缠在他身上，侧着睡容易琵琶骨疼，现在醒来就感受得更为明显，连忙要退开，他却反手搂住她一翻身，在上面压住她。

"既然醒了，想不想……"他埋首在她颈边，低低耳语，暧昧非常。

第69章 我要走了

师叔

初衔白脸上滚烫："不要脸，滚开！"

"这不怪我，都是你害的，我忍很久了。"他动了动腿，下腹的坚挺让她面红耳赤。

"……"

"不说话就等于默许。"他摸索到她的脸，找到唇的位置，立即吻上去，不给她机会申辩。

大概是眼睛失明的缘故，他省了前戏，直奔主题，初衔白好不容易摆脱他的唇有机会说话，张口却只是闷哼一声，他已经冒失地冲了进来，略微疼痛。

"你不是说不碰我的吗？"她气得几乎要叫起来。

"所以我早就告诫过你别再相信男人的话了。"

"……"

如果只是一天两天这样，初衔白还能安慰自己他是没有适应，但是接下来他显然上瘾了，开始只是一起吃晚饭，后来是一起吃早饭，现在是一日三餐，最后他几乎整天都跟她耗在一起。几天下来，连折英都习以为常了。尹听风本来还多留了一天，实在腻歪，忍不住溜走了，连招呼都没打。

初衔白自然不肯再让他上自己的床，但他有的是花招。最烦的是他精力好得很，几乎每晚都缠她，有一次完事后见她还醒着，竟好意思问："要不再来一次？"

要不是她的伤处疼了，她绝对相信他会照办。

所有人都觉得二人关系缓和了，连折英都以为初衔白已经原谅天印了，但只有他们自己知道彼此相处时，从心到身都是一场搏斗。

天印的心情很好，对谁都笑脸相迎，虽然眼睛缠着白布条有些损坏形象，但明显大家都比较喜欢他现在的样子，只有初衔白看出他有些不同。

她早就奇怪为何他会忽然这么黏着自己，之前他行事还算有原则，就算是用尽一切欺骗引诱也不至于强迫她，或者说强迫得不那么明显。而现在却恰好相反，她拒绝得再强硬，他还是会一意孤行，这恐怕不是双目失明这个原因能解释得了的。他现在的行为有些像在放纵，不顾一切地将她扣在身边，简直像是把现在当成最后的日子在过一样。

这晚天印再来时，眼睛上的白布条已经取了下来。

初衔白刚好抹完药，擦着手冷冷扫了他一眼："眼睛好了？"

"是啊。"

"那你还来？"

天印紧挨着她坐着，捧着她的脸啄了一口："没办法，我离不开你了，满脑子都是和你的销魂事……"

"你就不能说点正经的！"

"这不正经吗？"

"你倒是会装疯卖傻。"

初衔白丢开擦手的湿布，表情既气馁又愤懑。她从来就不是个容易妥协的人，天印一而再再而三的进攻让她没有招架的能力，但她就是死守着心防不肯低头。

天印看出她的不快，无奈道："这几天惹你不快了？"他叹气，"好吧，我跟你道歉，你别怪我，其实我只是想多点时间跟你在一起而已。"

初衔白微怔："为什么？"

天印静静凝视着她的双眼："我要走了。"

初衔白张了张嘴，好半天才回神："去西域？"

他点头："就明天。"

第70章 诀别

这么快就走自然是因为计划提前了。不仅仅是因为左护法已死，拖下去容易引起衡无怀疑，天印本来就答应段飞卿去做内应，理应早于其他各派出发。尹听风之所以来此，也是这个意思。

实际上衡无的回信还没到，但天印知道他不会拒绝自己的请求。他太过自负，不管天印怀着什么目的去拜见，他都自信有把握能将对方牢牢捏在手心，何况天印还曾是他的手下败将，蝼蚁一般匍匐在他脚下的可怜虫。

"隰桑有阿，其叶有难，既见君子，其乐如何。隰桑有阿，其叶有沃，既见君子，云何不乐。隰桑有阿，其叶有幽，既见君子，德音孔胶。心乎爱矣，遐不谓矣，中心藏之，何日忘之……心乎爱矣，遐不谓矣，中心藏之，何日忘之……"

激情过后还有心情唱歌的人绝对是奇葩。初衔白侧着身子背对着天印，装作已经睡着，其实只是不想说话。

他的歌声在背后断断续续响起，忽然停下，凑过来道："我有没有说过每次唱起这歌，其实想的都是你？"

初衔白嫌他肉麻，故意冷言以对："你唱你的，扯上我做什么？"

"我又没有龙阳之好，总是念叨着君子，自然是指你。"

"别说得好听，你唱这歌的时候，应当还恨着我吧？"

"的确，我真正意识到喜欢你，还是在破土地庙里看见你的坟头时。"

初衔白冷哼："只有蠢货才会在人死了再去后悔。"

天印笑笑："不，真正的蠢货是我这样，即使后悔也不肯说。"

初衔白默然。

他侧身搂着她，低声道："天要亮了，我走的时候，你可别来送。"

"你未免自作多情了一点，谁要送你。"

天印笑起来："也是。"他吻吻她的额角，坐起身来穿衣服。

初衔白跟着坐起，看到天印转头看她，白了他一眼："我起来擦药。"

"是我不好，弄疼你了？"他揶揄地一笑，"我帮你擦吧。"

初衔白穿好衣裳，外面已经泛出鱼肚白。天印扶她坐到梳妆桌前，取了药膏坐在她身旁轻轻在伤处涂抹，偶尔看她一眼，神情很轻松，似乎根本不把接下来要发生的事放在心上。

初衔白故意不看他，涂完了药又拿起梳子给自己梳头，天印看到她总举着手臂，怕她扯到伤处，抢过她手里的梳子道："我来吧。"

虽然初衔白不愿承认，但他的手的确比她自己灵巧多了，他甚至还给她盘了个头发，接着又变戏法般从怀里袖中摸出一支簪子插入发间。她仔细一看，才发现那正是当初他送给她的那支。

"这簪子你不是随手扔了么？"

天印笑道："是啊，可是想到买的时候还挺贵的，我又捡回来了。"

初衔白翻了个白眼。

他忽然又道："多亏了这支簪子，不然我也不会知道我爱你。当初正是在你的坟里看到了这支簪子，我以为你死了，才明白自己的心思。"语气颇多感慨。

初衔白一时间不知该说什么，抿紧了唇。

天印忽然俯下头贴着她的脸，从镜子里望入她眼中："你会不会怪我？明知道此去凶险，还是占着你不放手。但是没办法，我就是这么自私，即使无法永远陪着你，也不情愿将你拱手让人。"

初衔白迎着他镜子里的视线，语气淡淡："何来怪一说？我一直对你只有恨而已。"

"唉……"天印垂头叹气："真是厉害，我磨到今日，你还是不退步。"

"你不也厉害，我不退步还非要磨下去。"

天印闷笑两声，环着她万分亲昵，镜子里的神情渐渐认真："我曾经的所作所为，你都记着，我爱你，你也记着，好不好？"

初衔白敛目："没必要，因为我不信。"

天印微微一愣。

"你太会演戏，也太有心机，即使你现在跟以前相比转变了很多，我还是无法断定你现在说的话是真是假。以前的我还有一身内力，现在只有一条残破不堪的命。"她抬眼，静静看着他镜子里的脸："天印，我输不起了。"

"……所以你永远都不会原谅我了是不是？"

她移开视线。

没想到她终于肯将自己的想法说出来时，却是更坚决的拒绝。

天印的神情有一瞬很暗淡，但很快又扬起了笑脸，拥紧她故作轻松道："没关系，就算是假话，你也记着吧。"

初衔白神色微动，不言不语。

"笃笃笃——"门扉轻响，珑宿压低嗓音在外道："掌门，都准备好了。"

天印松开初衔白，理了理衣襟走去开门。毕竟是掌门，无论人后如何，人前总还要端着一本正经的架子。

门打开，珑宿着了短打劲装，随时可以上路的打扮。

"诸位师兄弟都已准备妥当，留了足够的人手在此看护，采莲那边已仔细吩咐过，镇痛药膏也留了足够分量，我们走后会有人交给折英。"珑宿一一禀告完，问道："敢问掌门，可还有疏漏？"

"没了，其余的事我已交托给别人，既然都准备好了，那就走吧。"他故意没有回头，径自举步出门，抬头看到天，忽然顿住。

初衔白走到他身后，倚着门框抬头看了一眼，也有些意外："下雪了。"

"是啊。"他转头看她："我们第一次诀别，就是在雪地里。"

初衔白的神情有些不自然，看了珑宿一眼，后者会意，悄悄退去，她这才低声道："不管你信不信，当初你去做我替身一事，我并不知情，如果我知道，不会让你去的。"

天印笑着点点头："没关系，反正现在对我而言，那件事已经没有意义了。而且你后来说过你十年前就已经喜欢我，我也猜到那时不是你的主意了。"

"不错，我曾经很喜欢你，喜欢到满心满眼都是你……"初衔白的语气比呼出的白气还要飘忽，像是不是发自自己口中，她忽然再也说不下去，唇颤得厉害，唯有紧紧咬住。

最不愿触碰的就是十年前的时光，他少年时的模样，那一幕幕总盘桓在她脑中的片段，越简单美好，越是穿肠毒药。而他们如今越是疏远，那些记忆反而越发清晰。

她总无法遏制地想起曾经，在那段灰败的记忆里，那时故作洒脱的生活里，有那样一个少年给她带来过希冀和期待，满心的愉悦和憧憬，让她第一次有成为正常少女的渴望。纵然那时的她仗剑驰骋江湖令人闻风丧胆，但无人时对着镜子里苍白英气的面孔却会难受得想哭。他从不知道是他给了她坚持下去的力量，她自己自然不会说起，也许失忆后在天殊山上的千青才是真正的她，敢于毫无保留地对他掏心掏肺。

虽然最后都被他亲手捏碎了……

天印几乎在听见她话时便立即转过身去，留给她唇角绽放的笑，没有泄露自己神情里遮掩不住的悲怆。他深吸了口气，强笑道："所以我才说希望回到初见时呀。"

不等初衔白再说话，他连忙摆摆手："好了，不是说好不送的嘛，我走了。"

"我们再做个约定如何？"初衔白忽然道。

他止住步子。

"如果你能活着回来，我就原谅你。"

天印猛地转过身来，不敢置信地看着她。

初衔白眉目安静，坦然地迎着他灼热的目光："但是原谅你不代表还能跟你在一起，你应该明白，我可以放下过往，永远放不下戒心。"

"一言为定！"天印大步折回，迫不及待地拥她入怀，像是担心她反悔，呢喃着又重复了一遍，"一言为定。"

她顿了顿，低低回应："驷马难追。"

他情难自抑，亲吻着她的发、侧脸，密密麻麻，一路蔓延过耳垂再到脖颈才停下。

"我走了。"他抵着她的额头，黑眸凝着她的双眼。

"不送。"

"照顾好自己。"

初衔白嘴唇翕张，退出他的怀抱，终于说出两个字来："保重。"

天印微微颔首，看了她一眼，转身离去。

初衔白跟出门外，目送他走到走廊拐角，似有所感，他忽然转头，对上她的视线，露出笑颜。大雪纷纷扬扬，他紫衣乌发，在拐角那一格天地里似入了画，舒展的眉目和嘴角的微笑都镌刻成了永久。

远远传来马嘶声，她才察觉自己已经站了很久。走出廊下，抬眼看着落雪，天空阴晦，寒风刺骨，雪落在她的眉梢眼睫，乍生的冰凉，很快就在肌肤的温度下融化。缘起缘灭，情生情长，也不过如此，初时叫人惊颤，有些转瞬即逝，有些了无痕迹间沁入人心。

她吹了许久的风，像是想通了许多，又像是什么都没想。转过身，折英抱着披风站在她身后，显然已经很久，肩头都担了一层薄雪。

初衔白笑笑，主动走过去让她给自己披上披风。

"折英，你以后想做什么？"

折英诧异："小姐问这个做什么？我自然是要一直跟着您的。"

"你总要为自己想想，包括终身大事。"

折英摇头："我没想过。"

初衔白笑笑，转身回屋："那就现在想。"

第71章 嘱托

大雪一连落了三日，温泉山室外和室内的温度简直犹如一冬一夏。

初衔白待在屋内几乎没挪窝，她没有表现出任何让人担忧的情绪，折英原本还小心翼翼盯了她很久，后来又忍不住嘲笑自己想太多了，她的主子从来不是一个患得患失的人，在她身上早就找不到半分千青的影子了。

初衔白开始紧锣密鼓地计划接下来的日子，她现在有的是时间。

闰晴她们都用不着她操心，她唯一担心的就是折英。除去折华，折英对她最为忠诚，但也就是这份忠诚禁锢了她。她做什么都要以初衔白为先，这样下去永远不可能有自己的生活，就更别提嫁人了。

将天印带来的书和尹听风特地送来的书都看完之后，初衔白已经无事可做，本打算趁机找折英好好说说她的事，谁知她竟一早就不见人影。刚好采莲进屋来，初衔白看见她手里的小筐里放着绣绷子，忽然来了兴趣："采莲，你要绣什么？能不能教我？"

采莲吃了一惊，张着嘴巴愕然了半晌："啊？姑娘您要学绣花？"一代高手忽然不再拿剑改去绣花，会让江湖人士都吓呆的吧？

初衔白本还不觉得有啥，被她这么一嚷嚷才感到尴尬："嗯……寻常姑娘家不是都会这个的么？"

"话是没错，可是姑娘您又不是寻常人。"

初衔白笑道："我现在就打算做个寻常人呢。"

于是折英回来时就看见初衔白用那只曾斩杀了无数江湖人士的有力右手捏着绣花针，摆着扭捏的姿态在采莲的指导下上下穿梭于绣绷子上，多少有些笨拙。

"这是做什么？"她的错愕不下于采莲。

初衔白见到她来，越发尴尬，丢下针干咳了一声："看来寻常女子也不是那么好做的。"

折英忍不住有些想笑，上前道："小姐不用做这些，反正有我呢，我替您学。"

"说起这个，我刚好有话要与你说。"初衔白摆手示意采莲出去，端起茶盏喝了几口茶，又招呼折英在身旁坐下，刚要开口，眼睛恰好瞄见她肩头沾了点尘土，不禁好奇："你方才去哪儿了？"

"哦，我去了趟听风阁。"

她顿时恍然："又跟楚泓动手了？"

"……"折英赧然。

"你们俩还真是……"

初衔白有些哭笑不得，这对冤家，简直没有一刻是消停的。不过想到楚泓，她忽然又明白了什么。折英其实是个挺稳重内敛的人，却总是在楚泓面前发脾气，这似乎说明对他与众不同。再说楚泓平时为人也挺温和，对折英针锋相对，说不定也有那意思也未可知。想到这里，初衔白忽然有种茅塞顿开之感。

"折英，你觉得楚泓为人如何？"

"哼！"折英几乎立即就要开口数落，忽然意识到她问的是楚泓的为人，只好又不甘愿地改口，"为人的话……还行吧，总不至于太坏，有时候还算有良心。"

"那你觉得他长得可好看？"

折英的脸蓦地红了一下："呸，男人要那么好看做什么？小白脸一个！"

"那就是好看了。"

"……"

初衔白一手支着额头，看着她微红的脸颊笑起来："我怎么这么大意呢？他跟你倒是挺般配。"

折英慌忙站起来："小姐这是说什么话？我跟他一点都不般配！"

"你是指你脸上的疤吗？"初衔白笑着摇摇头，"折英，如果楚泓是那种看人外表的人，他应该理都不会理你的。"

"……"折英心中嗫嚅，他每次见她骂丑八怪骂得欢着呢！

"我总算放心了。"初衔白松了口气，起身时还轻轻伸了个懒腰。

折英有些心慌，一把揪住她的袖口："小姐，您忽然说这些是要打发我走吗？"

初衔白拍拍她的手背："想什么呢？我只是不想让你做老姑娘而已。"

折英还想说什么，她摇摇手直接越过屏风进去内室了："好了我累了，先休息一会儿，吃饭时再叫我吧。"

后来来叫她的不是折英，而是一个完全想不到的人。初衔白盯着那张笑盈盈的脸惊讶了许久："锦华夫人？"

锦华珠钗环佩，一身镂金丝钮牡丹花纹蜀锦衣，外罩厚锦镶银鼠皮披风，贵气逼人。她毫不见外地站在床边："好久不见了，你看起来还不错嘛。"

"还行吧。"初衔白忙起身招呼她就座，"夫人怎么会来？"

"闲来无事，来看看你啊，我还以为你正以泪洗面呢，唉，看来天印在你心中也没那么重要嘛。"

初衔白莞尔："原来我在夫人眼中这般娇弱。"

"是啊，我又不认识身为初衔白的你，只认识叫千青的你嘛。"锦华一如既往的活泼，别人眼里的禁忌，她却一点也不在意，说起时还故意冲初衔白眨眨眼睛。

初衔白被她逗乐了："好吧，那看来我还要跟夫人重新认识一次才行。"

"免了吧，我最怕麻烦了。"室内暖和的很，锦华却像很冷，双手捂着热茶杯不停摩挲着，眨着圆溜溜的眼睛问她，"你接下来有什么打算啊？"

初衔白稍稍一愣，颇为意外："夫人怎会关心这个？"

"哎呀，闲得慌嘛，跟我说说呗。"

她稍稍沉吟："其实也没什么具体打算，就是想过寻常日子而已。趁着中原

第71章 嘱托

师叔

123

武林倾巢而出，我还是赶紧找个地方隐居起来，这样他们回来就找不到我了。"她学着锦华的样子眨眨眼，"是不是有点像过街老鼠？"

"哎呦你就别寒碜老鼠了，有你这么瘦的老鼠吗？"锦华翻个白眼，又道："你是得找个去处，这地方可用不了多久，那群官儿都很小气的。"

初衔白点头，忽然想起什么，问道："说起来，我听说夫人有个魔教右护法的身份，怎么会出现在此处？衡无放过你了？"

"对啊，所谓事在人为嘛。"锦华站起身来，显然不愿多说，"反正我现在是自由身啦，现在正四处游山玩水呢！以前我家那个死鬼在世时就想着四处走走，结果不是他有事就是我有事，现在有时间了吧，又只剩我一个人了，唉……"

她的语气并不悲戚，初衔白却难免感慨万千，锦华夫人也是个苦命人，若不是生性开朗，没几个人能挺过这么多难关。

二人又闲话了一阵，折英进来了，原来初衔白睡得太久，已经到了晚饭时间。为了招待贵客，采莲动手做了一桌的好菜。初衔白尝了之后悔不当初，天印定是整她，放着这么心灵手巧的姑娘不用，非要留个肉都炖不烂的厨子在这儿！

锦华兴致颇高，甚至还要了点小酒，初衔白不能饮酒，她也不介意独酌，几杯下肚就开始海天胡地地说起一路上的见闻。初衔白过去二十几年都跟武学打交道，唯一清闲的一点时光也都待在天殊派里，如今听起这些，顿觉新奇，连一向淡定的折英也眼神发直，颇为向往。不过初衔白并未表现出来，始终表情淡淡，偶尔看一眼折英，若有所思。

吃完了饭，锦华有点喝高了，非要留下来跟初衔白同床而眠，折英跟采莲用拽的也阻挡不了她。初衔白叹气，难怪以前跟天印是一对，原来俩人都同一个喜好。

二人熄了灯后躺在床上，锦华又开始唠叨，这次说的是陈年往事，大部分都是那位金将军的事儿，初衔白同情她年轻守寡，自然给面子，但时间长了不免昏昏欲睡。

她强打起精神，岔开话题："夫人方才将外面说的这般有趣，我也想去瞧瞧了，不如我们俩搭个伴，一起找个地方隐居去吧？"

"啊？"锦华吃了一惊，"你要跟我一起去？不行不行，你身上带着伤呢，才不带你！天印不是这么嘱托的，我要这么做了就不守诺言了。"

初衔白愣了愣，完全清醒了："天印嘱托夫人什么了？"

锦华蹬了一下脚："哎呀说漏嘴了，天印说你难缠真是一点不假！"

"夫人别打岔。"

"唔……"锦华支支吾吾了几句，挫败地叹气，"还能有什么，无非就是托我给你寻个安全妥当的地方住下来呗，他也清楚这里待不长的。"

初衔白干笑："他安排得可真周到。"

锦华撇撇嘴："可不是，什么都给你想好了。我这儿还算担子轻的，听说尹阁主才是责任重大，简直连你的后半辈子都负责了。"

初衔白心里一沉，默不吭声。

锦华意识到自己说错话了，忙改口道："我不是说天印一定会出事，我只是说也考虑周全。你也知道他的为人，就是这样的嘛，什么都计划得好好的。"

初衔白安静了一瞬，开口道："我也有安排，刚才与夫人说的结伴同行并非玩笑。"

锦华露出疑问之色，意识到在黑暗里，又赶紧补问了句："什么安排？"

"夫人看见折英了吧？她一直被我拖累，我想偷偷跟你离开，这样她才有机会过自己的日子。"

"啧，你是个狠心的主子。"

"我也是为她好。"

锦华似乎酒完全醒了，口齿清楚了许多："我不是不带你啊，说实在的有人陪着也有意思，但是现在不成。这样吧，这里再住几个月还是没问题的，我到时候再来找你，届时春暖花开，路上也好走嘛。"

初衔白觉得这话也有道理，遂答应下来。

二人再无他话，安静半晌，她忽然问道："夫人究竟是如何摆脱魔教的？"早就觉得这次见到锦华很不对劲，在她身上似凝着一种气氛，那种气氛让初衔白很不舒服，像极了离开前的天印。

锦华许久没有作声，直到误以为初衔白已经睡着了，才低声道："以后再告诉你吧。"

第71章 嘱托

第72章　染指

锦华在温泉山一住就是半月，期间尹听风来过一次。他消息灵通，知道锦华在这里，特地带了两件上好狐裘过来送给她与初衔白。锦华芳心大喜，直夸他少年英俊，将来必定家财万贯、福寿延绵等等等等。

初衔白挑眉："原来夫人竟这般好哄。"

锦华附和的叹息："可不是，所以当初才被天印那生了花的舌头给骗去了呀。"

尹听风和折英在旁听得心惊肉跳，不该说的词她都说了，但悄悄去看初衔白，她似乎也不在意，神情很安然。

这几天总是落雪，尹听风担心路不好走，早早辞行。初衔白撇开他人亲自送他出门，走到无人之处，拉着他悄悄将折英跟楚泓的事说了。

尹听风闻言惊叹不已："这个臭小子，居然不动神色地勾了你身边的人，啧，不愧是我听风阁的人！"接着又拍着脑门后悔，"早知道我不派他去协助天印了，万一出了事，折英还不怨死我了。"

说完话瞥见初衔白的脸，他蓦地惊醒："我不是说天印会出事，我是说万一而已。"

初衔白淡笑："不用这么忌讳，其实你我都有数，我知道你们还有事瞒着我。"

尹听风的神色蓦地僵了一下。

"锦华夫人也是话里有话，不过既然不想说，我也不会问。"她转身往回走，忽然想到什么，又停下道，"你快出发了吧？保重。"

尹听风默默点头，表情前所未有的凝重，有一瞬间让初衔白以为又见到了曾在金将军府的墙头上坐着的那个神仙。

"需不需要我将西域的消息送回来？"尹听风忽然道，"我可以派专人时时送消息给你。"

"不用了，什么结果我都能接受，我只要兑现我的诺言就行了。"初衔白微笑了一下，转身离去。

没两天天气转晴，锦华很快也告辞离开，急不可耐地踏上了下一段行程。初衔白又闲了下来，跟着采莲学了一段时间的绣花，成天让折英猜是什么。自从折英将她绣的一截树枝认成了剑，她就不再坚持了。

做什么都需要天分，她觉得自己的天分只在武学这块。

江南之地大雪不多，天气湿冷起来却也要命，连出门也不愿。人太无聊就会想着法儿找事做，初衔白开始裹着厚厚的衣裳围着炭火埋首书卷。她找到了新的事情做——把自己以前在武学上的感悟都记录下来，包括让她一举成名的千风破霜剑。

折英皱着眉说："小姐，这不好吧，要是让贪婪之辈知道了，保不定又要来夺，届时您会有危险的。"

她大笑："那我就叫人誊抄个千份百份，人手一册。抢什么？谁有本事谁练好了。到时候大家武功套路都一样，还打得起来吗？只能打外人去了吧。"

折英忍不住被逗乐了："也只有您舍得。"

初衔白怔了怔，似叹似诉："如今对我而言，再没有什么是舍不得的了……"

记录东西其实是件费时费力的事，光是零零散散地对各派武功做了总结就花去不少时间。

初衔白在武林各派之中首推天殊派的武艺，倒不是出自私心，而是它更适合普通人，这也是天殊派人数最多的原因。不说别的，就说这次天殊派去往西域的

第72章 染指

师叔

127

人数，随便点了点就超过了好几个门派的总和，领头的正是靳凛。

初衔白估计自作聪明的二师伯终究是没能赢在最后，天殊派的掌门之位应该只等着靳凛回去坐了。不过出了谷羽术那档事，她再也不会跟他联络了，见了面彼此都膈应。

其次当推青云派，不仅武功奇巧，轻功也是上乘。只是他们的武功对练武者资质有要求，门槛比较高。初衔白自幼师百家之长，最不重门第之见，自然有些轻视。

颇为意外的是唐门居然排在第三位。虽说时至今日各大名门渐有衰微之势，但怎么着也该轮到武当少林崆峒青城峨眉之类的吧？折英见到时，下意识就说她怀了私心。初衔白万分无奈："我真是冤枉。唐门的武功其实招数套路在各派中最为蹊跷难辨，诡谲非常，只是如今一代不如一代，愈发荒废了而已。"

折英遂不屑道："那是自然，不是想着内斗就是想着害人，能不荒废武功么？"

初衔白笑道："你现在说话真是越来越犀利了，莫不是跟楚泓斗嘴练出来的吧？"

折英说不出话了，一张脸涨得通红。

忙完了这个，初衔白又将曾经看过但不幸遗失或毁损的武功秘籍记录了下来。这个比较耗费心力，何况记忆有偏差还会导致练武者走火入魔，遂很快就告停。

最后她才开始记载千风破霜剑。这本足足写了几百页，包括练功时需要注意的部分都描述得很详细。折英帮她装订成一册，问她要不要署上大名。初衔白想了想，随手在末尾签了"唐印"二字，顺便将其余写就的册子也加了同样的名字。

"小姐？"折英惊诧莫名。这不流入外人之手也便罢了，如果流了出去，人家还以为这是天印的功劳呢。

初衔白无所谓地摊摊手："我都置身江湖之外了，要那些虚名也没意义，他以后要是还在江湖行走，说不定就需要这些。不过谁说得准呢，只要你收好不让它落入他人之手就可以了嘛。"

折英心中腹诽，那也要天印活着回来才有用吧。想起今早收到听风阁悄悄派人送回的消息，她犹豫了一瞬，终究没有开口。

事情比预想糟糕很多，那里几乎已经形成一场战事。段飞卿似乎有意突袭，行事迅速猛烈。天印目前倒还没暴露目的，是衡无的左右手，但最后临阵倒戈能否成功还是未知。

初衔白毫无所觉，她也不关心，每日照旧写写画画，实在无事可做了，开始写一些零散的事情，多半是以前的回忆，头一篇写的居然是那匹叫上菜的马。

她写的太过随性，甚至连那匹马难产的事也一并说了。当时情形危急，后来还是她学着天印叫了一句"小二"，上菜才一个扑腾将马驹生下来。彼时她早跟天印决裂，真是又好气又好笑。后来上菜老死了，她坐在马厩边默默无言了许久，直到折英派人将它拖出去埋了。

当时她觉得有关那个人的一部分回忆也随着上菜的离去埋葬了。

当笔下出现这个名字后，一切就顺其自然了，初衔白几乎将十年前的事情都回顾了一遍，有时候写到气愤处会潦草地加一句骂人的话，墨点子都溅在了旁边。写到难过处又像是下不了笔，轻飘飘的，字像是随时会脱离纸张飞出去。

这种东西自然不能给折英看到，她每次写完就丢进匣子里，那里除了这些，还静静躺着天印临走前插在她发间的簪子。

还好她有所准备，免得折英忽然撞开房门时，不至于被逮个现行。

初衔白故作悠然地擦去指尖的墨渍，抬头问她："什么事这么慌张？"

"锦华夫人她……"折英喘了口气，"她晕倒在了大门外，刚被抬进来。"

不知道为何，初衔白闻言后的第一反应居然是松了口气，然后才赶忙随折英去看锦华。

离上次见面不过才两个月，锦华看起来很不好，不仅瘦了一大圈，脸色还分外苍白，躺在床上像个纸人。采莲拿出唐门弟子的魄力，一连灌了她三大碗汤药，才将她弄醒。

"哎哟，苦……"她开口的第一句竟是埋怨，"你们给我喝的什么？我嘴里全是苦味。"

初衔白不想让她难堪，遣退折英和采莲后才问她："夫人，你如何中的毒？"

锦华闻言脸色微变，只一瞬，又堆起笑来："被发现啦，唉，看来瞒不下去了。"

初衔白紧盯着她。

"好了好了，我直说好了。"锦华挫败地摆摆手，"其实我活不久了。"

初衔白愕然，半晌才回神："衡无做的？"

锦华点点头："我终于有勇气求他放我离开魔教，他却给我两条路选：一条是继续做右护法，直到死；另一条就是服下毒药，等死。"她竟然还笑得出来，不觉得悲哀，反而有些轻松。

"……天印知道吗？"

锦华摇头："他还不知道我已经脱离魔教的事，只是借着我有诰命夫人这个身份，才将你托付给我罢了。"

初衔白皱眉。

锦华立即道："千万别可怜我，我高兴着呐，就算活不久，也比一辈子没自由好吧？"

她只好舒展了眉头，尽量做出无谓的态度，许久又道："我总觉得事情并非这般简单。"

锦华长叹口气，似极其疲惫："我把我知道的告诉你好了。人人都知晓魔教是西夜国教，但它实际上远没那么简单。衡无之所以不肯放过我，还有个原因，他希望我利用身份给他们制造方便。也许衡无的目的只是中原武林，但背后的西夜朝廷想要的可不止这些。"

初衔白陡然一惊："你的意思是……他们甚至连我中原江山也想染指？"

"中原富庶，地大物博，哪个国家不想染指？"

"……但西夜这般行事，未免太过冒险了吧？"

"所以才需要从武林这边来试探啊，如果中原武林还像以前那样有志之士辈出，人人同心，又岂会让魔教有得逞的机会？"

初衔白默然。许多外患皆起源于内因，自身崩如散沙，当然容易招来觊觎。她无力反驳。

"以前西夜饱受欺凌，如今壮大，这些年又一连吞并了周边好几个小国，便如人欲壑难填，自然图谋更多。而魔教不过是个幌子，打着幌子做事情，一旦不妙便能弃车保帅。总之不管如何，朝廷是没有亏吃的，成了，是他们的功劳，不成，是魔教的错。"

初衔白蓦然心中一寒。

锦华苦笑："衡无也是高估我，我虽为诰命夫人，却一点实权也没有，哪来的途径帮他们？再说我要是真帮了，到了地下见了我们家那位死鬼，也别想安生了。"

初衔白忽然喃喃："段飞卿……"

"盟主？"锦华一愣，"他怎么了？"

"段飞卿是有朝廷背景的，他忽然想荡平魔教，会不会就是因为这点……"

锦华恍然："这就不知道了，据我所知段家早就脱离朝廷了。不过魔教有这个意图已非一日两日，青云派离西夜比较近，可能早就洞察也未可知，何况段盟主看着也的确是那种心系家国的人。"

初衔白终于明白尹听风未曾言明的秘密是什么了。也许天印早就知道，虽然他的目的比起家国大业实在微不足道甚至可以说自私，但他还是做了段飞卿的车。

难怪尹听风说派了楚泓给他做帮手，听风阁的人轻功卓越，如果他回不来，至少药可以送回来……

锦华倚在床头静静观察着她变了色的脸，忽然道："春天快到了，你还愿意随我走么？"

"等夫人好一些再说吧。"她如同梦呓。

锦华微微一笑："你是想说等到天印的消息再说吧？"

第72章 染指

师叔

第73章 虚谷膏

中原江湖已陷入死寂，这死寂市井小民感受不到，巍巍庙堂更感受不到。世人过着该过的生活，没人知晓正发生什么，当然也没人在意。

春日将至时，道路好走，西域商旅开始大批涌入中原。直到此时，有关那里发生的一切才陆陆续续传到众人耳里。

茶馆酒肆的说书人逮到了最为传奇的题材，大肆渲染，门庭若市。什么"聚侠客江湖游龙三千，降魔门枭首敌众万百"，"昔年青峰崖结盟豪志，今朝玉门关荡平雁山"……

听者不过当个故事，只有那些传播这些的商旅清楚当时的情形。其实他们到现在也不明白为何中原武林人士会忽然做出这种两败俱伤的事，难道他们的圣教碍着中原的事了么？还是说果然舞刀弄枪的人都脑子不好使呢？唉，只盼不影响他们做生意就好……

在此期间，锦华安心养着身子，初衔白则病了一场，症状古怪，是她从未体会过的。这之后所有人看她的眼神都变了，伺候她的态度却越发小心翼翼。

到了阳春三月，温泉山里草木齐发之际，折英恬记着西域情形，打听过后回来，第一次跟初衔白禀报：

"小姐，前武林盟主，就是段衍之，忽然前往西域了。"

初衔白心里咯噔了一声，扭头去看锦华，她的脸色也不太好。

如果连段衍之都惊动了，一定是很难收拾的局面。

诡异的是，大家都有数，却谁都没有开口言明。

虽然已经等待了很久，但事到如今，到底会觉得有些难熬。本以为还要等待下去，实际情形往往出乎意料。温泉山里绽放第一枝桃花时，折英喘着气跑进门叫初衔白："小姐…他们回来了……"

初衔白站起了身，走到门口时，忽然又停下了脚步。

她看着回廊拐角，忽然想起天印离去前最后一个笑容，再也走不动了。

一定有许多人涌了进来，她听见了声音，甚至还有马嘶声，但没有到达这院里。很快，有人沿着回廊走了过来，初衔白的视线在强烈的阳光下有些模糊，只看见那身紫衣，心慢慢揪紧，待人走近，又缓缓松开。

尹听风站在她面前，眼神很震惊。

初衔白裹着披风，双手交叠垂在腹间。

他走上前去，鬓角发丝被风吹得微乱，手里还握着马鞭，风尘仆仆，显然是返回时直接来了这里。

"青青，我来接你了。"他的嘴角挤出微笑。

初衔白的心忽然沉了下去。

尹听风仍旧笑着，招手唤来一人，那是楚泓，完好无损，只是脚踝处缠着厚厚的纱布，走路微跛。他脸色沉凝，甚至都没有看一眼折英，慢慢走过来，从怀里取出一只包裹。

初衔白伸手接过，手没有颤，脸色也很平静。

打开，里面一只瓷瓶，一只小盒。竟毫不意外。

"这是虚谷膏，红丸内服，白膏外敷，快去用，你会好起来的。"尹听风催促她，笑容比任何一次都灿烂。

初衔白没有动，语气平静地像是局外人："所以这就是结果？"

尹听风笑容敛去，眼神有些黯淡："能不能过段时间再说？我现在实在不想说起当时的情形。"

他第一次用这种语气说话，初衔白的手指不禁颤了一下："没关系，我并不

关心那里发生过什么，你只需要告诉我，天印……是死是活。"

四下有一瞬的寂静，尹听风疲惫地笑了一下："我们能不能私下说？"

人在得到一个期待久矣的结果之前，总会像是被线悬着喉咙，而一旦有缓和的空隙，这种感觉就会稍稍缓解。初衔白自认已经历过太多生离死别，这种感觉已不明显，但她如今面对的是尹听风，又有不同。他其实是个很矛盾的人，认真时可以端着架子拒人于千里之外，不羁时又叫人啼笑皆非。

在初衔白眼里，尹听风是个可以化解痛苦的人，任何苦乐在他眼里都可以成为一个玩笑，但他若正经起来，那就说明事情必然很严重。而在这种情形下，初衔白感到的不是寻常的紧张和不安，反而陡然跃入一种空白的状态。

他们远离众人，站在一处泉眼边，盯着那升腾的热气在眼前幻化成各种形状。初衔白其实已经做足了准备，她只是在等尹听风证实而已。

"天印没有死。"

她猛地抬头，不可思议地看着他，怀疑是不是自己听错了。比起最坏的那个，这个答案反而将她拉出平静，让她震惊和惶惑。

尹听风冲她咧了一下嘴，有些自嘲的意味："起码我最后见他时，他还活着。"

"那他为何没有回来？"初衔白这才想起，不止他没回来，整个唐门都没回来。

"也许……"尹听风有些踌躇，"是回不来了吧。"

初衔白皱眉："什么意思？"

"段飞卿失踪了。"他忽然道。

初衔白愣了愣，忽然明白为何段衍之会忽然赶去西域了。

"怎么会这样？"

"到达西夜后，段飞卿将魔教的目的告诉了各派，但相信的并不多，大部分人都认为西夜不过一小国，不可能有如此滔天横胆，所以最后打头阵的只能是青云派，这也没什么，但我们没想到衡无早有准备，所以……"

"衡无怎么可能早有准备？"她意外地打断他的话。

尹听风静静抬眸："所以所有人都怀疑是天印做的。"

"……"初衔白脸色微变。

"天印跟我说过，他只在乎能不能得到虚谷膏，我也知道他跟段飞卿的交换条件是得到盟主之位，而且也的确只有他最有机会这么做。"

"所以你也信了？"初衔白不禁扬高了声音。

尹听风看着她："你呢？难道一点都不怀疑么？"

"……"初衔白无言以对。

一个连自己都承认是坏人的人，怎么能够让别人相信他是好人？

尹听风长叹一声，眉头紧锁："创立听风阁以来，我第一次这般挫败，挚友失踪，我竟一点消息都寻不到。至于天印，他得到药后本要离开，但摆脱不了衡无……"

像是害怕刺激初衔白，他的声音低了下去："他叫楚泓带着药先出来，自己断后。所有人都觉得他咎由自取，当然不会出手相助。我赶过去时，只来得及接应楚泓，最后只看见他与衡无拼杀着坠入了地下，后来问魔教俘虏，才知道那里是通往西夜王宫的暗道，而且……他那时已经走火入魔了。"

"……"初衔白呆站着，脑中如空了一般。

原来不是没死，而是生死未卜。

意识像是细沙一般崩塌散开，再一点一点聚拢起来。她回过神来，并没有多言，连表情都没什么变化，忽然转身缓缓离去。

"你要去哪儿？"尹听风连忙问。

"去用药。"初衔白停下脚步："我说过什么结果都能接受，我没你想的那么脆弱。"

尹听风上前握了她的手："跟我走吧，我会好好照顾你的。"他扫一眼她腹间。

初衔白惨淡地笑了一下，竟没拒绝："好，那就等我几天，我想收拾一下。"

尹听风松了口气："那我暂且住下，三日后我们一起走。"

初衔白点点头，挣开他的手离去。

尹听风看着她的背影，久久未曾挪步。佛曰：大悲无泪，大悟无言，大笑无声，大抵就是如此吧。

在温泉山待的这三天，尹听风几乎没见到初衔白的人，但楚泓从折英那里探来的口风显示一切都很好，她乖乖吃药，乖乖擦药，安静温和，如同天印不在时那般，似乎已成习惯。她的确不是那么脆弱，却让身边的人心疼。

到了出发当天，天气有些阴沉，尹听风命人套好马车，特地在里面垫了厚厚的软垫以防颠簸。万事俱备，随时可以启程，却久等不见人出来，他只好派人去请初衔白和锦华夫人。

然而最后出现的却只有折英，她惊慌失措地说："我家小姐和锦华夫人都不见了！"

"……"

初衔白以前的认知是，要忘记一个人，只能靠失忆。但是锦华告诉她，很容易，只要认识更多的人，就可以办到。

她们结伴上路，开始早就说好的行程，但锦华每每看到她的模样都很嫌弃，一路走一路瞄她的肚子，然后无奈地雇辆马车。初衔白却浑不在意，自觉精力充沛。

她以前从未想过有朝一日会跟锦华夫人走得这么近，甚至可以算是相依为命。

锦华与她想法差不多，有一日忽然说："你说天印要是知道我们俩这副德行会怎么说？"她说这话时已经瘦得脱形，而初衔白正处在恢复阶段。

天气越发暖和，二人敢于露宿了。燃着的火堆映着锦华瘦削的脸颊，有些凄凉，偏偏她笑得很温暖。

初衔白捡了根树枝拨了拨火："我猜他会有些得意，'看，这两个自以为是的女人，现在处得这么好，还不是因为我？'"

锦华哈哈大笑，笑到狂咳不止："这话没错呀，我跟你之间的联系也就是他了而已。"

初衔白笑笑，不置可否。

锦华忽然凑过来戳戳她的锁骨："还疼么？"

初衔白摇摇头。

"啧，不愧是拿命换来的药，奇效！"

刚说过不疼，初衔白忽然又觉得疼了一下。

锦华忽然低声问："你想他么？"

初衔白凝视着火堆，眼珠里闪烁着跃动的火苗："有一点。"

"只一点？"

"他曾说过，看得见才能记住，这么长时间不见，我终有一日会忘记，也就谈不上想念了。"

锦华若有所思地点头："似乎有点道理……"

第73章　虚谷膏

师

叔

第74章 小元

尹听风找到初衔白的所在并不费力，但考虑到她有意躲避自己，也不好上去劫人，毕竟那就违背天印的嘱托了。虽然因为段飞卿的事对天印有些怀疑，男人之间的承诺却是重于泰山，何况他也是真心想帮初衔白，自然不会食言。本来他想派人暗中保护初衔白，后来一想锦华夫人的朝廷背景，也就打消了这个念头。再说寻找段飞卿也需要人手。

就在这当口，珑宿从西夜回来了。他领着唐门弟子在那里多留了几个月，始终未曾寻到天印的踪迹。西夜王最近在都城加派了兵力巡查，他们便不得不回来了。

唐知秋的伤势尚未痊愈，披着件袍子坐在堂中听他禀报完情形，桀桀冷笑："魔教是那么好除掉的？段飞卿比他老子可天真多了。哼，天印也是个蠢货！居然为个女人送了命！"

珑宿本想告诉他前因后果，不过结果都一样，想想也就没有反驳了。他行礼告退，刚到门外，有个弟子来通知他，听风阁主希望见他一面。

珑宿颇为意外，他与尹听风几乎没有接触过，而且严格算起来还是对立双方，他居然会来找自己，真是意外。

尹听风没有进唐门来，珑宿出了大门，便见路上停着一辆夺人眼球的华贵马车，八名白衣翩跹的美男子垂手而立，果然符合听风阁主的招摇做派。

楚泓走了过来，引着他登上马车。尹听风端坐车内，姿态优雅，神情却很焦急。

"你来了就好，快点告诉我，这几个月西夜形势如何？"

珑宿有些好笑："以听风阁的耳目，完全用不着问我吧？"

尹听风皱眉："难不成你想要我出钱买你的消息吗？"

珑宿翻个白眼，决定还是直接说好了，省得跟他在钱的问题上纠结。"衡无已经死了，西夜王特地出来宣布了他的死讯。"

尹听风有些诧异，好一会儿才开口问："知道他是怎么死的吗？"

珑宿摇摇头："我只知道他是死在王宫里的，西夜王的说法是，他在王宫里宴饮时突发重病而亡。"

"也就是说，西夜王压根没提到中原武林？"

"是的。"珑宿刚才见识过唐知秋的态度，也不会再指望跟他探讨出什么解决之道，便干脆将知道的都告诉了尹听风，"我们回程途中，听说西夜还曾借此事派专使去玉门关找西域都护使理论过，甚至扬言要中原皇帝给个公道。谁知西域都护使闻言只不轻不重回了一句：'绿林之事罢了，何须置于庙堂？若都如贵国插手武林是非，岂非徒增纷乱？'专使大概是听出他反要怪罪西夜挑起事端的意思，不敢多言，便灰溜溜回了都城，此事不了了之。"

"也就是说……"尹听风斟酌着道，"西夜王其实是想拿中原武林大做文章的，既然如此，如果衡无真是死于天印之手，那他肯定不会遮掩，反而会大肆宣扬才对。"

珑宿皱着眉点点头："我也是这么想的。"

"这般看来，衡无应该是死于西夜王之手。也是，此次中原武林集中扑过去，西夜王对衡无那点刚建立的信任必然土崩瓦解。假若天印和衡无在暗道中一路斗到王宫，那么最后必定会被西夜王一锅端。毕竟王宫有千万禁军，他们武功再高，也有力竭之时。"

珑宿叹息，显然已是默认了他的推测。衡无死了至少还有个冠冕堂皇的宣告，天印死了，谁会在意？

139

他们都很清楚，天印此次，绝对是凶多吉少了。

话已说完，不曾有进展，心情倒是更加沉重了。尹听风趁机又问了段飞卿的消息，珑宿道："未曾收到他的死讯，我想他必然还活着。"

尹听风自然相信他还活着，只是不知道他到底身处何方而已。

再无他话，珑宿便要告辞，下车前忽然问他："初庄主现在如何？"

尹听风长叹口气："这个也许只有她自己知道。"

任何惊心动魄或是跌宕起伏都经不起时间的涤荡。中原武林元气大伤，江湖归于太平，似乎已经无人记得曾经发生过的事。

所幸有所回报，过了一年，皇帝下旨在玉门关增兵驻守，也许目的是为了约束中原武林进入他国"作乱"，但至少也威慑了西夜，使其彻底收敛。

尹听风仍旧不断一直打听着段飞卿的下落，却始终没有结果。这期间倒是传来了魔教复苏的消息。

衡无生前跟教内的四位长老多有隔阂，所以当初中原武林与之对决时，几位长老并未出现帮助，反而带着分坛主们退隐不出。此时想来，倒像故意借中原武林的手除了这个衡无一般。如今衡无一死，群魔无首，几位长老便又回来主持大局了。

魔教毕竟在西域百姓心中地位极高，指望将之连根除尽也不可能，所以尹听风对这个消息并不意外。

初衔白对此自然一无所知，她走遍了名山大川，人像是也成了其中的一草一木，看透了生死无常，觉得一切不过就是世事运转。

锦华的身子越来越颓弱，但她的精神永远是旺盛的。那一日二人乘舟渡江，她忽然问初衔白："你想不想去西域？"

初衔白扭头盯着水面的倒影："去西域干什么？"

"你知道干什么，也许他并没有死。"

"他若没死，应该会回来，若没回来，那便是不想回来了。"

锦华深深叹息："我知道你是为了我，如果我的身子不是一直拖着，你应该可以去找他。"她说着朝初衔白怀里看了一眼。

初衔白的怀里抱着襁褓。

"孩子总要见自己的父亲。"

初衔白垂头看着怀中孩子熟睡的小脸，不发一言。

没多久二人靠了岸，在一间茶摊里休息时，只听旁边有人在说着江湖各派的八卦。

初衔白怀中的孩子醒了，忙着照顾，本来并没有在意，直到锦华推了她一下，低声说："没想到靳凛居然真做了天殊派掌门了。"

初衔白这才凝神去听，果然有人在说此事。不止天殊派，其他门派最近也都有变动。

今年刚入春的时候，德修掌门以年事已高为由，退隐不问世事，靳凛便继任了天殊掌门。之后是青城山的尘虚道长，他从西域回来后受了伤，一直不见好，便也传位给了得意的弟子。没几个月又轮到了璇玑门，玄秀忽然隐退，出乎意料地选了个名不见经传的小徒弟继任掌门，此举甚至惹得几个年长的徒弟闹了许久的情绪。这之后便是唐门，天印既然还没回来，自然是尘埃落定，唐知秋笑话一般在悬空了这么久之后又坐上了掌门之位。

不过他不怎么高兴，因为对应着的，老对头段衍之又回来重掌青云派了。虽然他们现在似乎更应该为同样的不幸而握手互相宽慰一番才是。

"看来我们真的太久不问世事了。"锦华看看初衔白的神色，"你想不想回天殊派看看？"

初衔白想了想："还是算了，那里于我，本也没什么意义。"

锦华只好不再多言，她明白，初衔白不去，是因为那里有太多的回忆，不是有关天印，就是有关她师父玄月，都会叫人伤感。

时已入秋，用不了多久便会渐渐寒冷，二人此时还处在北国，锦华便提议接下来去南方过冬。初衔白欣然应允。

可惜并未能按原计划踏上南下之程，上路的前一天，锦华猝不及防地病倒了。初衔白只好守在客栈里，既要照顾孩子，又要照顾她，忙得脚不沾地。

锦华一直昏睡，叫了好几个大夫来都直摇头，初衔白的心沉了下去，反而异常平静，她知道这天迟早会来。

天上落下第一场大雪的时候，锦华总算醒了。初衔白的孩子趴在她身边揪着被子玩耍，小娃娃还不会走路，但已会咿咿呀呀地学语。锦华宠溺地捏捏她的小脸，对站在旁边忙着把药倒进碗里的初衔白说："我昨夜梦到了我家那个死鬼

第74章 小元 师叔

141

了。"

初衔白没想到她会突然醒来，连忙放下碗过来，要抱走孩子，锦华却拦着她："没事，让小元待在这儿，我好久没跟她玩儿了。"

初衔白的孩子是个女儿，小名叫小元。锦华一向喜欢孩子，比初衔白还宠她，刚出生那会儿，简直天天抱在怀里不撒手，"心肝儿宝贝"的叫个不停。

初衔白见她精神不错，便随她去了，在床沿坐下，问道："什么样的梦？"

"只怕说了你要骂我。"锦华笑言。

"你倒是说说看。"

"我梦见他来接我了。"

初衔白沉默了。

锦华握紧她的手："不过是场梦，别太忌讳了。"

初衔白点了点头。

不知道是不是受了她这番话的影响，这一晚，她自己也做了个梦。

泛红的月色撒了一路，她靠在路边，想动一动身子，却觉得锁骨疼得厉害。四周悄无人声，她猜想自己终究是要死了。那也好，死了就能解脱了。

远处传来哒哒的马蹄声，她在恍恍惚惚间勉强睁眼去看，有人驰马而至，黑衣黑发，凛冽似风。本以为他就要径自经过，谁料到了跟前，他居然一勒缰绳停了下来。

初衔白终于有机会看清他的脸，清亮的眸子，略显瘦削的脸庞，微微带笑的嘴角。似乎有些变化，又似乎毫无变化，他依旧是仗剑江湖的第一高手。

"青青，我来接你了。"他微微俯身，伸出手来。

初衔白低低地笑了，将手放进他手心……

第75章　镖师

那是四月天里，折英忽然从楚泓那里听说了初衔白现身的消息，一路追了过去。

楚泓之所以会知道，自然是尹听风说的。早于折英行动，他已经守在了金将军府。因为初衔白这次既没有回初家山庄，也没有去温泉山，而是一路前往长安，径自去了金将军府。

一晃便是几年未见，尹听风对初衔白这些年的生活一无所知，如今即将再见，唯一期盼的就是她别太惨，万一弄得面黄肌瘦或者一身是伤，他会十分内疚。

他提起轻功，翻上将军府的墙头，忽然想起很久之前自己来偷偷观察她的那个夜晚，眼神一扫，院内那株丝带琉璃竟还娇艳的开着。

听风不是个多愁善感的人，此时却生出了物是人非的感慨。

老远便听见一阵恸哭之声，他循着声音找过去，发现那里竟然是金府祠堂，不禁错愕。只见一群人堵在那里呜呼哀嚎，看样子都是金府家奴。

一个圆乎乎的小女孩儿梳着羊角辫，穿一件嫩黄的短衫，可能是嫌吵，坐在走廊尽头，离众人远远的，低头晃着脚丫子，自顾自地玩耍。

尹听风实在忍不住好奇，飞掠过去，倒挂在廊下，贴着窗口探头朝内看去，只见一人奉着牌位安放到桌上，然后默默退到了门外。

不是初衔白是谁。

她做了寻常妇人打扮，不仔细看没人能认出这是当初在江湖上叱咤风云的魔头。尹听风发现她面色红润，甚至还养胖了一些，心中稍宽，这才扭头去看室内，一阵惊愕。

牌位上的名字赫然是锦华夫人。

他实在震惊非常，决心一定要问清楚到底是怎么回事，一转头，却发现初衔白已经走出去很远了，口中唤了声"小元"，一直坐着的小女孩儿站了起来，歪歪扭扭地朝她走了过去，直到小小的手递在她手心里，步子才算迈稳。

尹听风连忙去追，刚到门外，却见她静静站着，似乎知道他会出现。

"阁主别来无恙。"

"呃，别来无恙。"大概是被逮个现行，尹听风有些尴尬。

初衔白笑笑："几年未见了，你一切可好？"

"谈不上什么好坏，你呢？"

"我一切都好。"初衔白忽然想到什么，将小元拉到身前："这是我的女儿，叫小元，三岁了。"

尹听风送虚谷膏给她时便已看出她有了身孕，早已有数。他向来锱铢必较，对朋友却大方得很，闻言立即从腰间解下块玉佩送到小元面前："权作见面礼，快叫声叔叔。"

小元看看母亲，又看看他，正迟疑着要不要开口，他又改了口："算了，我不要跟你爹攀亲戚，你还是叫舅舅吧。"

初衔白好笑地看了他一眼，对小元道："那就叫舅舅，这个舅舅有的是钱，给你什么你都大大方方收下便是。"

小元得了允许，真的立即接过了玉佩，奶声奶气地唤了他一声舅舅。

尹听风没好气地瞪初衔白："你可真会教孩子。"他站直身子，"对了，锦华夫人这是……"

初衔白笑容敛去，微微叹息："她之前就中了毒，这几年一直拖着，如今才算解脱了。也许对她来说这是好事吧。"

尹听风惊讶之后微微叹息。

"对了，"初衔白忽然道："千万别让折英知道我的下落，除非她跟楚泓成亲了，否则永远别想见我。"

"……你还真是狠心。好吧，那我回头一定好好催催。"

"如此就有劳阁主了，折英嫁入听风阁，身为娘家人却出不起嫁妆，还望莫怪。"初衔白笑起来，稍露腼腆，竟显露出几丝风情。这几年在外，不是完全没有变化的。

尹听风故意皱眉："算了，我不会让楚泓亏待她的，以后多生几个胖小子抵回来就是了。"

初衔白笑意加深："这倒是个好主意。"

看看天色，时候已经不早，初衔白正打算告辞，忽然想起段飞卿的事，忍不住问了一句："段盟主至今仍无下落么？"

尹听风没有直接给出答案，反而眉头微蹙，似乎有些纠结："很奇怪，并不是完全没有消息，可是循着消息找过去，却又总是扑一场空。以听风阁找人的实力，不该是这个结果才是。"

"你的意思是……"

"我猜段飞卿不是遇上了麻烦事，便是自己还不想回来。"

初衔白微微沉吟一瞬，又问："知道他的大致所在么？"

"好几次收到消息都是在西域一带，只怕还是西夜附近吧。"

"那就奇怪了……"

初衔白微微留了个心眼，其实她已经打算去西域走一趟，本打算替他打听打听，但连听风阁都找不到的人，自己若是斗胆揽下，届时又是一场空，非但帮不到尹听风还徒增一场空欢喜，于是终究还是没有作声。

"此番一别，不知何日再能相见，阁主保重。"她朝尹听风郑重地拱了拱手。

尹听风的表情也肃然起来，回了一礼："但凡有任何需要帮忙的地方，尽管开口便是。"

初衔白感激地点头。现今江湖多薄凉，唯有此人，看似势利却最重情义，能使人回忆起往日江湖的侠气风范。难怪连段飞卿那样清冷严肃的人也愿意与之深交。

走出去很远，小元边还走边回头张望："舅舅不一起走吗？"

"舅舅还有大事要做。"

"那锦华姨娘呢？也不一起吗？"

初衔白伸手摸摸她的小脸："姨娘累了，要在这里休息很久。"

她并没有急着上路，她带着女儿特地去拜祭了母亲和师父。只是初家山庄，始终不曾踏入一步。那些纷纷乱乱的开始和结束，似乎都和那个养育她长大的地方有关。

这之后母女二人沿着长江又去了几个地方，然后才开始辗转着西行。她似乎还保留着和锦华在一起时的习惯，不挑路线，说往西就往西，遇山翻山，遇水过水。

尹听风实在讲义气，在她临行前居然托人送来了丰厚的盘缠。初衔白也不拒绝，当初跟着锦华四处跑，盘缠都来源于朝廷俸禄，尹听风很清楚她现在没了这依靠。反正他最不缺的就是钱，而她恰好又需要钱，养孩子可不是个简单的事。

一路到达玉门关前都很顺利，初衔白这几年在外跑惯了，知道分寸，偶尔遇上难走的路需要跟别人搭伴时，也很本分。

从玉门关到西夜还有很长的路程，这段路一向只有跑丝绸之路的商人们在走。有人见初衔白一个女人带着孩子，便建议她跟商队走。

初衔白于是请客栈掌柜给她介绍了支商队。那是一队押货的镖师，初衔白见他们个个都懂武艺，觉得比普通商队更为安全，自然没有意见。

镖头是个中年汉子，答应得毫不犹豫。初衔白起初觉得他是豪爽，后来接触了几次总发现他眼神黏在自己身上，便有些不悦了。

出发当日天气好得出奇，虽是初秋的天气，阳光却比中原的盛夏还来得强烈。初衔白将小元遮挡得严严实实，抱着她跟一批货物挤坐上马车。

那镖头居然还关切地过来询问了几句，初衔白保持着该有的距离礼貌地道了谢，他竟仍旧不走，大概是觉得彼此已经熟稔，渐渐没了顾忌，甚至当着众人的面拍了拍她的肩："你挺厉害的，我从没见过像你这般白嫩的女人敢独自带着孩子赶那么远的路。"

初衔白的脸色猛地一沉，牢牢盯着他的手，不动声色，直到他讪讪移开。

独身在外的女人总是蜂蜜一般诱人，就算没有蜜蜂，也有大群苍蝇涌过来。何况她还带着一个孩子，这说明她很柔弱，任何人都能欺负。初衔白忽然很后悔，这几年跟锦华一起习惯做女装打扮了，若是一早便以男装示人，以她的扮相，应当不会有这困扰才是。

她摸了摸绑在背后的条形包裹，很久没用过了，但愿这次也用不上。

货物是运往若羌的，大约再过一两座城就到了，所以很快就能跟他们分道扬镳，初衔白心想以他们的速度不出一月便可到达，还是忍耐下去好了。但她显然高估了镖头的忍耐力，还没到若羌，他便露了原形。

那夜他们一群人烤肉喝酒到很晚，初衔白便已有些担心，抱着孩子早早回到马车，将门帘又厚加了几层，边角紧紧系在车厢上。

然而不过片刻，便有人跳上了马车，初衔白吃了一惊，连忙爬坐起来，借着外面微微透入的火光紧紧注视着帘子。

外面的人已经在用手扯动帘子，但初衔白之前系得很紧，那人扯了许久也没能扯动。初衔白见状微微放松了些，以为他用不了多久就会尽早放弃，谁知没多久，眼前竟出现了一截锋利的刀锋。

门帘被刺啦一声划开，初衔白想要去挡已经来不及，一道黑影直接就朝她扑了过来。不用猜就知道是镖头，初衔白被他死死压着，一边扭头避开他满嘴酒气，一边伸手去摸武器。

"嗝……"镖头打了个酒嗝，猥琐地笑着来拨她的衣服，"推什么，又不是什么黄花大闺女，装什么纯呢！"

熟睡中的小元忽然被惊醒了，呜哇一声哭了起来。镖头大概是怕引来别人，急忙堵住孩子的嘴，大手紧紧压在孩子的脸上，哭声果然小了，小腿却狠狠蹬了起来，显然已经感到了窒息。

初衔白陡然火了，恨不能将此人碎尸万段，趁他稍有放松，用膝盖顶上他的要害，一把抽出身边的霜绝。

"把你的脏手拿开，否则叫你死无全尸！"

寒风随着破碎的门帘不断卷入，外面的火光也照了进来。镖头佝偻着身子抬起头来，就见一柄长剑在眼前幽幽泛着寒光。初衔白的一半侧脸若隐若现，犹如地狱修罗。

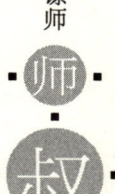

第75章 镖师

第76章　新衡无

镖师们终于赶来，却根本不是因为他们。

在这当口，忽然有队人马冲了过来，一时间喊杀声四起。有人大声叫着镖头的名字，初衔白才知道他们遇上此地的沙匪了。

可惜镖头此时正对着初衔白手里的剑冒冷汗。

他看着初衔白握剑的手，这架势绝非外行，这女人是个练家子。何况这剑也绝非凡品，这说明她很有可能还是个高手。

初衔白叫了一声"小元"，女儿立即机灵地闪身到了她身后，甚至连包袱都吃力地背在了小小的肩头。

"败类，我今日不杀你，他日自有人收拾你！"初衔白冷哼一声，一手夹起女儿，踹开他，迅速跳下车朝混战的人群跑了过去，很快就消失不见。

镖头酒醒了大半，犹自惊愕，刚想起自己刚才被她气势所慑竟忘了还击，大为懊悔。外面又有人叫他，他这才想起正事，连忙跳下车去迎战。

沙匪可以说是沙漠之地的特产，近几年来西域各国都不怎么太平，匪患便越发严重了。

初衔白并没有走远，因为这种情形下根本走不远。她抱着孩子缩在最远的一辆货车后方，暗暗自责。边疆一向混乱，她自己不要紧，没有内力，至少还有招式可以唬唬人，但她现在是一个母亲，必须要为女儿着想。低头看了看怀里的孩子，大概是从小就四处闯荡，小元比同龄孩童要稳重许多，知道此时情形危急，紧紧抿着唇一声不吭，睁着漂亮的眼睛机敏地扫来扫去。

那沙匪头目长得人高马大，跨在马上，挥舞着弯刀凶神恶煞，忽然用西夜语高喊了句什么，一时呼应不断。更多的人策马奔来，之前还能抵挡抵挡的镖师们此时已如猪猡一般被赶着蹲在一起不敢抬头，大批货物已被沙匪夺去，他们只能眼睁睁看着他们离开。

初衔白担心自己身边的这车货物也要被拖走，连忙抱着孩子翻到旁边一块荒地里。此时还有些茅草，她缩着身子窝在用来引水灌溉的沟渠里，只露出一双眼睛盯着那边的动静。只要一有机会，就要赶紧离开。不管是镖师还是沙匪，她如今一个也不想招惹。

那沙匪头目又招呼了一声，众人终于策马准备离开。那群镖师全都跪在一旁，抱头点地，不敢抬头，生怕自己送了性命。

刚走出一段，沙匪们却忽然又停了下来，然后十分诡异的，赶车的全都退到道边跪了下来，骑在马上的也都立即下马跪了下来，就连那个头目也不例外。

初衔白探头去看，原来远处又来了一队人。黑夜里看不分明，到近处才看到为首的几人高头大马，手执灯笼，中间是一辆圆顶马车，车后又是一队骑马之人。

这群人并不是朝初衔白所在的方向而来，而是横着经过，看方向，是从邻国而来，方向却也是西夜。他们都很有纪律，一路经过目不斜视，也悄无声息。此地人仰马翻，乱作一团，他们居然连看都不看一眼。

一直到那群人彻底离开，劫匪们才敢起身，急急忙忙离开，似乎很害怕那群人。

初衔白觉得奇怪，那队人马看起来并无特别之处，何以叫彪悍的沙匪也如此畏惧？不过现在能走了，她也没心情考虑这些了。

她松了口气，起身要走，却听远处一个镖师问道："刚才那群是什么人？怎么这群劫匪这般害怕他们？"

一个年长的回道："那是西夜圣教的几大长老，听闻他们最近刚立了新教主，连西夜王都忌惮几分，魔教，啊不是，圣教似乎要重整雄风了。"

"啊？不会吧，当初被我们中原各派重创，这才几年，又死灰复燃了？"

"嗨，你懂什么，国教能是随随便便就被剿灭的吗？"

"也是……哎呀，快去清点货物，这下糟了！镖头！镖头您人呢！"

初衔白趁乱离开，寻思许久，还是决定将这消息尽早通知给尹听风。虽说听风阁耳目众多，但此地与江南相距甚远，难免有疏漏的时候，为防魔教卷土重来，还是提醒一下好……

经过这次，初衔白也不敢再和任何人搭伴，她找客栈落了脚，立即置办了男装，连小元也被打扮成了小男孩的模样。

小元还是第一次见她女扮男装，惊喜地拍着小手说："娘是我见过第二好看的男子啦！"

初衔白故意逗她："那第一是谁？"

"舅舅。"

初衔白想起尹听风那骚包的外表，心想他还真有这资本，只好无奈屈居第二了。

小元绕着她转了两圈，又问："娘，你做了男人，我还能叫你娘吗？"

初衔白严肃地摇摇头："要是不想再遇到上次那个坏人，就不准叫娘，要叫爹。"

小元郑重其事地点点头，忽然又想起什么："爹跟娘长得像吗？"

初衔白愣了一下才明白她问的是哪个爹，想了想，将她抱起来，举到铜镜前："想知道爹长什么样子，看你自己就好了，你跟他是一个模子刻下来的。"

"真的？"小元觉得很神奇，双手扒住了镜子边缘，左瞧右瞧。

初衔白看着她的脸，微微失神，小元的确和天印很像，尤其是那双眼睛，简直一模一样。

此地虽然离西夜已经不远，但孤身一人带着个孩子赶路终究不容易，终于踏上西夜国土时，已是一月后。初衔白感慨万千，多年前她来这里时，不过是个不知天高地厚的孩子，从未想过会有再来的一日。

距离那场恶战已经过去几年，那些事情似乎已经不是那么难以面对，但实际上在她走入边陲一间客栈，迎上西夜人警惕的目光时，多少还是有些触动。他们对中原人的戒心并不是随着时间流逝就能洗去的。

而这里，就在这块土地上，流着许多中原武林人士的血。不管他们生前是否卑鄙无耻，是否贪得无厌，在他们同意随段飞卿踏上这段征途时，就已经算是英雄。

也包括那个人。

初衔白不会说西夜话，但好在西夜百姓大部分都会中原话，这客栈又地处边陲，往来的都是各国商旅，掌柜的中原话说得更是地道。他见初衔白一个人带着个孩子，颇有几分同情，每次都叫小二多送点饭菜热水给她们。初衔白很感激，无论在哪里，百姓总是怀揣着善意的，而帝王们总擅长用欲望将这种善意挑成仇恨。

小元大概不适应沙漠气候，有些水土不服，怏怏地吃不下饭。初衔白心疼得要命，恨不得立刻抱着她回中原去。实在无法，只好去问掌柜附近有没有药铺。

掌柜面露难色："有是有，可是离这里远着呢。这样吧，我帮你问问客人当中有没有做药材生意的吧。"

初衔白连连道谢。

结果一连三天过去，一无所获。掌柜很不好意思地说平常往来商旅做药材生意的挺多的，最近怎么这么少呢。初衔白闻他有自责之意，连忙宽慰，已经麻烦人家很多了，哪敢再苛责。

这时客栈里唯一的小二忽然凑过来说了句生硬的汉话："实在不行，就去求一求圣教吧，这里不是有分坛嘛。"

初衔白还没明白他的意思，掌柜的已经狠狠一眼剜了过去："胡说什么！圣教最近要做大事呢，哪有空闲理会我们？若是惹恼了护法们，死得更早！"

小二瘪着嘴不敢做声了。

初衔白问："怎么魔……圣教还施药的么？"

掌柜道："这……有的衡无大人是好人，偶尔会有此善举。"掌柜的表情有些尴尬，之前初衔白问药铺的事时，他就没好直说。圣教会给西夜百姓施药，可不会理会围剿过他们的中原人啊。

初衔白自然也明白，既然如此，也只有带着孩子去大集镇了。

将这想法跟掌柜的一说，他也同意："这样，你沿着大道走五百里，看到岔

第76章 新衡无

师叔

151

道走右边,很快就是皮山了,那里人多物多,也有好大夫。"

初衔白连连点头,立即就要回房收拾东西。掌柜地忽然又叫住她,叮嘱道:"你注意些,听闻衡无大人刚到那里,没事千万别在街上乱跑。"

初衔白听到这名字就下意识心里一紧,随之反应过来是新上任的衡无,才微微松了口气,赶紧应下,再三道谢。

第77章　重逢

掌柜的实在细心，初衔白不认识西夜文，完全是按照他说的距离计算着到了皮山。对于西夜这个小国而言，皮山的确是大城镇了。初衔白住的那间客栈老板是个女人，见她相貌堂堂，还以为她是个俊俏男子，对她颇多照顾，时不时还卖弄一下风情，弄得初衔白万分尴尬。

小元意外地好了，好几次趴在窗口看着热闹的市集心生向往。初衔白想起她刚出生那会儿身子也是弱得可怜，当时锦华就说孩子身子骨弱，可能是因为她以前用药太多的缘故。初衔白还因此内疚了很久，现在想想，小元虽然有时候有些小病，却从未生过大病，而且聪明伶俐，一张嘴巴口齿清晰像是个小大人，兴许是她小题大做了。

看着女儿眼巴巴地望着窗外，初衔白有些好笑，上前拍拍她的头："走吧，先去吃饭。"

"吃完饭能出去逛逛吗？"小元扒着窗框，睁大双眼看着她，明明是谈判的架势，还装得特无辜。

初衔白可不能让她养成讲条件的习惯，牵起她的小手说："走吧，吃完再说。"

正是贸易往来频繁的时候，虽说中原人不讨魔教喜欢，但做生意的中原人还是很多。初衔白和小元坐下不久，就发现邻桌的两个商人是江南人士。异乡相遇分外亲切，初衔白便用乡音跟他们交谈了几句，听他们说了一些沿途见闻，也得知了一些魔教的事。

原来西夜的国都离这里已经不远，魔教总坛原本在国都，但几大长老可能对西夜王近年来的冷落不满，找到这个新衡无后就立即宣布将总坛迁至皮山，并且大有脱离朝廷的意思，甚至为此还特地出游了周边几国。说是切磋武艺，实际上是展示新衡无的实力。

他们说的是乡音，又压低了声音，倒不怕被周围的西夜人听见。初衔白打算多打探一些，好写信告诉尹听风，便追问了几个有关新衡无的问题。

其中一人道："这个衡无来得很蹊跷的，听闻没人知晓他的来历，他一出现便已会了圣教的至高武功，众人自然拜服，还宣称他是天神派来光大门派的呢！"

初衔白恍然，难怪有底气要跟西夜王掰了。

那人见她似乎很感兴趣，又道："再过几日便是衡无继位的日子，听说会游街的，你要是真好奇，就去看一看那衡无到底是何方神圣好了。实在担心就把脸遮一遮，其实西夜百姓挺纯善的，只要你不惹圣教的人就行了。"

初衔白觉得有道理，点了点头。

果然，没几日就明显感到了气氛不同，一早整条街便沸腾了。初衔白是被外面唧唧哇哇的人声吵醒的，推开窗听到人们在叫着"圣教"什么的，才想起是怎么回事。她连忙叫醒小元，迅速给她穿戴整齐就出门上街，连饭也顾不得吃。

人群如潮水一边推挤着，但只围在道路两旁，大道中央是通畅的，真是热情却恭谨的一群人。初衔白第一次切身体会到魔教在西域百姓心目中的地位。

虽然此时已近初冬，当正午的阳光倾泻而下时，竟叫人觉得热。初衔白抱着小元挤在人群里，怕孩子晒到，掏出一方帕子给她遮住头脸。

终于，身骑高头大马的队伍出现在街头，为首的四人都穿着墨绿衣裳，花纹繁复，初衔白见过，在假折华的衣服上见过。旁边有人高声呼喊着什么口号，大部分是用西夜语，也偶尔有人说几句中原话。初衔白听到"长老"这个称呼，这才知道四人身份。倒是比想象中的年轻许多。

队伍并没有想象中长，也没有那晚见过的马车，初衔白甚至怀疑那位衡无根本就没出现。有些失望地转头要走，忽然身边的人都躁动起来，疯狂而热情地朝前方涌去。初衔白被逆向冲着倒退，一个不慎就被冲到了大道上。

她下意识抬头去看游街的队伍，眼神随即凝滞。

队伍中间，一个人骑着马缓缓随着队伍前行。

他几乎没有任何变化，黑衣黑发，除了发式和衣裳上的花纹不同，几乎和在天殊山上一模一样。

大概是因为她忘了退回去，引起了队伍的注意，一直目不斜视的人忽然转头朝她看了过来。那道视线原本很平静，却陡然积聚起诸多情绪，凝着在她身上，直到渐行渐远，也始终没收回。

彼此错身而过，短暂不过一瞬，初衔白却感觉像是经过了一生。

他还活着，就在刚才一瞬，从她身边经过，毫发无损。

她不知道该如何表达欢喜，或者是否应该欢喜，唯有愣在当场，直到有人朝她喝骂，才想起来要退避。转头看过去，他已经收回了目光，只有发丝随风轻轻扬起，她却因这短短一瞬的间隔而生出怀疑。

刚才见到的，真的是他，亦或只是自己的幻觉？

小元似乎察觉到了她的不对劲，看了看远去的人，又看看她："爹爹，那个人一直在看你呢，他认识我们吗？"

初衔白被她的称呼惊醒，涩涩地笑了一下："不认识。"

如果认识，他应该会叫住她。

游街队伍里，走在末尾的是分坛主独木，他观察衡无许久，忍不住悄悄上前，叫住护法颜阙："哎，我是不是看错了，刚才衡无大人一直盯着那个小子看，似乎有话要说的样子啊。"

颜阙像看白痴一样瞪了他一眼："你眼花了吧？难不成要说衡无大人有龙阳之好？再说了，他不会说话，你又不是不知道。"

话是这么说，他自己却还是朝初衔白的方向看了一眼，再去看前面的衡无，眼神意味不明。

这一晚的夜空出奇的美。漫天星河灿烂，倒扣下来，不知为何，竟叫初衔白

第77章 重逢

师叔

想起年少时追逐过的萤火虫。

小元趴在窗户边上,奶声奶气地叫她:"娘,老板娘说今天这些星星比往常都要大要亮呢。"

"是吗?"初衔白心不在焉。

"老板娘说这是因为圣教的衡无大人是神子下凡,星星们都出来恭贺了。"

初衔白又抬头看了一眼星空,有些好笑。这些人真是对魔教够崇拜的。如果是别人,这种话她可能还会相信,但是那个人跟她纠缠过那么久,居然会有被捧成神子的一日,还真是神奇。

"好了,该睡觉了。"

初衔白伸手搂过女儿,顺手在她腋窝下一阵抓挠,惹得小家伙咯咯直笑,在她身上滚作一团。初衔白也跟着笑起来,抱紧女儿贴在怀里,亲了亲她的额角,忽然觉得前所未有的满足。

在这么多痛苦折磨经历之后,她有了这样一个鲜活的生命陪伴,而他还活着,还有什么好怨怪的?

然而再满足,这一夜却怎么也睡不安稳。初衔白陷入纷乱的梦境,在初家山庄的时光,在天殊派的时光,还有在温泉山里,他最后离去时的那个笑容……

她猛地睁开眼睛,窗外月光透亮,还是半夜。

初衔白缓缓吐出口气,转头去看女儿,眼角余光无意中一扫,顿时心中一紧,倏然坐起,从枕头底下抽出霜绝剑。

"什么人!"

小元被惊醒了,迷迷糊糊地坐起来喊她:"娘……"

站在墙角的那道阴影似乎有一瞬的凝滞,然后慢慢走出,月光洒在他的肩头,一如十几年前初遇那晚,如梦似幻。

"是你……"初衔白先是惊愕,慢慢又平静下来,执着霜绝的手垂了下来。

天印走到她跟前,安静地看着她,光线太暗,无法看清他的神色,但能听见他的呼吸不再平静,像是极力压抑着什么,却又徒劳无功。

"看来你还记得我,"初衔白意味不明地笑了笑,"真是意外。"

天印默默无言。

"听闻你已经练成化生神诀,真是恭喜你了。如今你成了衡无,也难怪整整三年都不曾回过中原。想必这西域圣教的教主之位，要比你向往已久的武林盟主之位还要舒服吧。"

最后一个字戛然而止，天印的手贴着她的脸颊，温热的触感让她浑身都震了震，仿佛直到此刻才确定他的的确确还活着。

他一句话也没有，只是轻轻抚摸着她的脸，像是要将她这几年经历的时光都刻入骨髓。

"娘？"不明所以的小元最大的感觉其实是害怕，这种诡异的场景她承受不了，忍不住一手扯住了初衔白的衣袖。

天印这才回神，转头看向她，然后猝不及防地，忽然伸手将小元抱了起来。

"啊！"小元吓得一声尖叫，又连忙捂住嘴，瞪大眼睛看着面前的男人，又瞄瞄母亲，不知道他会把自己怎么样。

天印仰头看着她，脸浸在月光里，眼神波光流转，说不出的光彩动人。渐渐的，眼眶中又添了一丝湿润。他张了张嘴，想说什么，最后却又无奈闭上，按着她的小脑袋凑近，额头相抵，轻轻摩挲。

初衔白所有的冷漠姿态在看到父女亲昵的一瞬全都解除了，甚至觉得这一刻一直就是自己心底所期望着的。可是想到他既然活着却又一直不回中原，仍旧觉得不舒服。现在看到她们来了，这才要过来认亲么？

初衔白掀开被子起身，一把夺过小元抱在怀里："你想干什么？"

天印有些怔忪，只是无言地看着她防备的脸。

"这是我的女儿，跟衡无大人你无关！"

天印微微一愣，又看一眼孩子，似乎有些惊讶，接着又像是忍不住一般笑了起来。白天看到孩子的打扮，他还以为是个小男孩儿，原来是女儿。

然而这点愉悦在迎上初衔白戒备的视线时便慢慢褪去了，他很想说些什么，张了张嘴，最终却只能静静地看着她们母女。

两人如同对峙一般站着，直到天印忽然转身，看向窗外。

初衔白皱眉："怎么了？"

天印回头看她一眼，食指掩唇示意她噤声，又看向外面。

初衔白忽然意识到什么："你为何一句话也不说？"

天印微微一愣，转过头来。

第77章 重逢

师叔

初衔白忽然明了:"难道是练功走火入魔导致的?"

天印并未做任何表示,只是牢牢看着她的脸,似乎在观察她对此结果的反应。

初衔白咬了咬唇:"我早说过你资质不够,如今弄成这样,值得么?"

天印微微笑了笑,深深看了她一眼,忽而一拍窗沿,跃了出去。

初衔白抱着小元默默站着,视线落在他放在站过的那片月光里,心里五味杂陈。

"娘……"小元按捺不住,小心翼翼地看着她的脸色:"您不是说不认识那个人吗?他究竟是谁啊?"

"是……是你爹爹。"

第78章　颜阙

空旷的街道上，缓缓走来一行人。天印当街而立，静静候着。几人见到他都有些惊诧，立即加快步伐，上前行礼。

为首的颜阙道："衡无大人竟亲自前来，想必也是因为得知了段飞卿现身的消息？"

天印微微颔首。

颜阙转头看了一眼，旁边是一间客栈，探子明明说段飞卿现身的地方距离此地至少百里，他却出现在这里，只怕有别的缘故吧？

他暗暗留了个心思，又立即恭谨地道："属下已经察看过，那人并非段飞卿，看来是我们的探子看错人了。不过属下已经吩咐下去，下次见到任何像段飞卿的人，都立即斩杀，不可放过。"说到这里他稍稍顿了顿，似试探般看着天印："敢问衡无大人，属下这番安排，您可还满意？"

天印的眼神轻轻斜睨过来，面无表情。

颜阙清楚他口不能言，但也恰恰因为这点，叫人猜不透他所思所想，此时此刻，竟觉得有些惴惴不安。直到天印点了点头，他才有些放松，可这种心情又让他很恼火。

天印转身就走，颜阙和其他人都赶紧跟上。独木凑过来拉拉他的袖子："你是不是还怀疑衡无来自中原武林啊？"

颜阙白他一眼，没有回答。

这是明摆着的，需要怀疑吗？

当初中原武林与圣教大动干戈之际，四大护法都不在教中。颜阙是在西夜王宣布上任衡无死讯后才匆匆赶回的。他特地赶在其他三位长老前面，是以为衡无一死，他有机会继位，却万万没想到会半路杀出个天印。

总坛的弟子几乎都被剿杀殆尽了，独木只好将手下的分坛弟子们调来清理总坛的一片废墟。那日已是最后扫尾之时，颜阙正计划着稍后便向其他三位长老提出自己继位的要求，还计划好要把跟自己交好的独木提拔为左护法，便有弟子仓皇来报，在密道深处发现了个活人。

那条密道是连接圣教和西夜王宫的通道，平常只有衡无才有资格进入。所以即使未曾见识到实际情形，凭直觉颜阙也能断定这人就是杀了衡无的人。

那人虽然还活着，但已等同死人一个，心跳缓慢地几乎叫人听不出来。颜阙最先赶到，仔细检查过他的情形后暗暗心惊。

此人不是快死了，也不是成了活死人，而是正从死亡渐渐苏醒。这说明当时他在受到重创后是故意自己封闭了经脉，让自己龟息休眠，待到慢慢恢复之时，再苏醒康复。

颜阙震惊不是因为第一次见识到这种神奇的武功路数，恰恰是因为太熟悉了。因为这套龟息之法正是来源于圣教绝学《化生神诀》。

化生者，化死为生也。置之死地而后生，这是逆天的武学。可是这人居然练成了！

他故意将此事隐而不报，请来其他三位长老，商议要如何处置此人。西夜王已然宣布了衡无的死因，他们又和衡无素来不和，没理由替他报仇雪恨，如今此人既然半死不活，那便随他自生自灭好了。颜阙同意了，主动提出由自己将这人送出总坛，暗下决心在路上将之除去。

就在结果出来后不久，有幸存的弟子认出了这人，说此人乃是唐门掌门天印，之前投靠了圣教，却在最后关头对衡无倒戈，是个细作。

颜阙闻言自然兴奋，当即提出要将之诛杀。其余三位长老虽然对衡无没有好感，对圣教却是忠心不二。天印的所作所为是造成圣教遭受重创的主要原因，自然该杀，他们并无异议。

可惜老天爷又一次开了他的玩笑。颜阙还未动手，天印就苏醒了。没人来通知他，因为天印直接一路杀到了他面前。

没有一个人能治得了他，教中弟子几乎蜂拥而上，无一人可近其身百步之内。

其余三位长老见到他出神入化的身手，才惊愕地发现他已经练成化生神诀。且先不说教规，如今西夜王正对圣教大加打压，他现身得如此及时，不是上天恩赐是什么？

长老们当即跪下叩拜，山呼"衡无大人"。

天印仍处在走火入魔的状态，浑浑噩噩，口不能言，只知杀戮。众人退避了几日，他水米未进，因体力透支才倒下，醒来时虽是清醒了，却已完全忘记前尘往事。

就算他是中原武林的人，三位长老也不愿意放弃这么一个强大的武器，何况如今这幅光景，他们愈发放心了。

颜阙恨得咬牙切齿，可情势所逼，终是不得不承认新衡无的身份……

每次回想起这段往事，他的心情都变得很不好。但独木对此毫无所觉，一起回教中时，他还好几次夸赞了衡无的身手做派。

"你说，衡无大人记起往事没有？他若是记起了自己是天印，届时找到了段飞卿，指不定会手下留情呀。那可不妙，段飞卿对魔教动了一次手，难保不会有第二次，此人还是除去的好……"

"你说的没错。"颜阙脸上忽然露出一抹意味深长的笑意，"其实要想知道衡无大人有没有记起往事，也并非难事。"

独木一愣："你有法子？"

"你可还记得白天见过的那个男子？"

独木回忆了一番，点点头："自然记得，我当时就觉得衡无大人对他欲言又止，但你不是不信的么？"

颜阙转头，又朝客栈方向看了一眼，幽幽笑了："信不信，要证实了才知道。"

第78章　颜阙

师叔

"嗯？你要怎么证实？"

颜阙白他一眼："你太笨，还是不知道的好，免得给我泄露出去。"

"……"

自从在魔教落脚后，天印就养成了就寝前检查房间一切事物的习惯，因为他不相信这里的任何人。

今夜亦是如此。确定周围一切无异常后，他在床边坐了下来，想起初衔白问的话，才陡然记起，自己真的已经三年未曾离开西域了。

他不知道该怎么跟她解释才好，在温泉山里走火入魔那次，他曾跟初衔白说，也许有朝一日他也会失去记忆，也会被人欺骗利用，没想到一语成谶。

直到去年，魔教方才开始渐渐脱离朝廷，而他的记忆也是从那时起才渐渐恢复。那还要拜段飞卿所赐，一直失踪的他不知道从哪个犄角旮旯冒了出来，探子来报时，他觉得这个名字分外熟悉，渐渐的，那些前尘往事也被牵扯出来了。

他当然想立即就赶回中原去，但魔教岂是这么好脱身的。如今这几个长老之前虽然都不曾见过他，他在魔教做内应的事也就会被一并挑出了，想必也会掀起一场轩然大波。

他没有心腹可用，无法探知中原具体情形，连初衔白的情况也一无所知，但又想到尹听风必然已经将虚谷膏送到她手中，这才放心一些。

本来还想着要寻个好时机再神不知鬼不觉地脱身，但今日见到了初衔白，他无论如何也待不下去了。何况她的身边还有他们的女儿。

天印想到孩子那张小脸，心里似涛天巨浪般翻滚不息。从不知道她的存在，这三年来他未曾尽过一天父亲的责任，光是这一点也让他按捺不住了。

"笃笃笃……"

敲门声打断了他的思绪，天印收敛情绪，正襟危坐，便听外面有人恭敬地道："衡无大人，小的来伺候您洗漱。"说完停顿一瞬，径自推门进来。

天印不能说话，下人们一直是这么伺候的。他起身自己脱去外衫，刚要去接毛巾，忽然脸色一沉，拿起被他随手扔在床上的外衫放到鼻下嗅了嗅。

"衡无大人？"下人不明所以地看着他。

天印压下情绪，摆摆手示意他出去，待门一关上，手指便紧攥着外衫，脸上隐隐露出怒气。

有人给他下了子母香，他今晚去过的所有地方，只怕都已落入他人眼中。
不用想就知道是谁干的。
天印将衣服丢入炭盆，看着它焚烧殆尽，眼神忽而一转，微微笑起来。
既然如此，不如借你这把东风，送我回归故土……

第78章 颜阙 师叔

第79章　是段飞卿！

第二日颜阙便去了客栈。他原本就生得眉目温和，看起来不像是武林中人，倒像是个读书人。今日他又特地着了一袭普通的白袍子，加之最近正值贸易高峰期，客栈里商旅增多，人来人往的，他并未多受注意。

他在堂中站了一会儿，悄悄从袖中摸出一只小瓶，拔开塞子，将里面的母虫放了出来，很快那东西便循着淡淡的气息一路爬行而去，他立即跟上。

一直到了后院客房，虫子顺着楼梯一路往上，爬上了一间客房的窗台，停着不动了。

颜阙侧身缩在走廊拐角，静静等待，未多时，便有一个年轻男子牵着一个孩子走了出来。

男子做中原装束，木簪束发，一身白衣，颇有风致，只是眉目间神情似有几分女气。然而听他说话又觉雌雄莫辩，举止间也颇为英气。他一边走一边与身旁的孩子说笑着，那孩子口口声声叫他"爹爹"，看起来只是对寻常父子。可是颜阙眼尖地注意到他的肩后背着个用布条缠住的条形器物。

只一眼，他就断定那是剑。

他仔细辨认了一番，认出这男子就是那日与天印对视良久的人，此时又见他是汉人装束，心中已料定这二人必有关联。待他看清男子身边的孩子相貌，更觉诧异。

游街当日这孩子脸被遮着，未曾瞧清楚，今日一见，居然发现这孩子和他们衡无大人的相貌相似得简直过分。莫非这孩子的父亲不是眼前这个男子，而是天印？那这男子与天印又是什么关系？

父子二人已经要到跟前，颜阙一时想不出头绪，便琢磨着是否要将之擒下，但又考虑到不知对方武功深浅，一时间犹豫不定。就在此时，楼梯下方传来了一道熟悉的声音。

分坛主独木蹬蹬蹬上了楼来，看到他就在拐角，一把拖住他胳膊："你在这儿呢，快走快走！"

颜阙连忙转头看了一眼，发现那对父子没发现自己，先一步拉着独木下了楼，这才没好气道："何事如此惊慌？"

独木的神色很是严肃："衡无大人来了，说要见你，我还奇怪他是如何得知你在这儿的，没想到你还真在啊！"

颜阙心中微微一震，楼梯上已传来那对父子的脚步声，只好硬着头皮跟独木去了大堂。

大堂里此时早已安静一片，所有客人都还坐着，却都没了声响。

天印就坐在靠门摆着的桌边，白肤黑眸的中原脸，却束着西夜男子发式，一半头发拢起结辫，一半长发散在脑后，在当地人看来，便觉俊逸之外又添几分异域风情。那身绣满了神圣纹饰的玄黑袍子穿在历届衡无身上都是遥不可攀的象征，到了他身上却成了个点缀。

女掌柜亲手奉了茶，躲在柜台后面看了又看，越看越觉得这位衡无大人仙人之姿，脸都红了。恰好这时候同样让她觉得俊俏非凡初衔白也出现了，她不敢接近衡无，便把所有热情都用到了她身上。

初衔白在楼梯口便已看到天印，身边的小元还惊讶地"咦"了一声，激动地摇了摇她的胳膊，看样子很想上去认这个爹爹。不过有魔教的人在，初衔白是不会让她去的。

好在女掌柜来了，迎着她们就近坐下，小声叮嘱："那位就是圣教的衡无大人，你可得小心些，特别是要把小孩子照看好了，别惊扰了他，否则谁也担待不

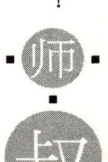

第79章　是段飞卿！

师叔

165

起呀。"

初衔白道了谢，点了几样清淡食物，装作并不关心的样子，女掌柜似乎心满意足了，这才走了。

颜阙此时已经站在天印面前有一会儿了，刚才见天印身边只带了两三个普通弟子，身上又换了衣裳，他便微微不安，现在行了礼后又迟迟不见天印给他反应，心中越发七上八下。

天印慢条斯理地端杯饮茶，看也不看他一眼。

颜阙想起他刚做衡无时，有个弟子藐视他，他也是这般看也不看他一眼，许久之后只是轻轻抬了抬手，那个弟子便口吐鲜血倒了地，再也没有起来。

他的武艺虽然不至于像那弟子那般不济，但他很清楚，眼前的人若真想要他的命，比捏死一只蚂蚁还容易。想到这点，他的额上几乎要滴出汗来。

天印忽然抬起了手，颜阙一下子就紧张地提住了气，待见到一名弟子恭恭敬敬地奉上块手巾给他擦手，才意识到是自己想多了，后怕地闭了闭眼。

一旁的独木大约是看不下去了，躬身问天印："衡无大人，将近午时了，若不嫌弃，便在此用饭如何？"

初衔白听到这句话，不禁朝天印看了一眼，他仍旧只是饮茶，并未表态。她不禁疑惑，他突然出现到底是为了什么，看起来并不像是为她来的，起码到现在也没过她一眼。

小元也不动不作声，因为每次她母亲沉默着一言不发便证明又有危机出现了。她已经学乖了，一边握着筷子默默扒饭，一边悄悄去看着那个据说是她爹爹的人。

怎么办，爹爹出现了，娘就只能排第三了，他好像要更好看一点呀！唔，这句话还是别告诉娘了……她继续扒饭。

天印这时终于有了动作，他抬起头，朝初衔白的方向看了一眼。

先前他一直没有什么动作，偏偏众人又都将视线凝注在他身上，此时他这一眼看过来，便立即引得所有视线都朝初衔白投了过来。

初衔白诧异地搁下了筷子，因为他这一眼居然带着十分明显的嫌恶。

颜阙也发现了，悄悄转头看过来，发现是之前见过的男子，心中又生疑惑。难道衡无很讨厌这个人？那之前在街上一直看着他是何缘故？

在这当口，客栈迎来了新客。一队镖师风尘仆仆地走了进来，小二连忙迎上去，却发现他们没有随身货物。而这几位镖师看起来不仅疲倦，还很狼狈，有几个衣衫都撕得破破烂烂，身上还挂了彩。

这么长的商路上什么稀奇古怪的事儿没有，大家都见怪不怪了，并未多加关注，只是初衔白的神情一下子紧张了起来，甚至都来不及回味刚才天印那个眼神的含义了。

进来的那群镖师就是之前与她搭伴同行的那群人，那个禽兽镖头亦在其列。他们的目的地明明是若羌，怎么会来西夜？

小元也看到了那人，害怕地缩到了初衔白怀里。初衔白一手揽着她，一手解下背后的霜绝，靠在腿间。

那群镖师本也没注意到她们，初衔白的男装扮相又不太容易看出破绽。只是因为周围都没有了空位，而天印那边又明显是惹不起的主儿，那几人便将视线投到了初衔白这里。结果越看越熟悉，不出片刻，镖头便怒火滔天地冲了过来。

"是你！臭婆娘，居然还女扮男装！"他狠狠地拍了一下桌子，凶神恶煞，全然不顾店中其他顾客错愕的眼神。

当然最错愕的是女掌柜和天印，只是谁都没有表露出来。天印甚至只是轻描淡写地看了一眼便移开了视线。

"你说！那日的沙匪是不是你引来的？！"

镖头又吼起来，其余几个镖师也跟着围了过来。他们没了货物，这趟便是白跑了，回去还无法交差，现在正在气头上呢。如今找到初衔白，便要当她是出气筒。

初衔白忍着怒意不发一言。

镖头火了，忽然一把抽出了腰间的大刀，狠狠劈上桌面，碟子立时碎裂开来，碎片飞溅。初衔白怕伤到女儿，连忙将她护在怀里，手背上被划了一道口子，鲜血淋漓。小元吓得哇哇大哭起来，一时间乱作一团。

初衔白自己可以忍，最受不得女儿被欺负，一把抽出腿边的霜绝，照着桌面便劈了下去。镖头的大刀尚未抽离桌面，耳边只听一声轻吟，刀背发出"喀拉"一声脆响，应声而断。

镖头愣住，想起那夜见到这剑的场景，这才开始忐忑。

初衔白口中发出一声冷笑，若她还有内力，别说刀背，连桌子也会四分五裂。

"滚，再敢寻事，便要了你们的命！"

店中四下无声，所有人都将这把声音听入了耳中，心中已然料定这是个不世高手。

颜阙在一边看到此时，总算有了些头绪，原来这是个女子，那一切就清晰了。他偷瞄一眼安稳坐着的天印，只是他刚才那嫌恶的一眼是何意思？

那镖头本也忌惮初衔白手中长剑，但现场这么多人，他们人多势众，要是退缩不免落了笑话，于是又劈手夺了身边一人的刀，壮着胆子道："休要口出狂言！不过是个妇道人家罢了，哼，当日念你带着个孩子不容易才收留你同行赶路，不想你竟引狼入室，害我货物尽失！"

初衔白还未说话，小元已忍无可忍地跳了出来，哭着骂他："你胡说！你才是坏人！明明是你要欺负我娘，还要闷死我，居然还骂我娘！"

四周开始想起议论声，镖头被一个孩子当众指责，颜面无存，勃然大怒，举着刀便要动手，初衔白一脚揣上桌子，将他撞翻在地，牵着小元退后几步站定。

她虽无内力，招式还在，这镖头若不是练内家功夫的，未必能赢得了她。

但她忽视了人数，这群镖师都不是善荏，见头目受辱，也不管对方是弱女幼小，便要群起而攻之，将初衔白团团围住。

颜阙低头轻声问天印："衡无大人，可要施以援手？"

天印直到此时才抬头朝初衔白那边看了一眼，眼神有些不屑一顾，十分明确地摇了摇头。

颜阙微微一愣，就算他跟那女子有点不对头，总不至于不管自己的骨肉吧？

应当不是他弄错了，看来这其中还有内情。

他心思微微一转，干脆袖手旁观。没有一个男人会眼睁睁看着妻女受辱，我就看你是否能忍着不出手。

初衔白抵挡了一阵，气力难继，渐渐体力不支。小元躲在她身后，越来越害怕，终于忍不住朝天印喊了起来："爹爹，救命！"

"小元！"初衔白立即阻止女儿，却也抬头朝天印看了一眼。

颜阙双眼一亮，立即去看天印，却见他只是阴沉沉地抬眼朝那边扫了一眼，接着霍然起身出门。

他错愕不已，没想到居然真有这样绝情之人，难道他们之间的关系并非想象中亲密？

独木也讶异非常，愣了一会儿才想起要跟出去。

初衔白怔怔地看着天印离去的背影，似不敢置信。就算没有指望他正大光明地出手相助，也不至于这样决绝的弃之不顾吧？

好啊，天印，你心中重视的果真永远是地位和权势！

镖头趁她分神，立即一掌劈来，初衔白回神时想挡已经来不及，只有生生挨下，谁料那掌并未到跟前。

镖头忽然吃痛收手，口中呜呼哀嚎不断。众人都错愕不已，就连走出门外的天印等人都停下脚步看了过来，却见他手心上插着支精致的暗器。

初衔白看清楚那暗器形状，心中一震，转头四顾，却不知暗器从何处发出。

"谁！是谁暗箭伤人！有种出来一战！"一个镖师转着头朝在座的客人们怒吼。

"在下不屑与宵小之辈一战，各位还是趁早离开，在下今日不想伤人。"淡淡的声音如三月春风，却冷如冰雪。

初衔白听到这声音，说不出如何惊讶，转身看去，坐在角落里的人缓缓起身，揭去毡帽，露出了精致的脸，依然什么表情也没有。

"初衔白，许久未见了。"

门外的颜阙看到这张脸，忽然想起什么，伸手入怀，摸出那张一直随身带着的画像。

"段飞卿！衡无大人，是段飞卿！"

天印嘴角浮出一抹冷笑，蓦地飞掠而入，朝那人袭了过去。

谁也没想到衡无会忽然加入战局，而对象还是刚刚救了人的年轻侠客。

初衔白最为惊愕，但根本无法阻止，天印武功已臻化境，段飞卿这几年不见，竟也大有长进，二人过招速度快如闪电，旁人连看都觉得眼花缭乱。

那几个镖头见到天印出手的刹那就赶紧溜之大吉了，段飞卿抵挡了他近百招，大约是渐渐不敌了，忽然跃入后院，掠上墙头，很快便不见了。

天印自然立即就追了过去。颜阙和独木也立即跟了过去。

第79章　是段飞卿！

师叔

169

初衔白也想跟去看看,但以他们的速度,自己是肯定赶不上的。

小元拉拉她的手:"娘,那个人是谁?为什么爹爹要打他?"

初衔白一时不好解释,干脆说:"那也是舅舅。"说完想起刚才天印的所作所为,气不打一处来,叮嘱小元道:"以后不许叫他爹了!"

小元大概也想起来了,瘪着小嘴点了点头。

第80章　交换身份

　　天印和段飞卿混战着离开后，谁都没再出现，初衔白想打听一下消息，对上女掌柜那古怪的眼神，又觉得尴尬，一直忍了好几天，最后还是从小二口中听到了一些零零散散的传闻。

　　"那个段飞卿不是当初要捣毁圣教的主使者嘛，现在已经被衡无大人抓回总坛去了。"

　　初衔白皱紧了眉，天印不会真的要对段飞卿下手吧？可是看他之前对自己的决绝姿态，这也并非没有可能。此时对他最重要的，也就是衡无的地位了。

　　思来想去，她还是决定去探探情况。尹听风极其重视段飞卿这个朋友，而这两人又都对自己有过恩惠，置之不理岂非小人行径？不过她毕竟没了往日的身手，为了保险起见，只有将小元托付给女掌柜。

　　总坛距离客栈并不太远，初衔白依旧做男装打扮，只是梳了西夜男子的发式，稍稍修饰了一下容貌。她并不打算混进去，当然也没可能混进去，总坛守备森严，简直如同皇宫大内。

　　初衔白在附近转悠了一圈，只觉其中一片平静，也不知道段飞卿究竟如何了。

她想了想，决定去一趟驿站。

驿站虽只负责传递官家消息，但初衔白知道要请他们送信给尹家也并非不可。

恰好也巧，刚好有份重要文书要递往中原。初衔白将此地情形详细写入信中，一并寄出，应该很快就会送到尹听风手中。

出驿站的时候，她仍旧忧心忡忡，想起好不容易故人重逢，却毫无惊喜，反而局面越来越乱。

迎面走来几人，听说话声似有些熟悉，初衔白抬头看去，居然又是那日碰到的镖师，心中暗叫不好，立即加快脚步越过他们离开。

这群镖师正打算离开皮山回中原去，盘缠用尽，只好来求助驿站，不想又遇上了初衔白。本来几人还有些忌惮，但之前已动过手，她孤身一人并不能以少胜多。镖头与几人略一合计，决定将她身上的盘缠夺来，总好过觍颜求官老爷们去了。

"站住！臭婆娘！"

初衔白从没想过自己有一日会被一群流氓地痞般的人逼得走投无路，一手握了霜绝，转头四顾，加快脚步朝远处的集镇跑去。

镖头见叫不住她，岂能让她混入人群，立马吩咐身边的人上前包抄。此地还算僻静，若是入了集镇，便难下手了。

一群人追了过去，初衔白没来得及跑进市集，先被堵在了一条巷子里。

"行了，我们就要回中原了，也不想为难你了，你将身上盘缠交出来，我们便放了你。"镖头一边注意回避她手中利剑，一边招呼众人上前："快点，别逼我们动手。"

初衔白作势伸手入怀取荷包，忽然一剑挑了过去，正中镖头胸口。

"你……"镖头捂着伤口气急败坏地挥了一下手："妈的，杀了她！"

众人虎狼一般扑了上来，初衔白正要抵挡，忽然眼前黑影一闪，有人从天而降，挡在了她身前。

"你……你是……"镖头脸白了几分，后退两步，惊惧地看着来人。

"头儿，这不就是那个魔教的衡无吗？"旁边一个人小声嘀咕，"我们还是快走吧。"他们已经在客栈里见识过衡无的身手，自然惊惧。

镖头的眼神动了动，脚已经在后退，却不敢明目张胆地跑，生怕惊动了眼前的人。

天印静静站着，根本看也不看几人，在他们快退出巷子口时，忽然抬袖一扬，凛冽的内力如迎头狂澜，将几人悉数震翻在地。

他根本不给几人喘息之机，猛然掠过来，一掌拍在镖头身侧。

镖头噤若寒蝉，浑身颤抖不止，身边的人连吭都没吭一声就没了声息，他甚至感觉身侧的地面都四分五裂了……

"衡、衡无大人饶命……"

天印的眼神沉沉然看下来，他正打算找这几人呢，他们倒自己送上门来了。好在他在总坛附近发现了初衔白的踪迹，便一路跟了过来，否则还不知道这群屡教不改的人会做出什么事来。

他抚了抚衣襟，衣带当风地站着，像是在赏景，手却屈指做爪，一把将镖头提了起来。其实看起来他根本没怎么动作，镖头的脸却忽然扭曲起来，痛苦万分地挣扎着。

天印面色无波地看着他，忽而松开他，未等他落地，又一掌重重拍出，镖头浑身骨骼发出一声错位的脆响，烂泥一般瘫倒在地上。

旁边几人都看呆了，为了活命已顾不了太多，爬起来便跑，但根本没能成功，天印广袖无风自舞，内力铺天盖地而来，几人根本未曾反应过来便已没了气息。

初衔白怔怔地看着他的背影，虽然已经料到他的身手，亲眼看到，还是觉得惊讶。

天印转过身，慢慢走过来，眼神里含着一丝愧疚。

"多谢衡无大人出手相救，再会。"

初衔白要越过他出去，错身而过时手却被他拉住了。

她侧头，他也看了过来，嘴唇动了动，忽然生硬地发出一个字音："青……"

初衔白愣了一下："你能说话了？"

他又张了张嘴，似乎终究说不出来，摇了摇头，将握着她的那只手摊开，在她手心缓缓写了几个字。

"你是说你在治？"

第80章 交换身份

师叔

天印点头。

初衔白觉得不明白，既然能治，为何一直拖到现在。"谁给你治？"

天印在她手心写了个名字。

"段飞卿？"她惊愕。

天印笑了笑，神情似乎也有些怀疑，看来段飞卿忽然有这本事，他也很意外。

"那他人呢，你真抓了他？"

天印牵着她的手又写了一行字："一切都是计划，此事一了，我便带你们远走高飞，相信我。"

初衔白觉得手心有些发烫，他骗过她这么多次，现在还要她相信他？

"我不知道该怎么回答……你该走了。"她退后一步，抽出手来。

天印抬头看了看天色，大约也在考虑是否该走了，他垂眼看着初衔白的脸，想伸手轻轻抚她的脸颊，她却偏头躲开了。

"得知你还在人世，已经无憾。你本没必要给我什么承诺，就算你一辈子留在西域做衡无，也是你的选择。如果你因为看到了小元就想对我们负责，大可不必。我初衔白既然生了她，就一定能把她抚养成人。"她说完便走，似要证明自己的决心。

天印忽然追了上来，一把拉过她，将她按在墙上，重重地吻了上去。

初衔白愣住，他的手已轻抚上她的脸颊，蜿蜒过脖颈、肩头，滑到腰侧，扣着她贴入自己怀中。唇始终未曾离开，开始的急切和压迫渐渐放缓，变成温柔地轻啄和舔吮。回忆排山倒海般袭来，她渐渐迷失了方向，终于伸手勾住他的脖子，放任自己跟他缠绵。

直到气喘吁吁地分开，天印抵着她的额头，终于叫全了她的名字："青青……信……"

这些年的纠缠和伤害，似乎都源于这个字。初衔白看着他的神情，终于点了点头："好，我信你这次。"

天印笑起来，吻了吻她的鼻尖，将她按入怀里。

段飞卿被关在只有衡无能进出的地方，此事虽然引来颜阙等人的不满，但天印一意孤行，他们也没办法。

三年未见，段飞卿的经历显然比天印还要跌宕起伏，从他那一手不知道从何处学来的医术就知道了。若是天印还能说话，定要劝他去跟玄秀切磋一番。

天印回到总坛后，立即悄悄去见他。段飞卿这几日在给他施针，希望打通他因练功而堵滞的筋脉。

暗道就在天印房间下面，尽头是一间极小的石屋，里面除了一张桌子一张床，别无他物。段飞卿正安静在床上打坐。他之前受过重伤，如今每日都要打坐调息。

天印坐在桌边等他，一直段飞卿结束，从袖中取出了一只条形木盒放到桌上。

"怎么，这是要给我诊金？"段飞卿走下床来，连开玩笑都面无表情。

天印微微抬手，示意他打开。

段飞卿坐下，掀开盒盖，顿时一愣："人皮面具？"伸手轻轻捻开，愈发惊讶，"还不止一张？"

天印点头。

"你想干什么？"

天印微微一笑，伸出手指蘸了杯中茶水，在桌面上写了四个字："交换身份。"

第81章　金蝉脱壳

初衔白一早起床便听到楼下大堂吵闹一片。

她替还在熟睡的小元掖好被角,下楼去看是怎么回事,还没走下楼梯,就听到小二的大嗓门在嚷嚷着说:"真没想到啊,原来衡无大人是中原的武林盟主假扮的,这下好了,肯定要被圣教处决了。"

初衔白听得云里雾里,衡无明明是天印,怎么成段飞卿假扮的了?

她走下楼,叫住小二:"小二哥,到底怎么回事?你是不是说错名字了?"

小二正说到兴头上,立即回道:"不会错的!现在这件事都传开了,昨日总坛里四大长老处理了此事,衡无大人原来是段飞卿假扮的,那个被抓走的段飞卿其实叫天印。"

"……"初衔白莫名其妙,怎么回事?这二人的身份怎么换了?

她揣着疑问回到楼上,小元已经醒了,正在自己穿衣服。初衔白看她穿得乱七八糟的,赶紧上前帮忙。

小元揉着眼睛说:"娘,刚才爹爹来了。"

初衔白一愣:"哪个爹爹?"

小元一下反应过来,捂住嘴摇摇头:"我忘了,以后再也不叫他爹爹了!"

"……你说清楚，到底怎么回事？"

小元想了想："爹爹说让我们快收拾东西，他马上就来接我们。"

初衔白又愣了一下，天印能说话了？

算了，此时也不是想这些的时候，她立即起身收拾东西。趁着天印没到，又赶紧下楼结账，顺便买了一些干粮。再回到楼上时，天印已经等在房内了，身上穿的却不是彰显衡无身份的那件玄黑袍子。

"快走，颜阙应该很快就会带人追来这里。"他朝窗外看了一眼，抱起小元。

初衔白并未多问，立即跟他出门。

天印在前带路，挑的都是僻静路线，但看起来并不熟悉，走走停停，时不时观察一下再继续。

初衔白有些意外，他在这里都待了三年了，怎么会不熟悉？回想他之前说的话，流利自然，恢复得未免也太神速了。

她留了个心眼，又仔细去看他的身形，果然发现了一点不同。其实差别很小，但初衔白对天印的身形太过了解，自然注意得到。

"天印，"眼看就要到驿站，初衔白叫了他一声，"你是怎么出来的？就这样一走了之，不会有问题吗？"

"等上了路再说。"

初衔白只好不再多言。

雇好马车就要上路，"天印"将小元先送上车，孩子仍旧在生他的气，之前趴在他身上半天也没说句话，这会儿立即钻到车里面去了。

初衔白跟着上了车，待马车驶动，揭开帘子问赶车的人："段盟主，现在可以说实话了吧？"

"天印"转头看过来，神情并不意外："我就知道你猜到了。"

"到底怎么回事？"

段飞卿道："天印的主意，他想神不知鬼不觉的脱离魔教，所以想出了跟我互换身份的招数。"

天印想的其实并不复杂，他只需要找个理由让自己"死"在众人眼前，从此自然就脱离衡无之位了。

第81章 金蝉脱壳

师叔

177

颜阙无疑是这场计划最好的推动者。为了让他不起疑，天印故意让独木先发现段飞卿的藏身之处。独木果然告诉了颜阙，待他到了，却听到段飞卿正义愤填膺地指责天印。

"你根本就不是天印！哼，若是被这里的人知道你的真实身份，只怕就再也做不了衡无了吧？"

天印自然一言不发，但神情微动，看起来还真有几分心虚之态。

颜阙心中激动不已，朝身边的独木轻轻摆手："快去通知另外三位长老。"

不等三位长老赶到，石屋中的二人已经缠斗起来。颜阙暗暗心急，生怕段飞卿被灭口，那岂非功亏一篑。好在他武功不弱，拆了天印数百招，也未曾落在下风。

二人眼看着就要斗到眼前，颜阙立即退出了暗道，这才发现三位长老已经到了衡无房内，正准备随独木下暗道。

颜阙立即将事情解释与几人听，话没说完，下方一阵塌陷巨响，两道人影冲出暗道，落在了眼前。

显然没有想到房内有这么多人在，天印的眼神一下子就冷了。

几位长老恭敬地朝他行了礼，只是神情间已经有了戒备。

段飞卿哈哈大笑，指着天印道："既然人都到了，那我今日就揭穿你的真面目！"

天印立即又要来袭，被他闪身避开。

"你们都听好了，这人的真实身份，不是什么唐门掌门天印！而是中原武林盟主段飞卿！我才是天印！"

所有人都愣住了，连颜阙也不例外。虽然兴奋，他还是要做做样子："阁下切莫胡说，我圣教衡无岂容你肆意诋毁！你方才说你才是天印，而我们奉为衡无的人竟是毁我圣教的元凶段飞卿，有何证据？"

"天印"发出一声冷笑："当年在行动之前，段飞卿与我商定，他借我之名入魔教做内应，而我则替他引领武林同道与之里应外合，只要成功除去魔教，他便将武林盟主之位让与我。我以为他是为大事着想，岂料他之所以要做内应，是为了要得到化生神诀！如今中原的人都认为是我害他无故失踪，却不知是他自己想让自己失踪。哼，他得了化生神诀便弃正道于不顾，如今成了衡无，更不想回去了，便干脆继续充作我的身份招摇撞骗下去。"

三位长老面面相觑，很惊讶会有这样的事，可这也并非说不通。

颜阙见长老们已被说动，心中暗喜，很想卖力鼓动他，却又不敢表露太明显，便拐弯抹角地套他话："你这么说只是一面之词罢了，还是要拿出切实的证据才行，否则休怪我们不客气！"

说完这话，他偷偷看一眼他们的衡无大人，那位倒是仍旧四平八稳，好像周围正在讨论的中心不是他一样。

"天印"又道："我自然有证据，我的脸便是证据！"

颜阙一惊，仔细看了看他的脸，莫非始终面无表情，便是因为面具之故？

果然，他伸手入怀，拿出只瓷瓶："我的脸上有人皮面具，不过揭开后也没什么惊喜，因为下面这张脸你们日日瞧见，已经习以为常了。"

他自怀间取出帕子，将瓷瓶中的药水倒上去，在脸上轻轻揉搓片刻，果然揭下一张面具。

众人看见他的脸，顿时惊愕，居然跟旁边的衡无一模一样。

"都看见了吧？我才是天印！段飞卿！你敢不敢把你脸上的人皮面具揭下来！"

众人俱是一愣，齐齐转头看向衡无。

"哼，我故意易容成你的模样出来，便是做足了准备要揭穿你。果然，你之前四处搜捕我也就算了，那日一见我便要抓我，还真是担心秘密泄露啊。若非我能治你的失语症，怕是早就死在你手上了吧！"

话说到这份上，颜阙和三位长老这下看向天印的眼神已经完全是怀疑了。沉默了许久，终于有个长老没忍住："衡无大人，为证明您的清白，还请您用药水拭脸，以示清白。"

天印微微抬眼看他，神情已明显不悦。

那长老微微后退一步，硬着头皮继续道："虽然您练成了化生神诀，但是否能做衡无，还要看身份合适与否。段飞卿与我圣教有不共戴天之仇，将此等仇人奉为主子，吾等便是死后，也难以向历届衡无交代。"

颜阙见状，走到"天印"跟前要了他未用完的药剂，倒在帕子上，亲手拿了过去。

第81章 金蝉脱壳

师叔

"衡无大人,请。"

天印抬眼看着他,眼神冰冷彻骨,手捏成了拳,似在挣扎。

这下其余三位长老,连同独木全都走了上前:"衡无大人,请!"

天印垂眼盯着帕子,终于接了过来,轻轻擦了擦脸。

薄如蝉翼的人皮面具慢慢被捻了下来,他抬起脸来,是与对面站着的人一模一样的一张脸。

"果然是段飞卿!"颜阙立即退后,眼中杀机顿现。

"哼哼哼……"面前的人忽然冷笑起来,声音带着一丝邪气。

这下在场的人全都震惊了。

"你……你居然能说话?!"

"段飞卿"眼神睥睨地看过来,如同看一群蝼蚁:"你们既然揭穿了我的真实身份,那就都得死。"

虽然有些含混不清,众人还是听清了内容,大惊失色地后退,纷纷摆出防卫姿态。颜阙已经高声召集门中弟子。

"段飞卿"缓缓起身,看着对面的"天印",继续指鹿为马:"天印,我真后悔刚才没杀了你妻女。"

颜阙一瞬间将所有事情贯通起来,难怪他会丢给那女子那般嫌恶的眼神,见她遇险也不肯出手搭救,原来是因为那人根本与他无关!想必那晚他去客栈,本就是要除去那双母女的。

他一时间说不出是兴奋还是得意,唰地抽出腰间佩剑:"段飞卿,你毁我圣教,盗我圣教神功,还欺骗我教中上下弟子这么久,每一样都该死!"

"段飞卿"冷冷一笑:"你们没人能除了我。"

颜阙闻言,忌惮地后退了一步,与其他三位护法交换着眼神,已是投鼠忌器。

这时"天印"又开了口:"段飞卿,你太高估自己了,若无把握,我岂会出现在你眼前?"他意味不明地笑了一声,"当日在客栈里的那杯茶,可好喝?"

"段飞卿"的脸色唰的变了。

"别忘了我天印可是出身唐门,要给你下个蛊,还不是轻而易举?"

一切是那么顺理成章,一切又是那么天衣无缝。颜阙和三位护法立即冲了上去，"段飞卿"刚要运功，动作却一下子凝滞起来，生生挨了一剑，跪倒在地。

他恶狠狠地抬头："天印！我死了……他们也不会放过你！"

"天印"大步上前："那我就亲手除了你，还可以占个头功！"

他一掌要拍上天印的天灵盖，却有人先他一步，将剑狠狠地刺入了"段飞卿"的身体。

颜阙似笑非笑："这是我教内之事，天印大侠还是不要参与的好！"他猛地抽出长剑，鲜血溅了一地。

"段飞卿"捂着胸口，恨恨地看着他，倒地不起。

"天印"转头走出大厅，为防止露馅未曾回头看一眼，心里却很忐忑。颜阙这一剑是必杀之势，也不知道他能否熬过……

"你是说，你跟天印彼此交换身份演了一场戏，就是为了让他金蝉脱壳？"初衔白有些担心："那他现在怎么样了？"

"不知道。"段飞卿的表情永远一片平静，只有语气微带忧虑："他被刺了很重的一剑，只怕已伤及心肺……"

"……"

第82章 一家三口

大漠之地的经常出现异常可怖的夜晚，狂风大作，飞沙走石，似要将人的灵魂掳走。

颜阙对此却已习惯，他的脚边放着一只灯笼，烛火被狂风吹得飘摇动荡，每次都几乎要熄灭，却又总在最后关头亮起。

眼前已经隆起一座坟头，他最后抛下一铲土，用铲背将坟头拍拍严实，口中念念有词："段飞卿，不管怎样，你总算还做过衡无，而我则还要为此继续谋划下去，所以比起这点，你死得也值了。"

他丢开铲子，将早就准备好的一坛酒拍开，边洒在地上边笑道："托你的福，如今圣教再不用受王朝挟制，那几个长老都势利得很，见你没了用处，自然也就不会保你了。不过你放心，有我在，以后做上衡无，替你整治整治他们便是了。"

一坛酒洒进，他五指一松，丢了坛子，愉悦地笑着离开："安息吧，你早该安息了……"

人已走远，狂风依旧。

不知过了多久，坟头似乎也被这狂风撼动了，猛地一震，裂开一道豁口。

一只手探了出来，牢牢扣住地面……

段飞卿担心颜阙会追来灭口，快马加鞭，行了一日才稍有停歇。可怜小元还小，一路被颠簸便不舒服了，吐得厉害，一整天什么也没吃，小脸都瘦了一圈。初衔白将她抱在怀里，又开始心疼了。

段飞卿看这样也不是办法，便将车赶离官道，停在一片林子旁，跳下车道："你们等在此处，我回去找天印，他若能回来，你们才能尽早离开。"

初衔白想跟他一起去，可是小元这样她又走不开，只好作罢。

段飞卿这一走，直到天黑也没回来。初衔白不禁开始担心，但又想以他的武功修为应该不会有危险，才稍稍心安。

没多久，前方传来明亮的火光，初衔白探出身子，以为是段飞卿回来了，却发现来的不是一个人，而是一群，个个手执火把。

她知道追兵到了，连忙抱着小元跳下车朝林中跑去。

这不过是片杨树林，树木都很整齐，想要藏身也困难。她一直跑到尽头的一条小河边才停住，转头去看，火光又近了许多。

这样下去迟早要被捉住。初衔白咬了咬牙，忍着刺骨的冰冷，抱着孩子趟入水中。

水不深，却很湍急，下面又都是石块，并不好走。初衔白的脚扭了一下，不禁有些恼恨。自己如今这般柔弱，实在让她挫败。

后面的追兵又近了，小元听到动静，害怕地往她怀里缩了又缩："娘，爹爹怎么还不回来？"

她只凭一张脸认人，并没有弄明白段飞卿并不是她爹。

"小元别怕，爹爹很快就来了。"

"爹爹这次会救我们么？"

"会的，放心。"

初衔白已趟到河中心，双腿都冻麻了，咬着牙朝岸边走，身后传来了呼喝声。

"天印的妻女在那里！拿弓来！"

初衔白心中大惊，连忙加快速度上岸，后面已传来羽箭破风之声。她本想蹲入水中躲避，却有人凭空掠来，一把挟起了她。

183

后方人声高呼不断："快去禀报颜阙长老，找到天印了！"

声音很快就退远了，初衔白被他夹着飞掠出很远才停下，牙齿已忍不住打颤："还、还好你回来得及时，天印如何了？"

段飞卿没有回话，转头看了看，指了一下右边："走这边。"

他看出初衔白体力不支，从她手中接过小元，一手牵着她，深一脚浅一脚地朝前面走去。

初衔白本觉得不妥，但自己实在是没力气了，只好任由他去了。

走了一段，发现已经到了小河的下游，水浅得几乎只是一个小水滩。

段飞卿观察了一下周围，大概确定了安全，找来干柴生了火让初衔白取暖。初衔白刚坐下来，小元就又开始呕吐，她想去处理，段飞卿已先一步抱着孩子到了水边。

他将小元放在膝上，小心翼翼地抄了点水给她漱口，待她舒服了些，又脱下外袍将她仔仔细细裹了起来，紧紧抱在怀里，甚至还低头靠了靠她的额头，确定没有发烧神情才放松。

初衔白有些意外，搓着手说："没想到盟主这么会照顾孩子。"

段飞卿抬起头来，有些怔忪，忽然又笑了，并没有接话。

"怎么，我说错了吗？"

他摇摇头，抱着小元坐到火堆边，看了看她："饿不饿？"

初衔白摇头："我现在……也跟小元一样没胃口了……"她狠狠打了个喷嚏。

段飞卿立即起身坐到她身边，将她揽进怀里。

他的动作做得太自然，初衔白却吓得一下子推开了他："你……你这是干什么？"

"你要病了。"

初衔白微微一愣，就着火光才发现他的脸上有些细微的伤口，眼神扫过小元身上的那件外袍，正是天印做衡无时总穿的那件，一下子明白过来。

"你……你……"

她实在是意外，还以为他是段飞卿，没想到却是本尊回来了，难怪他每句话都说的那么短。

"连我都认不出了？"他的眼里带着微微的戏谑。

初衔白的脸有些泛红，唇有些发烫，嘴唇翕动，忽而有些头晕目眩。

天印眼疾手快地接住她，将她拢入怀中："果然病了……"

小元怏怏地探出脑袋，担忧地看着初衔白，又看看天印："爹爹，娘要紧吗？"

"不要紧，有爹爹在。"天印眼神发亮地盯着她的小脸，"再叫一声爹爹。"

小元撇了撇嘴，似乎不太甘愿。

"娘醒了我再叫。"

天印失笑，拥紧了母女二人。

第二天初衔白醒来，第一感觉便是浑身疼得厉害。头顶有声音低低地问："醒了？饿不饿？"

她抬头，天印脸色温和地看着她。

她伸手摸了摸他的脸："这些伤痕怎么来的？"

"面具。"天印说太长的话还有些不流利，所以句子都很短。

之前为了跟段飞卿互换身份，又不引起他人怀疑，他们每人都要戴上两张人皮面具，第一张易容成对方，第二张再易容成自己。但是用药水卸下时颇为费力，一不小心便会两张同时取下。唯一的解决方法是将第一张面具贴得十分牢固，几乎与肌肤不分彼此。不过这样一来，取下的时机就有限制了。

取早了伤了自己的肌肤，取晚了又有可能再也取不下来。

天印便是取早了。

他也是没办法，若是再顶着段飞卿的脸在外行走，被魔教的人发现，事情便泄露了。而颜阙他们追杀自己应该不会太执着，只要回到中原，不影响他做衡无就行了。

初衔白虽不知详细原因，多少也猜到了些，微微叹息："这么多的承诺，这次你总算没有食言。"

天印笑着起身，拉她起来："走吧。"

"这就走了？段飞卿还没回来。"初衔白转头看看来路，有些不放心。

"他已经回去了。"

"什么？"

"我们分头行动。"

初衔白这才明白。

段飞卿这三年在外也不容易，之前在路上，初衔白问了他这段时间的经历，他说得轻描淡写，却还是叫初衔白心惊。

当时青云派出了奸细，他中了机关，又被衡无重伤，在地下困了很久。后来终于被一双兄弟救起，那二人却又是贪财之辈。他当时一身的伤，眼睛失明，双腿尽断，甚至连容貌都毁了，只剩任人宰割的份。还好后来遇到贵人相助，那人甚至还传授了他一身奇门医术……

也难怪尹听风那样找他都找不到，想必他就是要等到自己完全康复才肯现身吧。

初衔白跟着天印走出林子，又上了官道，将这段经历说给他听了。天印想了想，问道："那个贵人是谁？"

初衔白摇头："我问了，但他似乎不愿说。"

天印笑了："那也许是个女子。"

初衔白一愣："你把别人想得跟你一样。"

天印伸手搂住她："我的贵人只有你。"

初衔白瞄一眼小元，轻轻埋怨："当着孩子的面别这样。"

天印忽然想起什么，轻轻托了托小元的身子："你娘醒了，可以叫我了吗？"

"……"初衔白莫名其妙，你们在玩什么……

官道上往来商队很多，他们跟着其中一支，终于进入了于阗境内，颜阙的追兵始终没再出现，看来可以放心了。

为了给小元看病，三人在于阗多待了几天，再启程时，天已经开始落雪了。

初衔白有些担心："这天气不好赶路吧？"

天印道："始终要走，西域不宜长留。"他看了看天："雇一个有经验的车夫吧。"

"这位公子要雇车夫，我手上倒多的是人选。"

天印和初衔白俱是一怔，转头看去，金冠束发，紫衣翩翩的贵公子站在客栈门口，笑颜如花。

"舅舅！"小元亲昵地扑了过去。

天印的嘴角有些抽搐："为什么我的女儿跟他这么亲昵？"

第82章 一家三口

师叔

第83章　团圆

托尹听风的福，天印和初衔白总算顺利回到了中原。

段飞卿已经到绕道去了塞北，给几人递来书信，说要直接上京去见父母，如今归心似箭，只能以后再聚了。

天印看到信时已经在前往江南的路上，神情颇为遗憾："本来还想请他过来，不想他那么着急。"

初衔白道："你有什么事要他帮忙么？"

"那倒没有，只是经历了这些，也算是朋友了，办喜事总要请他过来。"

"喜事？"

天印忽而转头，意味深长地看着她一眼："自然是你我的喜事。"

初衔白的脸一下子红透了："说什么呢，孩子都这么大了！"

尹听风在旁边插了句嘴："不想我有生之年竟真的喝到你们的喜酒了，唉……看来我以后再也不能说自己是青青的未婚夫了。"

天印微笑："阁主似乎很失望啊。"

尹听风想起此人已经练就神功，严肃认真地告诉他："不，我会献上我最诚挚的祝福。"

"那就多谢了。"

"呵呵……"

小元忽然疑惑地问了句："爹娘到底要办什么喜事？"

天印抱着她放在腿上："爹娘要成亲了。"

初衔白的脸又红了。

小元又问："什么叫成亲？"

"就是在一起。"

"那我也要成亲！还要叫上舅舅，还有那个冷脸舅舅，我们一起成亲好了。"

"……"

初衔白一把抢过小元："你给我好好教孩子！"

天印干咳一声，这方面他却是要好好学一学……

初家山庄多年没有人气，已经越发颓败。初衔白一直不愿再回到这里，可是天印提议以后就在这里定居，再不四处奔波了。她的心境也已变了，终究点了头。

成亲的消息并未昭告天下，如今二人都想过隐居生活，不再涉足江湖，所以只通知了几个友人。

尹听风、段飞卿自然在列，折英和楚泓也来了。唐门原先只有珑宿知道消息，后来不知是何缘故，唐知秋竟也现了身。

尹听风有意捉弄他，叫来小元耳语了一阵，然后众目睽睽之下，小元就热情地扑上去叫了唐知秋一声"爷爷"。

若有可能，尹听风真想把这一幕记入武林谱去叫卖。唐知秋当时的嘴脸实在是太滑稽了，说不上是尴尬还是喜悦，最终只能乖乖掏出见面礼。

大概实在是不习惯这种场景，唐知秋终究未等新人拜堂便匆匆离席而去。

尹听风悄悄对段飞卿说："看，以后小元可以替你整治你对头了。"

段飞卿斜睨他："那不就是你吗？"

"……"

没多久，又有两个稀客到了。其中一人便是玄秀，她当初对天印有救命之恩，如今他成亲，自然要请她过来。好在唐知秋已经走了，不然还不知道场面是

第83章 团圆

师叔

如何尴尬。

唯恐天下不乱的尹大阁主对此深表遗憾。

最让人意外的当属另一位客人，居然是天殊派的师尊德修。

天印亲自迎他进了门，将他奉上首座。众人这才知道德修是来主婚的。

天印一身大红喜服，越发衬得黑发如墨，眸如点漆。他施施然站在厅中，看着折英搀着那人凤冠霞帔慢慢走入，立即上前接过了她的手。

折英忽然开始抹眼睛，恶狠狠瞪了一眼天印："以后你若再敢对不起我家小姐，我就……"

楚泓赶紧上前把她拖走。

尹听风淡定地敲敲手里的折扇："折英，不用担心，这里坐着两个大舅子呢，他不敢的。"

段飞卿"嗯"了一声，出乎意料地附和了他一回。

天印笑了笑，也不理会他们，搀着初衔白走到德修跟前，深深拜了下去："天印资质愚钝，品行顽劣，承蒙师父不弃，收留教导，却终究未能走上正道，背弃师门，罔顾道义，一错再错。如今师父不计前嫌，肯出面为我二人主婚，我夫妇二人感激不尽。"

德修微微叹息，虚扶一下二人："往事不必再提，江湖纷争，家国征伐，其实背后都只是藏着人欲罢了。你二人也算历经坎坷，无需我赘言，今后当相互扶持，不离不弃。"

天印和初衔白又拜了一拜。

德修忽而没来由地笑了起来："世事真是难言，当初无论如何也不曾想过你二人会有今日啊。"

天印也跟着笑起来："师父说的是。"

那些折磨和痛苦似乎还在昨日，现在却已全都被抚平了。

夫妻二人行了拜天地，便要被送入洞房。尹听风又开始使坏，叫来小元如此如此这般这般说了一番。

天印回到洞房时已是微醺之态，挑起初衔白的盖头时，觉得是梦，直到摸到她的脸，才放了心。

"我等这日等了很久了。"

初衔白垂着眼，脸颊微红。她也不知道为什么，明明都已做了母亲，到了成亲这日，却还是觉得赧然。

天印盯着她的脸，不知不觉便凑了上去，刚要触到她的唇，门被一下撞开了。

"爹、娘，我要跟你们睡。"小元大咧咧地走到两人中间。

初衔白有些尴尬："你先前不是说自己可以一个人睡一间房了吗？"

"可是我现在又害怕了。"

天印拍了一下额头："我知道了，定然又是她那个好舅舅做的事。"

小元惊讶地瞪圆了眼睛："爹爹怎么知道，我又没说。"

"……"初衔白无言。

天印想了想，叫过女儿说了几句话。小元点点头，又跑出去了。天印立即走过去栓上门。

初衔白道："你跟她说什么了？"

"我说分开睡对她有好处。"

"什么好处？"

天印轻轻啄了一下她的唇："我们可以早日给她生个弟弟出来，以后就没人敢欺负她了。"

"……"

眼见洞房内烛火熄灭，尹听风遗憾地扶额："元儿啊，你也太令舅舅失望了！"

第83章　团圆

师叔

——正文完——

番外一：段盟主的失踪经历

段飞卿失踪时的经历让所有人都感到好奇，但更好奇的是他那一身精湛医术从何而来。

虽然他学东西快是出了名的，但能让他从门外汉变成一代圣手，背后一定有个名师级别的人物指导。

尹听风对此最为好奇，几乎每天都要骚扰他一番，实在打听不出来就装病，跑来让他给自己治，趁着治病的时候再追问。

于是段飞卿下令只要是尹听风上门求医，一概闭门不见。

后来还是初衔白探到了点口风。

她带着小元去青云派拜师，要让段飞卿收小元为徒，不仅要学他的武术，还要学他的医术。

段飞卿却说："教武功可以，医术绝不外传。"

初衔白意外："为何？学医不就是为了治病救人，应当发扬光大啊。"

段飞卿淡淡说："我曾答应过一个人。"

那个人是他在于阗遇到的。

三年前他被派中奸细出卖，身中魔教机关，被困地下，后来被一对畏兀儿兄弟挖宝挖了出来，但已浑身重伤，不仅容貌因为戴人皮面具太久而被毁，还双腿尽断、眼瞎口哑，等同废人。

那对兄弟开始还好好养着他，但段飞卿很快就知道他们是打算把自己卖去做奴隶。

他要逃跑，又要隐藏身份，于是故意捏造了一个假身份，说自己是蒙古土尔扈特部有钱的公子哥，名叫俄日敦达来。

俄日敦达来在蒙古语里就是珠宝如山如海的意思，畏兀儿兄弟相信了他的话，将他好生供养起来，准备送他回蒙古去换赎金。

兄弟俩有点势力，组织了一支小商队赶路，路上经过于阗，一名女子加入了队伍。

段飞卿并没有见过她真容，因为眼睛根本看不见。他只知道此女应当很妖媚，因为时常听到她与别人调笑，笑声如银铃般脆响传入他独坐的马车内。

但很快他就发现此女还心狠手辣。

车马迷路，不慎走入大漠深处，迷失在了沙海，还遇到了狼群。

马被吓跑，车队还没被狼吃掉就要内斗而亡，段飞卿只能显露身手，听音辨位，一举斩杀了数头野狼。他眼睛看不见，坐在沙丘旁，想问狼王位置又无法开口，这时有道柔媚的声音告诉了他答案。

这是个聪明的女人。

他将怀里的飞镖投了出去，正中目标。

但狼群并未离去，它们饿极了，很快便挑选出新的狼王继续攻击。

畏兀儿兄弟终究不敌被拖去。女子吓得跑到了段飞卿身边，紧紧贴着他说："保护我。"

段飞卿拿出另一只飞镖，朝畏兀儿兄弟大喊大叫的方向指了一下，示意她说明具体位置，因为太嘈杂了，听音辨位也怕有闪失。

女子闭口不答。

段飞卿再示意，她还是不答。

远处已传来人惨叫的声音，接着回归沉寂。女子这时忽而冷笑起来："那二人贪财好色，有什么资格活在世上，若非我要有人护送，才不会跟他们虚以委蛇。"

段飞卿蹙眉,鼻尖忽而弥漫出微微的馨香。那女子又道:"你以为狼是怎么来的?我想要它们来便来,想要它们退便退,只要有我手中药物即可。"

段飞卿于是知道她还会制药。

那女子又道:"我注意你很久了,你虽然受伤却被那群人严密提防,必然身份不低,现在又显露了身手,我要留着你保护我去镜城,而作为报答,我会治好你的伤。"

段飞卿尚未有所表示,她又补充:"我是指所有的伤,如果我无法让你恢复如初,你便亲手杀了我。"

这是个太诱人的条件,他算是默许了和女子合作,随她前往那传说中的镜城。

之后的岁月段飞卿开始与各种药物为伍,每日喝下味道各异的汤药。沙漠缺水,他们所携带的水已不足,但女子胸有成竹,说三日内即让他眼见光明,到时候便可专心赶路了。

段飞卿以为她是吹嘘,可是结果真的是他的眼睛复明了。

还不是完全康复,但已经能看见大概景象。他心里震惊非常,难怪此女毫无武艺却敢独自行走大漠,她控制药物的本事简直出神入化,而论行医救人,只怕连整个璇玑门加起来也比不上她一个。

女子妖媚,利用美色很快引起经过商队的注意,他们很快就摆脱了困境。在随商队前进的路上,女子把段飞卿的双腿也治好了,他终于又可以站立,除了容貌和口哑之外,已与往常无异,现在不妨碍赶路了。

镜城这地方他从未听过,只从女子的话里得知了大概。镜城既不属于中原,也不属于西域任何一个国家。它位于西夜和若羌国附近,距离嘉峪关也并不算远,但很少有人知道有这个地方,因为去的路线太隐蔽了。

女子有次说漏了嘴,段飞卿才知道镜城城主是她的师父,难怪她执意要去那里。

对这样一种三不管的地带来说,城主等于是皇帝了,她看起来很受她师父宠爱,在镜城的地位应该很高。

因为要给他治病,这一路走走停停,几乎花了半年才到若羌国内。段飞卿的眼睛终于完全康复，女子的容貌他也终于看清了，五官果然很美，但出乎意料的是身材却很肥胖臃肿。

她似乎毫不在意，每日都要定时吃一颗药丸，后来发现段飞卿在看，笑着说："这是可以增肥的药物，你想试试？"

没有人会刻意丑化自己的外表，段飞卿明白，她必然是为了隐藏自己。

她有太多的秘密，不过，段飞卿自己又何尝不是。

本来他已经和女子建立起尚算友好的关系，但这次她又犯了老毛病，她又为了私利害了无辜的人。

段飞卿是个极其正直的人，差点就要对她动手，但她轻轻巧巧地告诉他，那些人意图对她不轨，不是他们死，就是她死。而她死了，估计段飞卿一辈子都得做哑巴。

她有本事，所以敢这么骄傲。

段飞卿决定不再依靠她，暗中偷学她的医术。她察觉到了，也不遮掩，甚至大大方方地说："我收你为徒吧，这样关系更牢靠，等到你把我安全送入镜城，我们便两清了。"

段飞卿没有拜过师父，他的师父就是他的父母，但此时好像别无选择，因为他无法说话。

女子自顾自答地说："不说话就算默认了，好的，我收下你这个徒弟啦，哦对了，我叫师雨。"

认识那么久，段飞卿才知道她叫什么。而她也丝毫不在意他叫什么，每次都是叫"喂"或者"哎"。从收徒之后，她开始叫"徒儿"、"乖徒儿"或者"宝贝徒儿"……反正段飞卿无法说话，没有人反驳她。

他们终于到达镜城，师雨甚至有自己的府邸，段飞卿得到了妥善的照料，她每日陪伴在她师父身边，只有晚上回来才会动手教他医术。

但凡江湖中人，都多少会点儿简单医理，因为久伤成医。但是师雨教他的方式非常独特，不是按部就班，也不见常见的药材理论，所有东西对段飞卿而言都是新奇的，治病方式也是他从未见识过的，但在她那里偏偏都敢用。

镜城似乎并不安宁，师雨却好像毫无所觉，反而更加肥胖了。有一天段飞卿听到她府中的下人议论说西夜即将攻过来拿下镜城，而城主忽然把在外游荡的徒弟师雨叫回来，就是打算将她作为义女送去给西夜王做妃子去的。

段飞卿似乎明白了什么，师雨故意丑化自己，也许是一种无声的反抗。

不管整座城如何不安，段飞卿的日子过得很安稳。他很多年没有这么平静的生活了，远离了刀光剑影，只有药香陪伴，偶尔摆弄摆弄草药，居然渐渐习惯了。

有一天师雨回来告诉他，城中来了陌生的中原人，四处打听一个叫段飞卿的人，城主因此很生气，因为他觉得中原也在打镜城的主意了。

段飞卿几乎立刻就猜出那是尹听风的人，听出她言辞里的杀意，他立即主动接下了驱赶这群人的任务。

这件事之后，远在中原的尹听风发现了他的踪迹，但也对他不肯回来的举动感到诧异。

段飞卿不是不肯回去，只是伤还没好。他不知道为什么师雨忽然放慢了医治他的速度，明明他都已经在镜城待了一年多了。

师雨似乎压根忘了这件事，她带着他出去给人治病，即使别人被段飞卿的脸吓得脸色发白也毫不在意。

她像是变了个人，没有了路上的狠辣，会给穷人治病，分文不取，也会好心地把仅剩的干粮送给乞丐。

段飞卿发现这个人骨子里不坏，但她睚眦必报，一旦被得罪或者自身受到威胁，就会痛下狠手。

镜城住的其实大部分是汉族人，也不知道怎么会被西夜盯上。像是要满足大家的不安，西夜的使臣终于到了。师雨这晚回来，没再继续吃增肥的药物，她对段飞卿说："我恐怕迟早要被送去西夜。"说完她又笑起来，"临走之前帮你把伤医好吧。"

段飞卿见她强作欢笑，居然有些不忍心，可明明这人并不是表面上那么柔弱可欺的。

那张戴了太久的人皮面具终于成功被取下，他的容貌开始显山露水。师雨给他用药水洗了最后一遍脸，看到他的原貌，惊愕地说不出话来，好半天才道："原来你长得这么好看。"她忽然贼兮兮地笑起来，"不如别做徒弟了，做我相公吧。"

段飞卿皱起眉，他太正人君子，和她以前见过的那些轻浮男人完全不同。

但就是这点让师雨喜欢逗他，甚至有时候还会故意碰一碰他，看他立即守礼地避开，又哈哈大笑。

城主果然收了师雨为义女，她就要去做西夜王的妃子了，所以段飞的口哑必须要赶紧治疗了。

师雨不再出门，她的反抗似乎已经彻底被城主镇压，也已经认命地接受了安排。她的身段渐渐恢复了窈窕，可是没了神采，反而没有以往的艳光四射了。

她把段飞卿叫到跟前，交给他自己精心编著的"医书"。哦，她管那个叫"圣典"。

可是段飞卿觉得那根本连书都算不上。里面记载的东西虽然都是让他叹为观止的医术精华，但她写得太乱了，像是随性为之，想到哪儿就写到哪儿。好在他跟她相处久了，还能看懂。

这样东西似乎很珍贵，段飞卿不明白她为什么要交给自己。原本以为她只是为了寻求他的保护才用教他医术牵绊着他，没想到她居然真的在用心教，有时她甚至还让他独自代替她去给别人治病。而如今既然她要离开，他的伤也要痊愈，那么一切就该按照她当初所说两清了不是吗？

在这之后，师雨似乎渐渐沉默起来。段飞卿开始练着发声，她开始闭口不言。段飞卿注意到了，却也没有在意。

直到有一天，师雨试了西夜国送来的华衣美服，跑来给他欣赏，却忽然说："你带我走怎么样？"

段飞卿愣了愣。

"就算你不带我走，迟早我也会自己逃掉。"

段飞卿用还不太顺畅的句子问她："为什么？"

"如果是你，你愿意吗？"

说的也是。

师雨道："我不能陷我师父不义，所以我会到达西夜国境后再逃跑，你武艺高强，一定能帮我。"

段飞卿考虑良久，点了点头："你对我有救命之恩，我答应帮你。"

师雨笑了笑："不止，我还是你的师父。"

师叔 SHISHU（下）

"……"

前往西夜的送亲队伍多了一个人，所有人都注意到了，因为他的相貌太过惹人注意。

师雨坐在车里，身着白色二十四褶玉裙，外罩黑面云锦褙衣，眉目温润，双唇饱满润泽，总让人联想到香甜诱人的蜜桃，颇为妩媚。围观的路人偶尔瞥到一角，赞不绝口。

队伍进入西夜国境内，天气有些反复无常，师雨忽然把段飞卿叫到跟前，告诉他可能会出现风暴，这会是个逃跑的好机会。

果然，不出三天就出现了风暴天气，狂风席卷，飞沙走石，天昏地暗。

师雨撒了药粉，送亲队伍包括前来迎接的西夜士兵误吸入鼻中，立即行动迟缓起来，段飞卿趁机带着她跑了出去。

狂风呼啸，这样的天气，连骆驼都只敢趴在地上，马是骑不了的，所以要想走快很难。师雨也不敢再用药，因为大风肆虐，撒出去的药粉很容易让自己也中招。

原本一切顺利，他们顶着风往中原方向走了将近五里路，没有追兵。可惜再往前，他们遇到了阻截。

段飞卿在镜城生活了两年多，第一次见到镜城城主，他并不苍老，是个白面无须的中年人，带着一队人马拦在后方，似乎早就料到师雨会有这招。

师雨惊叫一声，转身往回跑，她的师父只是冷冷地看着她的背影，命令左右下手去抓她。

段飞卿替她挡住了那些人，师雨不敢停下，她像是十分害怕自己的师父，一路往大漠深处跑去。

段飞卿斩杀了追兵，要去救她，她已经跑出去很远，几乎在他眼里只是个黑点。

这时后方的镜城城主忽然大声叫嚷："回来！你想死吗？"

段飞卿感到不妙，愈发加快了速度，但终究没来得及，师雨像是故意为之，回头看了他一眼，忽然纵身跃进了流沙里……

段飞卿几乎不敢相信自己的眼睛，明明她是可以逃掉的，可是她却选择了一条死路。

镜城城主显然也没想到会这样，带着仅剩的几个人远远看着，大概是忌惮段飞卿的身手，始终没有接近，许久才顶着风沙离去。

段飞卿在师雨落下的地方挖了很久，没有找到人。一种从未有过情绪在他心里泛滥，想控制都控制不住。

其实他们之间还经历过很多事情，还去过其他很多地方，但段飞卿都刻意忘记了，那段时间他接受治疗本就痛苦不堪，要忍受一个心狠手辣的女人在身边对自己指挥来指挥去更加痛苦，但最后给他这种痛苦的人居然忽然就消失了。

他甚至都没来得及探知她的过去，除了知道她叫师雨外，对她的一切毫无所知。

曾经有一次，她半开玩笑般说："如果以后你伤好离开了，不要对外人说起我，也不要到处显摆从我这儿学去的医术。"

段飞卿正疑惑，她又笑着说："不过我会一直记得你的。"

他记得这句话，所以遵守诺言。

"若是只教武功，我可以破例收她为徒。"他坐在青云派的大厅里，对初衔白说。

初衔白笑了笑，点头道："也好，或许等那位贵人出现，可以让她亲自来教小元医术。"

段飞卿并没有说什么，只告诉她有个贵人救过他，还教过他医术，但关于那个贵人是男是女，是老是少，一概未提。

她还能出现？段飞卿不置可否："若你愿意，那就等着看吧。"

初衔白又笑起来，然后命小元跪地拜师。

"对了，我带小元来这里拜师的事，还没告诉天印。"

"哦？"段飞卿难得开玩笑说，"那我得赶紧收下这个徒弟，免得她父亲到时候反悔。"

"哈哈，说得没错。"

小元双手高举茶盏，恭恭敬敬给他磕头："师父在上，受徒儿一拜。"

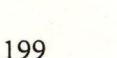

师叔
SHISHU
下

番外二：尹阁主的桃花

"公子，属下有事要禀……"刚晋升为听风阁总管的楚泓已经在尹听风的书房里站了很久，久到鞋底都快将地面磨出个坑来。

"什么事儿？说呗。"尹听风正忙着对账，头都没抬一下。

楚泓的鞋底又忍不住蹭地："防、防风想要离开听风阁了。"

"嗯？"尹听风抬起头，眨巴眨巴眼睛，"防风是谁？"

"就是我们阁中最厉害的那个探子啊，轻功出神入化几乎无人能及的那个。"

"……那应该是公子我吧。"

"不，公子，我负责任的告诉您，是防风。"

尹听风脸黑了一下，"哦"了一声："要走就走呗，本公子从不强留门人。"

"不能就这么放人啊公子！"楚泓的嗓门儿忽然拔高了几个调，一下扑到尹听风跟前，"您当初不是规定探子的收入按办成任务来算提成的吗？为鼓励他们，您还加了个条件，若是有人三年内每样任务都完成了，就在总收入上翻一番！"

尹听风点点头："对啊，怎么了？这个条件没人能实现吧？连我都无法保证每个消息都能成功打探到呀，哈哈哈……"

"可是防风做到了呀！"楚泓激动地捶桌，"她现在说要嫁人了，要您把她的收入一次性付给她！公子您算过么？您没算过我算过呀！那可是一个天大的数字啊！"

"等等！"尹听风竖手打断他，"你刚才说……她要嫁人？她是个女子？"

楚泓点点头。

尹听风眯起眼睛："所以这个防风是要带着我的钱投入别的男人怀抱里去了？"

"……公子，请别说得自己像是个被抛弃的怨夫一样成不成？"

一盏茶的功夫，防风就被叫到了尹听风的书房。彼时尹听风紫袍宽着，正襟危坐，优雅地品着茶，誓要在对方面前展示一下身为阁主的威严。

小样儿真不懂事，还取个名字叫"防风"，防谁呢这是！

楚泓在门外通报一声，他刚抬头，一眼看到进门的人，喷了。

江湖盛传听风阁内多美男，虽然他这个阁主还是头一回知道阁中第一好手是个女子，但料想样貌绝不会差，可是眼前这位少侠你怎么回事？赚了本公子这么多钱却穿得跟三天没洗澡一样是想哭穷？

"你是……防风……姑娘？"

防风点点头，脱下头上的毡帽，谢天谢地，总算长了张不错的脸。不过，如果能把外面那件看不出颜色的披风也一起脱了会更好。尹听风不动声色地抬袖遮了遮鼻子，心想味儿有点大啊……

"见过阁主。"

防风说话的时候眼睛都不动一下，也瞧不出多恭敬，站在那里就像根木头。尹听风觉着不对劲，抬眼朝门口的楚泓看了一眼，后者伸手指了指脑袋，又指指防风，意思是你懂的。

尹听风懂了，这姑娘脑子不太好使，难怪不修边幅。

"呃，防风啊，你入阁几年了？"

"来见阁主时刚好满三年。"她似乎刚刚想到什么，转头对楚泓说："哦，我刚从天牢带了消息出来，最后一笔大单，你也给我记在册上，待会儿一起算账。"

"好……的。"楚泓受尹听风影响，也是个抠门儿的主，回答得相当哀怨。

防风总算脱了披风，连外面那件黑袍子也脱了，露出一身雪白的窄袖胡服，行走江湖的多穿此类服饰，图个行动方便。只是她这么不避讳，倒把尹听风和楚泓给弄得尴尬非常。

尹大阁主举着衣袖遮了眼，好半晌悄悄探头，见她衣裳齐整，这才松了口气："咳咳，我们接着聊哈。那个，防风啊，你要嫁的这人是个什么样的人啊？"

防风身材清瘦，不苟言笑，瞧着像个少年。听到这话，她也没有寻常女儿家的娇羞，仔细想了一下，回答说："好人。"

"……能不能具体点儿？"

防风又想了想："好男人。"

"……"尹听风痛苦地抱了抱头，耐着性子微笑："我的意思是，他年纪多大收入多少本地可有家宅出入可有车马？你们这些姑娘年纪小，太容易上当，我做阁主的，一定要给你们好好把把关！"

防风这次想得比较仔细，因为耗时比较长，然后回答说："说不清楚。"

"……"谁来教教这孩子怎么说话啊！

楚泓眼见尹听风快要暴走，连忙伸手指了指腰间钱袋。

钱钱钱！一切都是为了钱啊公子！

尹听风深吸口气，决定改个问法："这样说好了，那人是做什么的？"

"跟阁主一样，做消息买卖的。"

"……"尼玛这是娶媳妇儿还是挖墙脚啊！

防风朝他拱了拱手，拿起脚边的脏衣服出门："时间到了，该算钱了，我先走了阁主，后会无期。"说完到了门边，也没用什么力气，竟把楚泓给直接提走了。

"少侠留步啊！"尹听风一个箭步冲出门去，使出独步轻功追啊追……

可是，他爷爷的，怎么追不上啊！

202

跟防风这次见面后，尹听风饱受打击。想他一手创立听风阁，轻功卓绝、独步江湖，居然被一个忽然冒出来的傻丫头给完败了，实在是丢脸丢到了家！

楚泓得了他的命令去查防风未婚夫的资料，尹听风过目后哈哈哈仰天大笑："原来是路无名那个混帐家伙！就知道防风是被挖墙脚了！"

他一撩衣摆出了门，决定把防风给挖回来！

第一步当然是跟踪路无名那个混帐，这家伙看听风阁赚钱就也效仿着开了一家追风阁。呸！明明是跟风阁！

尹听风知道这货是个吃喝嫖赌样样精通的主，也不知道防风这老实巴交的娃是如何被他拐的，他得把她给拐回来，啊不是，是把她给拉回正道！

头一天跟踪路无名，看路线是要往那片胭脂花巷去的，可是他偏偏方向一转去了吃饭的七味居。尹听风纳闷，难道这小子学乖了？

第二天继续跟，他这次果然进了青楼，但还没等尹听风去把防风拽来看看他的真面目，路无名就急匆匆地出来了。

第三天就别提了，路无名居然陪防风买布做衣服去了。

咦，难道这小子真为防风改邪归正了？尹听风百思不得其解，最终只能讪讪而归。

这时楚泓跑来找他，还没开口说话先喊了一串"完蛋"："公子，你爹喊你回家成亲。"

"哈？"尹听风的表情扭曲成了个囧字："公子我风华正好，为何要此时成亲啊？"

楚泓一脸苦相："公子，这话您得回去跟您爹说呀，跟属下说是没用的。"

"……"

尹家远在京城，大概是觉得独自于江南创业的儿子至今单身太可怜，父上母上决定给他定门亲事。

回去的路上尹听风无精打采，他行走江湖正开心呢，哪能这么快就成亲，也太辜负大好青春了！

楚泓给他出主意说："公子，您不如找个姑娘假扮是您相好，回去给二老瞧一瞧，他们安心了也许就不催您啦。"

尹听风正在皱眉思索这个主意靠不靠谱，就见旁边有人一人一骑缓缓经过。

番外二：尹阁主的桃花

师叔

203

师叔 SHISHU 下

"防风！"他这声叫地那叫一个清亮亲切，可惜防风转头看过来时却面无表情："阁主？好巧。"

尹听风讪讪地收回舞动的手臂，心想好冷漠啊好冷漠，一点不给他面子啊，好歹也是老东家啊！

防风一勒缰绳靠近，今日身上穿了一身黑衣，绑着男子发髻，看起来颇有英武之气："阁主叫我有事？"

"呃……"尹听风只能没话找话："你这是要上哪儿去？"

防风也是去京城的，路无名让她替自己探个消息去。

尹听风一听这话就想掀桌，果然是诱拐了他门下一个好手去给自己使唤了，路无名这个臭小子，总有一天要抽他！

心里狠狠地腹诽，面上他却很冷静："哎哟，既然这么巧，不如同行吧。"

防风想了好一会儿才点了点头："也行。"

"……"要不要这么勉强啊！

当晚三人宿于一家客栈，防风到底是个姑娘，也有细腻心思，见夜晚星光大好，便倚在窗口看着。忽然偏头见到隔壁窗户露出一截衣角，探头一看，刚好瞧见尹听风坐在窗边看着夜空，半张脸浸在星光里，俊美不可方物。她呼吸一窒，收回了视线。

初见时也是夜晚，他身形轻移而过，她还以为是影子，连忙运功去追，却见是名紫衣翩翩的佳公子，顿生爱慕。

回去后师父哈哈笑着摸了摸她的头说："你若喜欢便去找他吧，记得在外一切小心便好。"

过去师父总说她呆傻古板，不讨男子喜欢，她也颇为苦恼，奈何再苦恼面上也静如死水。她能做的就是拜入听风阁中，努力完成任务，不过是为了引他多看自己一眼罢了，可惜入阁两年也未曾见过他一面。后来听说他已有了未婚妻，她也只好压下了那点儿旖旎心思了。

路无名出现那晚她正攀上大内宫墙，他在旁轻笑，赞了句："好俊的轻功，这位小哥入我门中如何？"

她呆呆地看着他："我是女子。"

"什么？"路无名惊得从墙头翻了下去，惹来一大群大内侍卫。

二人一路奔逃，路无名趁机揩油，然后说："你我已有肌肤之亲，以后你只能嫁我啦！"

防风大惊失色："有这说法？"

"那是自然！"他笑着说："你叫防风？是味中药啊，专门医我相思之症的药。"

防风呐呐："相思？莫非你喜欢我？"

"是呀，我一看到你功夫就喜欢上你啦。"

防风想了许久，既然阁主不可能喜欢她，那她便也不喜欢他了，她要喜欢路无名，因为他喜欢自己。

将此事告诉师父，他笑着说，"也好，女子嫁给爱自己的比嫁给自己爱的要好得多。"

防风纳闷，爱又是何种滋味？

"防……风？"尹听风幽幽拖着调子，叫唤傻站着的人。

防风回神，吓了一跳，只是面上仍旧傻傻地没什么表情："阁主？你怎么来了？"

"我观星时见你也在，便过来瞧瞧。"尹听风负手在屋内转了一圈，笑眯眯地走到她面前说："防风啊，你能不能告诉我，你究竟喜欢路无名哪一点啊？"

防风说："因为他喜欢我。"

"呃……就这么简单？"

"嗯。"

尹听风内心好挣扎，要不要骗她说自己也喜欢她？也许能把她挖过来呀！

"敢问阁主此次入京所为何事？"

"啊？哦，回去谈亲事的，不过……"尹听风刚要接着说自己打算拒绝，那边防风已经跃出窗外："诶？防风你去哪儿啊！"

"我还有事，就不与阁主一路了。"

"……"切，还想与你推心置腹一番拉近关系呢！尹听风懊恼地捶了一下窗棱。

防风这晚飞鸽传书给师父：好奇怪，为何我已经不喜欢他了，听到他要成亲的事心里还揪得慌呢？

尹听风没想到会在京城遇到路无名，更没想到他会光明正大地进了妓院，还不止一次。

哈，臭小子本性暴露被逮到了吧！

尹听风立即传令叫门人去把防风找来，自己则守到了妓院附近。这次路无名要是再跑，他就逮住他一顿胖揍！

听风阁不愧是业界龙头老大，一个时辰便把防风找来了。而路无名还没出来，看来是要在妓院过夜了。尹听风心情太好了，拉着她就往妓院里冲："来来来防风，今日便让你瞧瞧你那未婚夫的真面目！"

防风一路都大张着嘴呈呆滞状。

路无名果然被逮了个正着，他倒不慌不忙，边系裤子边走出来说："防风你怎么来了？交代你做的事都做完了？"

"没……"防风其实知道眼前这场景是什么情况，但她居然不知道该作何应对。

"没你还跑来这里干什么？真是个傻丫头！"路无名数落完了又拉拢她，好言好语道，"回去吧，不是还要准备婚事嘛。"

尹听风觉得自己不便插手人家私事，便让防风自己进去，自己站在门外，此时听了这话却是按捺不住了，一脚踹开门就对着路无名挥出一掌："混帐！我听风阁的人也是你能骗的！本公子今日抽不死你！"

第二日尹大少为一女子和旁人争风吃醋大闹妓院的八卦传遍整座京城。

尹听风揉着被父亲踹疼的屁股问楚泓："防风人呢？"

"不知道啊公子，从妓院出来后就没见到她人呀。"

"哎哟喂，我爹以为我看上了个花楼姑娘，我本来还指望着她出面给我澄清一下呢！"

楚泓抄着手点点头："最好再知恩图报假扮做您的相好让您度过这一劫。"

"那不可能，防风是个一根筋的，不会答应我骗人的。"

"那公子您可以用别的理由把她骗过来帮您嘛。"

尹听风敲了一下他的脑门："防风老实得很，被路无名骗得够凄惨了，公子我哪能再落井下石？忒无耻忒没品！"

楚泓揉着脑门想您抠门儿的时候怎么没见这么大义凛然呢！

路无名又找到了防风，肿着半张脸求她原谅自己，大概是因为尹听风插手后意识到了危机。

防风当然也不愿意回去，她倒是好脾气，傻兮兮地说："既然你不喜欢我了，也不用勉强，我也不喜欢你好了，就此散了吧。"

路无名拉着她对天发誓："我当然喜欢你，我心里只有你一人啊！那些女子不过是逢场作戏罢了！"

"何为逢场作戏？"

"就是……在一起玩玩儿。"

"那也没有脱了裤子玩儿的。"防风嘀咕一句就要走人，路无名还要再追，她用了轻功这才甩开他。

路无名追不上，气得在后面大喊："你会后悔的！"

左右没了去处，防风孤身一人在城头顶上坐了半晌，最后决定回师父那里。

师父住得很远，但防风轻功好，不出三日便到了地方。

"哟，这不是防风嘛，怎么会回来瞧我？"师父披着件青衫在身上，也不系带子，懒懒散散地趿着木屐往门口一只小瓦罐里添药材。

"师父又在研制新药？"防风蹲在他身边看着咕噜噜响的瓦罐。

"可不是，我想试试能不能治好你嘛。"师父说着摸了摸她的头，"当然啦，师父并不嫌弃你，只是希望你能更聪明点嘛。"

"嗯。"防风点点头。

师父忽然问："你这次回来，莫不是要请师父去吃喜酒的吧？不是说要嫁人了嘛？"

"我不嫁了，"防风摇摇头，偎进他怀里，"我就陪着师父隐居吧，再也不出去了。"

"那怎么成啊？女大当婚嘛。"师父叹口气，爱怜地摸摸她的额头，忽的一愣，"你额头怎么有点烫啊？"

"有吗？"防风摸摸额头，"可能是因为我回来得比较急吧。"

番外二：尹阁主的桃花

师叔

师叔 SHISHU 下

"是挺急的，叫我好找。"尹听风摇着折扇款款而来，看的师徒二人一愣一愣的。

"阁主？"

"是我没错，不用这么惊讶吧？"

防风再惊讶也没表情，尹听风主要说的是她师父。

"呵呵，"师父笑着起身，请他进门，"尹阁主请进来坐吧。"

"多谢多谢。"尹听风大大方方进去了。

这一进门可算开了个坏头，他从此就盯上了防风，防风往东他就跟到东，防风往西他就跟到西，防风住一间房他就睡隔壁。终于到最后师父忍不住了："尹阁主，你是不是看上我们家防风了啊？"

尹听风摇头，郑重其事地说："咱们听风阁需要她啊！"

"那你自己呢？"

尹听风还没回答，他就笑着说："你是第一次对一个姑娘这般上心吧？奉劝您一句，若是没有那心思就早日离去吧，防风心仪你已久，我不想你给了她希望再让她失望。"

"哈？"尹听风手里的折扇"吧嗒"一声掉在了地上。

防风最终还是随尹听风回了听风阁，居然是她师父鼓动的。他也是见防风成天的心情沉郁，便猜想她是因为尹听风在眼前的缘故，因为她自回来后就未提起过路无名。

既然如此，还不如让她回去专心干活。她回去了尹听风也就不缠在这儿了，那也就没那么多接触机会了。

尹听风千恩万谢，把防风领回阁中时就跟打了胜仗回来的将军似的，不过一回去就避开了防风。自从得知防风喜欢自己，他就觉得跟她独处万分尴尬。

防风拿着新写成的契约去找他，开口便道："阁主，可否将时限改成一年？"

尹听风纳闷："为何？你还是要走？"

防风摇摇头："师父说要给我治病，我不放心他操劳，一年后便洗手不干了，回去专心伺候他老人家。"

尹听风这才知道她傻是因为落有病根，寻思片刻，伸手将契约接过来，当真提笔将时限改成了一年，还将薪酬翻了一番。

"这……"防风蹙眉，她知晓尹听风爱钱，所以十分不解他为何要这么做。

"给你就拿着。"

防风看着他的侧脸，心口暖融融一片，拱手道了谢便要出门。

"防风，"尹听风忽然叫住她，认真道，"以后有任何难处都可以来找我，我会帮你的。"

防风怔怔地看着他的双眼，忽而笑了一下："多谢阁主。"

尹听风一张脸倏然红透，呆住了。防风人都走了他还没回神，直到楚泓进来找他："公子，京中尹宅又有您的信函，估计还是催婚的，您还是回个信吧。诶？公子，公子？您发什么呆呢！"

"呃……"尹听风揉揉脸，干咳两声，"好了我知道了。"

楚泓退了出去，他又开始发呆。刚才是怎么回事儿？没有过啊，不就是笑一下嘛，她从没笑过，所以他才比较震惊吧。对的对的，就是这样！

晚上有灯会，防风突然跑来说要请尹听风出去游赏。其实她的本意是感谢他在契约上放宽条件，但因为周围都是男子，见他们邀了女子去同游，便也效仿着来邀请尹听风。

尹听风却不知情，还闹了个大红脸，但半推半就，总算是去了。

二人都轻功卓绝，躲避拥挤的人群还不是小菜一碟？一前一后穿梭过人海，寻了一处酒楼刚坐下，便见路无名左拥右抱醉醺醺地迈入楼来。

"哟，这不是防风嘛！"他没在意尹听风，一眼就看见黑衣萧瑟的防风，推开身边美人儿走上前说："听闻你回听风阁了？真是不知好歹，亏大爷我那么器重你！哼，不过就是个傻丫头！"

防风被他如此奚落也面不改色，尹听风却听不下去了，特别是此时周围的人都对防风指指点点，他忽而就来了火气，一拍桌子道："好你个路无名，警告过你又来挑事！"

路无名转头见到他，酒醒了大半，人倒是更怒了："嗬，原来是尹大阁主啊！怎么，那日从我手中夺了她去，莫非是看上她了？哈哈哈哈，像你这种吃家产的公子哥，不就有几个钱嘛，有什么了不起的！"

番外二：尹阁主的桃花

师叔

尹听风的名号一出，在场的只要是江湖人士便生出了几分忌惮，偏偏路无名还如此大言不惭，众人都已为他捏了把汗。他还不解恨，忽然迈着醉步上前拖住防风的手臂："哼，你个傻子，若不是看你有几分能耐，当真已为爷会看上你？呸！你还不识相，既然毁了约，如今便该还钱！"

防风傻愣愣地看着他："还什么钱？"

"你之前与我签的契约里提了，毁约走人要还资十倍！"

防风还没开口，尹听风便用折扇打开了他的手，人挡在了防风身前："二十倍又如何？本公子替她还！"

"好啊，看来你果然是看上她了，哼，眼瞎了吧！"路无名脚步一动袭了过来。他近日有一大堆闹心事堵在胸口正无处发泄，此时刚好借着酒劲泄愤。

防风不愿尹听风因自己的缘故受伤，一把推开了他，路无名一掌便拍在了她肩头。她轻功虽好，武艺却不精，跟跄着后退，吐出口血来，生生跌出了窗外。

尹听风连忙跃了出去，扯了腰带拉住她胳膊带入怀中护住，一手还不忘将腰带缠好。

"好险！好险！"他舒出口气，刚想叫防风，却见她不省人事，面色苍白如纸，再摸摸额头，烫得吓人。

尹听风也不知自己是怎么了，抱着防风不管不顾赶了两天去见她师父，期间竟像是脑袋空了。

时值深夜，师父慌忙披衣开门，又是施针又是喂药，防风就是不醒。他负着手在房内踱步，走了一圈又一圈，眉心皱成了川字。

尹听风忍不住问："是缺药材吗？缺什么药材您告诉我，我一定给您找回来。"

"以尹阁主的能力，在下当然对此深信不疑，不过这并不是难处。"师父叹气，又开始踱步，时不时看看床上的防风，拧紧了眉："她被人下了毒，我有药材，只是不知道能不能救她。"

"什么？"尹听风拍案而起："定是路无名那个臭小子！"

师父点点头："我猜也是他，八成是为了控制防风，只是不想他这一掌加速了毒性发作。"

尹听风焦急万分，他听防风说过她师父的医术如何如何了得，不然也不会一见她不对头就往他这儿送，可他居然说没把握？

"也罢，总要试一试。"师父叹气："如果结果不好，那也是命。"

尹听风抿紧唇，转头看着床上躺着的人，忽而心潮涌动，久久难以平静。

若是她出了什么事，他一定不会放过路无名！

师父忙了一整夜，第二日出来时精疲力竭，却见尹听风衣裳齐整坐在厅内，愣了一愣："尹阁主一夜未睡？"

尹听风微微颔首，表情少有的沉凝。

师父脸色顿生温和："若是防风醒后知道尹阁主对她如此情深意重，定会心怀感激。"

尹听风腾地站了起来："她醒了？"

"还没，不过醒了也有遗憾。"师父长叹一声，转身出去做早饭了。

尹听风独自纳闷，什么遗憾？只要活下来还有什么遗憾？

他进了房间，恰好防风翻了翻身。窗外晨光透入，落在她身上，安宁似梦。尹听风不禁放缓了脚步，轻轻靠近，坐在床边看着她的眉眼，微微失神。

不知过了多久，防风嘤咛一声醒了过来，睁眼看到尹听风坐在身边，眼神闪了闪："阁主？"她坐起身来，"这里……我怎么回来了？"

尹听风握住她的手："你中了毒，现在感觉如何？"

"……"防风根本没有心思理会他的问题，她的目光落在了他与自己接触的手上，忽而一愣，挣开他的手，将手臂举到面前仔细端详了一番："怎么会这样？"

"怎么了？"尹听风莫名其妙。

"师父为我下了药引，在手腕这里有根经脉微凸瞧得分明，今日却见不着了。"

"药引？什么药引？"

"治我痴傻之症的药引啊，师父说没了便再也治不好了，一辈子都会这么傻着了。"

尹听风张了张嘴，总算明白她师父刚才说的那个遗憾是什么了。路无名没有剥夺她的性命，却剥夺了她恢复本性的机会。

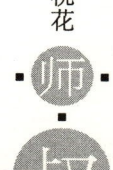

防风有些懊恼，因为师父常说治好痴傻才会有个好归宿。想来阁主不喜欢自己一定也是因为自己太笨的缘故吧。

尹听风这次是真火了，回去先叫人端了路无名的追风阁，又叫人追捕路无名本人。这也便罢了，他居然还动用了官府之力彻底将追风阁彻底封了。官府介入，竟又查出追风阁许多阴暗买卖来，甚至连路无名本人也出身旁门左道，难怪会有毒药在身。

楚泓急得不行，好几次劝尹听风："公子啊，您一向低调，为何此次这般动用家底啊，这不是把您好不容易藏起来的家世给掀出来了嘛。"

"哼！本公子就是难咽下这口气！"尹听风气得折扇猛摇。

楚泓顿生惊诧，琢磨半晌，还是小心翼翼地问了："公子，您是不是对防风……有意思啊？"

尹听风手下一停，"啪"地敲了他脑门一下。楚泓以为他是要责骂自己胡说，岂料他竟开口道："这么明显的事儿还要问吗？真没眼力！"

"……"楚泓惊得一下瘫在地上。可是看上一个傻丫头的公子您又哪儿有眼力了啊！

尹听风起身去了书房，提笔蘸墨，给父母写了封信，告知二老不必为他婚事烦忧，因为他已有了意中人。

"可能会与你们所想的……略有不同。"他表达得相当含蓄。

的确不同，在他眼里，她比其他女子更可爱。

防风站在树下仰着头研究树叶，尹听风走到了她身边，顺着她的目光看了看，笑着说："改日随我上京一趟如何？"

防风呐呐转头看他，皱着眉摇头。

"不愿意？"尹听风受挫："为何？"

"阁主……想必是要回去成亲的吧？听闻阁主早有未婚妻了。"

"啊？"尹听风想了又想，"没有啊，不过以前为了完成个任务，倒是假扮过人家的未婚夫来着。"

防风眼神微微一亮："未婚妻是假的？"

"对啊。"尹听风左右看看，干咳一声，凑近她小声道，"以后就留在我身边吧。"

防风认真地想了想，还是摇头："我痴傻之症未愈，长留在阁主身边不好。"

"你怎么会有这想法？"

"我……与常人不同，会让阁主招来笑话。"

"胡说！"尹听风眼珠一转，忽而满面忧愁，"我知道你是嫌弃我轻功不如你才不肯的，算了，怪只怪我没用。"

见他失魂落魄地要走，防风连忙拽住他衣袖："阁、阁主严重了，我不是那个意思。"

尹听风转头："那你是同意了？"

"呃……嗯。"

尹听风凑近些拥住她，心想谁说傻丫头不好了，多么好骗啊，省力气得很呐！

番外三：唐门往事

深夜时分，唐知秋沿着鹅卵石铺就的小径走向掌门居住的正院。秋意正浓，他未带一个随从，孤身提灯，脚步声踩着落叶，沙沙作响，分外寂寥。

刚踏上回廊，拐角阴暗的角落里闪出一道人影，几步走过来，拉住他的衣袖将他扯了过去。唐知秋站定，眼前站着的是他的两个兄弟，唐知夏和唐知冬。

哥哥唐知夏显然是已经睡下再起身的，此时身上衣冠稍为不整，发髻也未束起，却越发显得他那张脸俊美不可方物。小弟唐知冬正当少年，虽比不得唐知夏的成熟风韵，却也白面朱唇，潘安之貌。

唐知夏是唐知秋的亲哥哥，唐知冬则是三叔家的独生子。三人上面还有个堂哥名唤唐知春。现任唐门掌门正是唐知春的父亲，三人的大伯父。而为表示亲昵，他们堂兄弟之间都按序称大哥二哥三哥……其实唐知春身为下任掌门继承人，从未正眼瞧过他们。

"知秋，你知不知道大房里那位发生什么事了？"唐知夏瞥了一眼不远处掌门灯火通明的房间。

唐知秋顺着他的视线看了一眼："你说大伯父？他被段家父子弄成废人一个已经好几年了吧？有什么好说的。"

"谁说那个！那是他咎由自取，没事去找人家麻烦，怪不得人家下狠手。"唐知夏拢了拢衣襟，凑过来，神情微妙，唇边浮出点点笑意，在唐知秋手中的灯笼下看来有些可怖。

唐知秋干脆灭了灯火："那你说的是什么事？"

"我说的是唐知春啊，你知道他这段时间消失，去了哪儿么？"

"八成又是去花天酒地了吧。"

唐知夏摇摇头，笑意更浓，吐出的话忽而有些阴冷："他去送死了。"

唐知秋微微一怔。

唐知冬年轻气盛，受不了唐知夏一直卖关子，径自拉了一把唐知秋道："三哥，我告诉你。大哥他投靠了首辅，结果被段衍之……"他抬手做了个抹脖子的动作。

"段衍之？"唐知秋皱眉："青云公子段衍之？"

唐知冬点头，嘴边也微微噙笑："三哥，这可是你们二房的好机会，大伯父如今生不如死，又断了后，掌门之位必然是属于二哥的了。"

唐知夏又拢了拢衣襟，黑暗中看不出神情，但唐知秋琢磨出他这个细微动作的含义。像是从天而降了一个机会，他肯定满心欢喜，却又隐隐慌张。唐知秋不动声色，唐知冬这么识趣地将机会拱手相让，倒是让他很惊讶。

"大房并未断后，你们忘了堂嫂生了两个儿子么？"

唐知冬嗤笑："嗬，两个娃娃而已，也要大伯父有那么长寿，能等到他们有本事继任掌门啊。"

唐知秋淡淡道："大伯父叫我们过去，只怕已经有了计较，大哥已死，我们做兄弟的万万不可表现得太出格，否则只会搬起石头砸自己的脚。"

到底是自家亲兄弟，唐知秋免不了要提醒唐知夏一句。后者也明白，点头附和之后，整理好衣裳，示意二人随他去见大伯父。

唐掌门全身瘫痪，被下人扶着坐在太师椅里，刚年过五旬，却颓然似行将就木。而有关于他的境况，则要追溯到数年前江湖上发生过的一件以多欺少的秘事。

中原武林日渐颓废，彼时有志之士希望各派结成同盟，选举盟主，以达到振兴武林的目的。这样的位置必然会为有心之人觊觎，于是纯粹的武力比试，比起

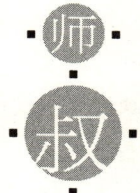

用虚无缥缈的道德资历来衡量，要实际得多。

可是谁也没想到会在此时横生出一个新门派。这个门派名号青云，据点在塞外，宗主是个年纪未满弱冠的小子。他在塞北和西域一带名声愈闯愈响，也就愈发引发中原武林不满。而其门人多为蒙古族人，又让朝廷倍加重视。

让人惊喜的是，青云派宗主居然跟朝廷有关联，他们的政敌出面召集江湖人士剿杀此人，正中一些人的下怀。

青云派宗主，年纪轻轻的段衍之以为自己身份并未暴露，与父亲——开国功臣定安侯的世子，仅二人一起上路，从塞北返回京城，夜宿驿站时遇伏。

段父为保护儿子身中剧毒，不治而亡。段衍之盛怒之下血屠各派，而直接造成其父中毒的唐门掌门自然没有好结果，浑身筋脉尽被挑断，成为一个瘫痪的废人……

这之后段衍之一人独大，坐上武林盟主之位。不过他大概是唯一一个从未召集过下面门派聚集过的盟主，也是唯一一个从不把自己当盟主的盟主。

经此之后，段家算是与唐门结下了仇怨，然而谁会想到如今掌门的独子唐知春又死在了段衍之手里呢？这又是一笔血债，雪上加霜。

大概是一向放荡不羁，唐知夏一直为长辈不喜，唐知秋却因恪守本分而很讨掌门喜欢。于是唐知夏一进门，首先就以眼神示意唐知秋上前问候掌门。唐知冬到底年少，对掌门那副半死不活的样子似乎有些害怕，居然站得老远。

唐知秋放下手中灯笼，不紧不慢地走过去，注意到周围没有一个下人，心中百转千回。

"掌门，侄儿们疏懒，此时才来，您身子可有不适？"唐知秋恪守本分的地方就在于此，他从不叫伯父，只叫掌门。

唐掌门抬起眼皮子，浑浊的眼珠微微转动，忽然溢出泪水来："知秋……你若是我儿子多好……知春有你半分懂事，也不至于落到如此地步……"

唐知秋故作慌张地跪下："掌门何故如此？堂兄发生何事了？"唐知夏和唐知冬见状也连忙跪了下来。

"他步上了我的后尘啊……"唐掌门以手捶腿，仰面痛哭，威严退去，俨然成了一个无依无靠的可怜老人。

唐知秋心中悄悄思索着，他知道他的伯父定然是有什么话要交代，否则这样情绪失控的表现是不会这么轻易展示给他们小辈瞧的。这屋中一早就没有下人，想必老人家是早就准备好要演这一场了。

"如今出了这事，我唐门之中，能担大任的也就你们几兄弟了……"唐掌门果然切入正题，在此之前免不了要插叙一下上一辈的手足之情。想当初他们三兄弟如何相亲相爱携手同心共同投身光大唐门的伟大事业中等等……

唐知秋注意到他哥哥唐知夏整理衣襟的手改为紧紧揪着领口，知道他是在压抑情绪。虽然当初年幼，但所谓上一代的兄弟之情究竟如何，他们并非一无所知。除非他们三兄弟是傻子，才会觉得父辈三兄弟一个做掌门，一个英年早逝，一个重病卧床还常年隐居，就是兄弟情深。

唐掌门插叙完毕，继续正题："……如今你们堂兄不在了，我痛不欲生，但好在他还留有血脉，我时日无多，你们堂嫂妇道人家一个，我只有指望你们了。"

唐掌门坐直身子，朝唐知夏看了一眼，他不能动，后者接到眼神示意，立即会意，屈着膝盖挪上前。

"伯父有何吩咐尽管说。"

"知夏，你成亲至今还无所出，不如将你堂兄长子过继给你如何？"

唐知夏猛地抬头，唐知秋已经悄悄扯了一下他的裤脚，他这才隐忍着称是。

"知冬，你虽未成亲，但谁都知道，你堂兄家那小儿子最喜欢你，我本来想将他过继给知秋，不过一想，还是觉得过继给你最好。不过你要是嫌弃会妨碍你成亲，就不勉强了。"

唐知冬忙道不敢，恭恭敬敬称是，并且再三道谢。

唐掌门交代完毕，摆摆手示意二人出去，却独独留下了唐知秋，脸上还在流泪，看起来似乎只是留个贴心人，权作安慰。

唐知夏和唐知冬二人退出门外时尚且恭敬，转过回廊就各自愤懑地低咒起来。

"老不死的，这是以退为进套着我们呢！"

"可不是，分明是怕孙子出事，干脆塞到我们手里，万一出事，我们都得担着责任！"

唐知冬瞅了瞅唐知夏，又回身远远望了一眼灯火通明的房间："二哥，你说

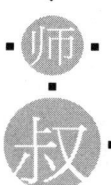

大伯父独独留下三哥，是不是有别的交代？为何他没有摊上这等差事？难不成，堂兄死了，伯父看上的是三哥？"

唐知夏的脸色忽而有些难看，快步走出去几步，忽儿回身低语了一句："我跟知秋是亲兄弟，相依为命过来的，你少挑拨生事！"

唐知冬似乎被他的反应吓了一跳，连连道歉。唐知夏不轻不重地哼了一声，转头走了。

唐知冬目送他背影消失，又回头去看掌门的房间，隐隐灯火倒映进他眼中，似入泥潭，幽暗明灭。他在廊下等了半个时辰，不见唐知秋出来，咬了咬牙，终于离去。

连续五年相安无事，第六年时，唐知夏开始悄悄安排心腹插入各堂口事务，唐掌门并未察觉，于是他一发不可收拾。

唐知冬这年成亲，新娘家颇有背景，但对方一听他已有个养子，居然不愿意。唐知冬当着所有人的面义愤填膺地退了婚，转头娶了唐门一个出身低微的女弟子。

据说唐掌门因此甚为欣慰。

唐知秋倒是一如既往，恪守本分，但常年在外，当时有人风传他与江湖上一对姐妹花交往甚密，但他每次回来，都对私事绝口不提。

到第七年，唐掌门身体状况忽然急转而下。唐知秋这次回来，没有再出去，有关他与那对姐妹花的传闻已经了无后续。

没过一年，他娶了个富家小姐。开始似乎挺美满，但没过一年新婚妻子就颇多怨言，似乎怪他冷落自己。不过并没有他金屋藏娇的传言，当然也没有他有断袖之癖的传言……

随后事情开始往不好的方向发展，娇妻与人有染，败露后自杀而亡。他当然隐藏了消息，只说她是重病不治。

有段衍之在，唐门想出头是越来越难了。唐掌门已到了最后时刻，虽不是英雄，却迟暮之态尽显，终日唉声叹气，似乎颇为不甘，颇为担忧。这些年，他两个孙子武艺修为毫无进展，坏毛病倒是学了一大堆，他是看在眼里的。

但是至少能保住命。

然而事与愿违。没多久，唐知春刚满十岁的长子被人发现溺毙于后院池中，几乎片刻后，众人就发现了袖口湿透的唐知夏。

但唐知夏对此事矢口否认，坚持说自己袖口湿透是巧合。但是几大堂主收到密报，发现了他安插心腹的事，怎么可能相信他？

唐掌门急火攻心，盛怒之下叫人给他灌了剧毒。那人不是别人，正是唐知冬。

唐知秋赶到时，兄长已经辞世，唐知冬倒在一旁痛哭流涕，双手颤抖。而唐掌门仍旧呼哧呼哧地喘着粗气，气愤难掩。

他走过去，收敛了兄长尸体，第一次没有恭敬地对掌门行礼。

最多就是半个月的事，唐知春的幼子吃了掺毒的糕点，毒发身亡。

唐知秋被推到风口浪尖，因为那毒药只有他有，据说是他一手研制的。而作为少主之一，他当然也有本事让糕点不经过下人之手直接送到小侄子手中。

唐知春的发妻一连失去两个孩子，得了失心疯，开始成天咒骂诅咒，却是口口声声骂她的死鬼丈夫。众人只有随她去，谁让唐知春生前风流成性，又一肚子坏水。谁都知道他们夫妻感情不和。

唐知秋被带去见掌门，这属于家事，除了几个堂主，没有人知道内情。唐知冬这次还没被逼着灌人毒药就开始痛哭流涕，望着唐知秋泪如雨下，似乎失望痛心到了极点。

唐知秋看着他："你这是做什么？"

"三哥……我知道二哥去了你心有不甘，但他那是咎由自取，你何必想不开要替他报仇……"

"这倒是个好理由。"

唐知冬似乎察觉他话中有话，猛地停下了话头。

唐知秋忽然道："你当初挺有魄力的，居然舍得主动断了那么一桩好姻缘。"

唐知冬像是被踩到了痛脚，猛地叫起来："不是我主动断的！是她们家嫌弃我收养了大哥家的儿子！"

"出嫁从夫，这有什么好嫌弃的。除非你故意说了什么，人家姑娘衡量再三，觉得还不如早点退婚的好。"

"……"唐知冬脸色微微泛白，悄悄看一眼唐掌门，他双目微合，似乎已经睡着。

"三哥，你是不是弄错什么了？今日你在此是要替自己做过的事赎罪来的！"

"我不曾做过，为何要赎罪？"

唐知冬一声冷笑："可是那毒药出自你手不是么？"

唐知秋点头："不过一月前我那里失了窃，什么都没丢，唯此毒药丢了一瓶。对了，当日弟媳去过我那里，说是思念亡嫂，要去她房中凭吊。"

"……你什么意思？"

唐知秋缓缓抬起眼眸看他，过往的淡然和平静似乎随着这个动作揭去，像是从幽深洞中吐出信子的毒蛇，只一眼就叫人觉得阴冷。

"知冬，二哥出了那事后，我就把所有手上的毒药送过来给掌门了。是他最信任的刘堂主去取的，检查干净，亲手点算。不然你以为我是如何发现那毒药会少了一瓶？"

"……"

唐知秋从袖中取出一瓶毒药，冲他微微笑起来。唐知冬蓦地后退，他觉得这笑容与唐知夏颇有几分相似。

"这是来此之前，我去问弟媳要来的，她该说的都说了，你做丈夫的，也要有担当些。"

唐知冬双目睁圆："你把她怎么了？"

唐知秋没有回答他的问题，只轻轻摇了摇瓶身，轻声道："少了些份量，到底已取了两条人命了……"

唐知冬骇然地后退一步，猛地扭头扑向唐掌门："大伯父，您千万别信他的话！他这是嫁祸啊！"

瘫痪的唐掌门浑身无法动弹，只双目愈发合紧，不言不语。

唐知冬的肩头被一只手扣住，那只手顺着他的锁骨移到他下巴上，拇指与食指猛地按住他下颌，迫使他张嘴。

他惊慌失措地仰头，看见唐知秋阴沉沉的双目，奋力挣扎却浑身软绵没有力气，唯有气愤地大喊："你这个骗子，一直在演戏！我就知道你不是好人！装得跟什么都不在乎一样！好了，这下我们都死了，掌门之位就是你的了！"

唐知秋微笑："谁说你们都死了，大哥还有个儿子你不知道？"

唐掌门猛地睁开双目："你胡说什么！"

唐知秋的视线移到他脸上，笑意更浓："不是掌门您那晚亲口告诉我的么？"

"没有！我何时说过！"

"您叫我找个机会，把大哥院中一个丫鬟处理掉，这件事我处理得挺干净的，您当时还夸我了。不过事实是，我去时她已经准备投井，临死前将手中襁褓交给了我。别的倒没说什么，只说了句'大少爷一死，我就知道自己活不了了，不是大少奶奶来找我，就是掌门来找我'。我觉得这个丫鬟挺聪明的，所以那孩子断断是不能留下了。"

唐掌门身子一抖，似乎想要站起来，但努力也是徒劳，嘴唇翕张，喉中怪声嘶嘶，半晌说不出半个字来。

唐知秋安慰般看了他一眼："我刚研制的软筋香，是不是挺有效果的？"

唐知冬似乎又想骂，但已经软糯似泥，说不出话来。唐知秋蹲下身去，捏开他的嘴，注视着他惊恐的双眼，将毒药送到他唇边。

"大伯父，看着我们兄弟相残，你是不是觉得很安慰？这种事情都是代代相传的。"

"……"唐掌门喘着粗气，双目通红。

"知冬，去吧，不过我不会替你哭的，假哭也不会。"唐知秋随手丢开空瓶，站起身来。

门外吵吵嚷嚷的声音伴随着脚步声传来，门被撞开，几位德高望重的堂主闯将进来，见到现状，首先就是围到唐掌门身前护驾。

唐知秋数了一下来的人，有些讶然道："竟然有六个人？我一直觉得以唐门的现状，顶多四个堂主就够用了。"

六位堂主俱是一愣，面面相觑。唐掌门终于在此时憋足劲吼出声来："给我把这个孽障杀了！"

堂主们立即要上前，一运功却觉乏力无比，顿觉不可思议。

唐知秋在几人面前踱着步子："其实这几年唐门里拿得出手的毒药都是出自我手，也只有我能制出让你们都察觉不出的毒来。我刻意隐瞒着，不过是自保罢

番外三：唐门往事

师叔

了。其实仔细想想，如我这般，才适合做掌门吧？大伯父，您说是不是？"他走到唐掌门跟前，从他胸口摸出掌门令牌："此后我就不再叫您掌门了，因为掌门马上就要换人了。"

唐掌门浑身颤抖，双目似要凸出来，恨不能将他生吞活剥。

唐知秋拍了拍他的肩头，举步出门。从外涌入几人，为首二人一高一矮，黑衣蒙面，来势迅速，后面跟着四个年轻弟子，见到他都立即行礼，对屋中其他人却视而不见。

"处理了这里的人，明日新掌门与四位新堂主一并上任。"

"是。"

他走出门，在池边凉亭站定，月上中天，茅草上寒霜粼粼映波。他脱去沾了些许毒液的外衫，露出簇新的紫色锦袍，将令牌别在腰间。

池水在夜色中仿佛是面黑色的镜子，嵌着天上圆月，他的脸在下方若隐若现，竟已隐隐露出沧桑。

高个黑衣人率先处理完事情，回到他身旁。

"我改变主意了。"他轻轻摩挲着手下栏杆："把那个孩子除了。"

"属下正是来禀报此事的。"黑衣人的声音粗嘎难听，却异常恭敬，"那个孩子……今日趁我们调派人手控制此处时，逃走了……"

唐知秋手下一顿，意外地笑起来："还挺聪明，看来我当初留他是个错误。"

"属下已经派人去追，不过才几岁的孩子，跑不了多远。"

唐知秋却像是没听见他的话，望着池水喃喃自语："当年大伯父除去我父亲时，哥哥看到了一切，他缩在角落里，但还是被找到了。大伯父死死盯着他，我从昏睡中醒过来，走过去拉住他的手，指着我哥哥说：'伯父您看，哥哥胆子一直最小，我丢他一个人在这里，他就吓得尿裤子了。'然后哥哥开始抽搐颤抖，翻着白眼倒在地上。我就冲过去大哭，说：'哥哥别死，爹爹说大夫说你活不过二十岁的话是骗人的，你千万别信。'然后我跟哥哥就活下来了。"

黑衣人垂着头，默默无言。

"哈哈……"唐知秋忽然大声笑起来，"当然是骗人的！我哥跟我合起伙来骗人的！我们甚至后来还故意装作中毒，买通大夫说我们失了幼年记忆。不然以伯父的心狠手辣怎么可能留下我们？千万别小看小孩子，他们最懂得如何自保了！"他忽然转身就走，"我亲自去将那小子捉回来。"

他带着人急匆匆地出了大门，正要跨上马，寂静的街道上忽然传来脚步声。

黑衣人松了口气，对唐知秋道："看来已经有人先一步找到了他，掌门可以放心了。"

唐知秋拧摇摇头："不像。"

脚步声很孤单，轻浅而缓慢。月色下，渐渐露出一道纤瘦的小小身影。

唐知秋一直耐心等待着，直到孩子冻得乌紫的小脸出现在眼前。

"怎么，没跑掉，你又回来了？"

孩子看看他，似乎有些害怕，后退几步，停住，摇摇头。

唐知秋见他不说话，接过手下递过来的灯笼，视线上下打量了他一番，忽然注意到他浑身脏兮兮的衣裳，脚上却穿了一双新鞋，而且是成年人的大鞋。

"你这是什么装束？"他有些好笑。

孩子缩着脖子看他，黑亮的眼睛在灯火下怯懦而害怕："她给的……她说你不会杀我的……她叫我放心回来……"

唐知秋莫名其妙："什么乱七八糟的！她是谁？"

孩子摇摇头："我不认识，女的……"

唐知秋已然猜到大概，估计这小子逃跑出去时怕有声响没有穿鞋，后来半路遇到一个女人，人家把给自己丈夫做的鞋给他穿了。他的手按在腰间匕首上，似漫不经心般问他："那看来是她救了你了，怎么反而叫你回来了？"

"她说你不会杀我的，她说你不坏……"

"喊，这么说，她还认识我了？"

"我不知道……"孩子像是忽然想起了什么，手在身上摸索了一阵，从怀里摸出什么东西捏在手心里，小拳头因为格外用力，还发出细微的摩挲声。

"你手里拿着什么？"唐知秋居高临下地望着他。

孩子又后退几步，但身后站着唐知秋的手下，他退不了太远，不知是因为冷还是害怕，浑身直哆嗦："不能给你……她说这个可以保我命的……"

"哈哈，除非她是观世音下凡，能将你救出这修罗地狱。"唐知秋看到他这模样就想起年幼的自己，心烦气躁地叫人上前去查看。

番外三：唐门往事 师叔

高个黑衣人上前，强行掰开他的手，月光下，半块玉玦躺在小小的手心里，因为孩子握得太用力，不算齐整的断口已经刺破他的手心，沾了一些血渍。

"这是……"唐知秋心神大震，一把夺过来，放在眼前凝视，"这是谁给你的？"

"一个……女……女……"孩子吓得说不出话来。

"是不是姓玄名秀？"

孩子摇头："我不知道，她没告诉我……"

唐知秋怔忪着，又去看孩子脚上的鞋。

他想起就在分别之前不久，她还笑着说他脚上的鞋破成这样了还穿着，改天一定给他做一双新的。然而没几天，她就与妹妹发生了一场生死决斗。

那天晚上，他刚想给她看他制成的新毒药，她却找到他，跟他告别。

"我已经没有其余亲人，只有这个妹妹。可是为了你，我差点杀了她……我们还是……"她眼中盈盈带泪，最后的话没有明说，早已不言自喻。然后她从怀中取出当初他赠送的玉玦还给他。

唐知秋默默地看着她，忽然将玉玦一磕两断，捡了其中一半："我没有你这么蠢，亲情这种东西谁会在意？你若是想通了，就带着另外半块玉玦来找我。"他甚至连新毒药的解药也一并送给了她。对于制毒的人来说，还有什么比解药更珍贵？

他没有说过他等她，不过直到成亲之前，甚至入洞房之前，他都在期望她的出现。

唐知夏曾经嘲笑他说："你是不是因为咱们娘亲去世得早才看上她的？那女子忒没情趣，性格温吞，倒适合做人母亲。"唐知秋没理睬他，但从那时起就不再告诉他关于自己的一切。

唐知夏后来逢人就说："我家知秋什么都好，就是眼神儿不好。不过年轻人嘛，总有一天会想通的……"

唐知秋没想通，穷其一生也陷在里面不得挣脱。他握紧玉玦，咬牙切齿地看着孩子："算你狠，我终日想见都见不到的人，你不过跑出去了一趟就遇到了！天都要留你呢！"

黑衣人凑近，低声询问："掌门，不作处理了？"

"当然处理，不是说我不坏么？我会好好把他养大的。"唐知秋冷笑着转身往回走，"他太瘦了，找一套强身健体的功夫给他练，再过几年就丢进暗门去训练。"

黑衣人闻言立即了然，强身健体的功夫……那便是要这孩子一事无成了。到时候进了暗门，还能活着出来？

唐知秋忽而停下，背对着孩子冷声道："你若有本事，可以再逃一次试试，看还有没有人来救你。"

孩子只是瘪着嘴，盯着他的手心，小声呢喃："保命的……"

唐知秋转头瞥他一眼："你这样子是装得最好，若不是真痴傻懦弱，那看来我将来只有认倒霉了。看就看你我叔侄，谁的命更硬了。"

这时有人快马而来，凑近唐知秋小声禀报，西域圣教派人来要答复了。唐知秋无奈一笑，举步进门。他借魔教势力夺到掌门之位，如今当牛做马的时候到了。

值得么？他捏紧手心里的半块玉玦。

值得么……

十年后，唐门成为魔教附庸和被青云派打压的现状让所有人渐生不满。此时唐家另一个族人又出来跟唐知秋争夺掌门之位，如火如荼之际，从暗门里出来不久的少年唐印有了喘息之机，他被随便指派去做各种任务。

某日重伤，遇到一个好心的朴素女子施药相救。唐印始终对人怀揣戒心，但表面却要表现得毫无心机，他很快就跟女子混熟，问其姓名，答曰：玄秀。

唐印怔了怔，忽然笑起来："若他日有人问起你我何时相识，你能不能不告诉他？"

玄秀不解："你似乎藏着许多秘密，年纪轻轻背着这么多负担，不累么？"

"你可答应？"

玄秀对他的执着有些惊讶，但还是点了点头："我保证不说。"

唐印点头道谢，忽然说了句："多谢你当初的救命之恩。"

玄秀错愕不已："我曾经救过你吗？"

唐印笑得意味深长："你的一个影子，就足够救我了。"

"……"

其实那夜他并没有遇到玄秀，没有遇到任何人，除了唐知秋派去杀他的人。之所以回头，是因为他知道自己逃不掉了。

他爬进一户人家，偷了主家一双新鞋套在脚上。而手中那半块玉玦，是他逃走时从唐知秋房中偷出来的。只是因为时常见唐知秋没事就将这玉玦握在手里出神把玩，便觉得这东西他定然十分宝贝，以为万不得已的时候可以用来要挟他以保命。不过生平唯一一次见识过唐知秋醉酒的过程后，他就明白唐知秋在乎的不是玉玦，而是玉玦的主人。

那是一个女子，一个答应为他做一双鞋的女子。

他当然不明白唐知秋为什么这么在意那个女子，他甚至觉得唐知秋脑子有病，但这个病人控制着他的生死。再小的年纪也拥有活命的欲望。

他不知道那女子姓甚名谁，不知道她长得是美是丑，对着唐知秋撒谎的时候故意说得含糊不清，只用一个"她"代指。怕唐知秋认出玉玦来，故意刺破手心沾上血渍，起码可以在夜色下蒙混过去。至于之后唐知秋再找不到另外半块，他可以另想办法。而脚上的鞋子却是他最担心的，唐知秋走近他时，他几乎颤抖地浑身哆嗦。

他担心唐知秋脱下鞋比划大小。如果是为唐知秋做的，却又不合他的脚，那就败露了……

那日与玄秀相谈甚欢，成了莫逆之交。临别之际，他忽然很想弄清楚十几年来的疑惑："你说，如果一个男子心狠手辣，却独独在乎一个女子，是为什么？"

玄秀认真地思索了一番，道："那自然是情深一片，再狠毒的人，也有真情实意。"

唐印意味不明地笑，心想看来这真情实意会左右人的判断，只怕之后唐知秋会抱憾终身呢，不要也罢。

玄秀看他笑，也忍不住笑了："你才多大，别急，以后遇到了就知道了。"

唐印笑而不语，也不反驳，告辞离去。

这之后没多久他就遇到了金花。他的第一感觉是，这姑娘真美；第二感觉是，她跟之前唐门中接触过的女子不同，率真可爱，敢爱敢恨。然后他得出结论，所谓男子对女子的感情不过如此，他也没觉得有什么好牵肠挂肚的，唐知秋简直连他还不如。

他以为他已尝到世间情爱滋味，但忽然有一天，金花无奈地跟他说，她要跟别人走。他问为什么，她什么也没说。

很多年后，她才告诉他缘由："你不会爱人。"

那时候他正一步步将另一个女子推入深渊。而多年前，他还在廊下跟她一起晒着太阳，眯着眼睛自觉懂得一切一样感慨："女人呐……"

当时间掩埋一切，回首再看，原来他自以为是的隐忍和深沉也不过是一场轻狂。不过他仍旧觉得唐知秋不如他。

眼前烛火的灯芯被伸过来的一只手挑亮，初衔白看了他一眼："你傻坐着想什么呢？"

天印微微一笑，没头没尾地问："晚上吃什么？"

"鱼。"

他立即蹙眉。

"哦，我又忘了刮鳞去肠了……"